U0090310

民國文化與文學研究文叢

十六編

李　怡 主編

第5冊

朝聖路上的文學姻緣：中國現代詩人翻譯研究（上）

熊　輝 著

國家圖書館出版品預行編目資料

朝聖路上的文學姻緣：中國現代詩人翻譯研究（上）／熊輝著 -- 初版 -- 新北市：花木蘭文化事業有限公司，2023〔民112〕

目 4+134 面；19×26 公分

（民國文化與文學研究文叢　十六編；第 5 冊）

ISBN 978-626-344-527-7（精裝）

1.CST：翻譯學 2.CST：中國文學 3.CST：文學評論

820.9　　112010622

民國文化與文學研究文叢

十六編　第五冊　　ISBN：978-626-344-527-7

朝聖路上的文學姻緣：中國現代詩人翻譯研究（上）

作　者　熊　輝
主　編　李　怡
企　劃　四川大學中國詩歌研究院
總 編 輯　杜潔祥
副總編輯　楊嘉樂
編輯主任　許郁翎
編　輯　張雅淋、潘玟靜　美術編輯　陳逸婷
出　版　花木蘭文化事業有限公司
發 行 人　高小娟
聯絡地址　235 新北市中和區中安街七二號十三樓
　　　　電話：02-2923-1455／傳真：02-2923-1452
網　址　http://www.huamulan.tw 信箱 service@huamulans.com
印　刷　普羅文化出版廣告事業
初　版　2023 年 9 月
定　價　十六編 18 冊（精裝）台幣 45,000 元

朝聖路上的文學姻緣：中國現代詩人翻譯研究（上）

熊輝 著

作者簡介

熊輝，1976 年 10 月生，文學博士，中國社會科學院文學所博士後，現任四川大學外國語學院教授，博士生導師，主要從事翻譯文學及中國現代新詩研究。曾任教於西南大學和上海交通大學，先後擔任美國康奈爾大學富布萊特研究學者、中國現代文學館客座研究員、中國作家協會會員等職。獨立出版學術專著 11 部，發表學術論文 200 餘篇，其中 A&HCI 和 CSSCI 期刊論文近 70 篇，主持國家社科基金項目 4 項，教育部項目 2 項，研究成果多次獲獎並被轉載 16 次。

提　　要

中國現代詩人不僅在詩歌創作上確立了獨特的風格，在文學翻譯方面也功不可沒，但學界集中整理詩人翻譯成就並對之加以研究的成果非常有限。正是基於這樣的學術背景，本書決定將現代詩人的文學翻譯作為研究對象，在整理他們翻譯成就的基礎上，從翻譯學的角度來探討他們翻譯的特點、翻譯觀念、翻譯的文化因素以及翻譯與創作的關係等重要內容。作為詩歌翻譯與詩歌創作的主體，中國現代詩人站在「他文化」立場上採用白話新詩的形式去翻譯外國詩歌，在形式、語言和精神上為中國新詩創作確立了新的範式。同時，詩人在創作新詩的進程中習得了豐富的藝術經驗，為他們後來翻譯外國詩歌（或中詩外譯）在文本和形式選擇上「規定」了方向，許多詩歌依照詩人的創作風格被翻譯到目標語國。本書從創作資源、藝術創新、創作志趣、時代籲求以及國際政治文化等五個方面出發，分別討論了胡適、郭沫若、劉半農、徐志摩、梁宗岱、孫大雨、朱湘、吳興華等十七位詩人的文學翻譯活動，希望藉此廓清中國現代詩人的翻譯特點及其與中國新詩創作的關係，為中國現代新詩研究提供「翻譯」的新視角，並獲得諸多新鮮的認識和觀點。

鬱結、盤桓與頓挫：中國現代文學中的國家—民族敘述——《民國文化與文學研究文叢・十六編》引言

李　怡

1921 年 10 月，「新文學運動以來的第一部小說集」由上海泰東圖書局推出〔註 1〕，這就是郁達夫的《沉淪》。從 1921 年至 1923 年，這部小說集被連續印刷十餘次，銷量累計至 20000 餘冊，在新文學初創期堪稱奇觀。「對於他的熱烈的同情與感佩，真像《少年維特之煩惱》出版後德國青年之『維特熱』一樣」〔註 2〕，因為，「人人皆可從他作品中，發現自己的模樣。……多數的讀者，由郁達夫作品，認識了自己的臉色與環境」〔註 3〕。當然，小說中能夠引起讀者共鳴的應該有好幾處，包括性愛的暴露、求索的屈辱等等，但足以令讀者產生一種普遍的情緒激昂的還是其中那種個人屈辱與家國命運的相互激蕩和糾纏，這樣的段落已經成為了中國現代文學史引證的經典：

> 他向西面一看，那燈檯的光，一霎變了紅一霎變了綠的，在那裡盡它的本職。那綠的光射到海面上的時候，海面就現出一條淡青的路來。再向西天一看，他只見西方青蒼蒼的天底下，有一顆明星，在那裡搖動。
>
> 「那一顆搖搖不定的明星的底下，就是我的故國，也就是我的

〔註 1〕成仿吾：《〈沉淪〉的評論》，《創造》季刊 1923 年 2 月第 1 卷第 4 期。

〔註 2〕匡亞明：《郁達夫印象記》，載《郁達夫研究資料》，北京：知識產權出版社，2010 年，第 52 頁。

〔註 3〕賀玉波編：《郁達夫論》，上海：光華書局，1932 年，第 84 頁。

生地。我在那一顆星的底下，也曾送過十八個秋冬。我的鄉土嚇，我如今再不能見你的面了。」

他一邊走著，一邊盡在那裡自傷自悼的想這些傷心的哀話。走了一會，再向那西方的明星看了一眼，他的眼淚便同驟雨似的落下來。他覺得四邊的景物，都模糊起來。把眼淚揩了一下，立住了腳，長歎了一聲，他便斷斷續續的說：

「祖國呀祖國！我的死是你害我的！」

「你快富起來，強起來吧！」

「你還有許多兒女在那裡受苦呢！」〔註 4〕

在這裡，一位在異質文明中深陷焦慮泥淖的中國青年將個人的悲劇置放在了國家與民族的普遍命運之中，並且在自己生命的絕境中發出了如此石破天驚般的吶喊，一瞬間，個人的生存苦難轉化為對國家與民族的整體控訴，鬱積已久的酸楚在這一心理方式中被最大劑量地釋放。這也就是作者自述的，「眼看到的故國的陸沉，身受到的異鄉的屈辱」〔註 5〕，「我的消沉也是對國家，對社會的。現在世上的國家是什麼？社會是什麼？尤其是我們中國？」〔註 6〕所以，在文學史家看來，這部作品的顯著特點就在於「性、種族主義、愛國主義在他心底裏全部纏結在一起」〔註 7〕。

《沉淪》主人公于質夫投海之前的這一段激情道白擊中的是近代以來中國人的普遍心理與情緒，1921 年的「《沉淪》熱」、百年來現代中國文學與現實人生的不解之緣從根本上都與這樣的體驗和情緒緊密相關：在中國現代文學的普遍主題中，國家觀念和民族意識的凸顯格外引人注目，或者說，個人命運感受與國家、民族宏大問題的深刻聯繫就是我們文學的最基本構型。

在很大的程度上，我們的中國現代文學研究自始至終都沒有否認過這一基本事實。1922 年，胡適寫下新文學的第一部小史《五十年來中國之文學》，就是以「國」定文學，是為「國語的文學」。1923 年，瞿秋白署名陶畏巨發表新文學概觀，也是以「西歐和俄國都曾有民族文學的先聲」為參照，將新文學

〔註 4〕郁達夫：《沉淪》，《郁達夫文集》第一卷，廣州：花城出版社，1982 年，第 52～53 頁。

〔註 5〕郁達夫：《懺餘獨白》，《郁達夫文集》第七卷，廣州：花城出版社，1982 年，第 250 頁。

〔註 6〕郁達夫：《北國的微音》，《郁達夫文集》第三卷，廣州：花城出版社，1982 年，第 91 頁。

〔註 7〕李歐梵：《李歐梵自選集》，上海：上海教育出版社，2002 年，第 38 頁。

視作「民族國家運動」的一部分，宣布「他是民族統一的精神所寄」〔註8〕。王瑤的《中國新文學史稿》奠定了新中國現代文學的學科基礎，在以「新民主主義革命」為核心話語的歷史陳述中，「外爭國權，內除國賊」、「民族解放」的政治背景十分清晰。唐弢主編《中國現代文學史》繼續依託「新民主主義革命時期」的階級狀況展開，反對帝國主義對中華民族的侵略、挽救民族危機也是這一歷史過程的重要組成部分。新時期以降，被稱作代表「新啟蒙」思潮的二十世紀中國文學觀更是將國家民族的現代化進程作為文學探索的基本背景，明確指出：「爭取民族的獨立解放，民族政治、經濟、文化，民族意識的全面現代化，實現民族的崛起與騰飛，是本世紀全民族的中心任務，構成了時代的基本內容，社會歷史的中心，民族意識的中心，對於這一時期包括文學在內的整個意識形態起著一種制約作用，決定著這一時期文學的性質、任務、歷史內容，以及歷史特徵，等等。」〔註9〕新時期影響中國現代文學研究的思想，在內有李澤厚《中國現代思想史論》的「啟蒙／救亡雙重變奏」說，在外則有夏志清《中國現代小說史》的「感時憂國」說，它們的思想基礎並不相同，但卻在現代文學的國家民族意識上有著高度的共識。直到新世紀以後，儘管意識形態和藝術旨趣的分歧日益加大，但是平心而論，卻尚未發現有誰試圖根本否認這一基本特徵的存在。

在我看來，《沉淪》主人公于質夫將個人的悲劇追溯到國家民族的宏大命運之中，於生存背景的揭示而言似乎勢所必然，不過，其中的心理邏輯卻依然存在許多的耐人尋味之處：于質夫，一個多愁善感而身心孱弱的青年在遭遇了一系列純粹個人的生活挫折之後，如何情緒爆發，在蹈海自盡之際將這一切的不幸通通歸咎於國家的弱小？這是羸弱者在百般無奈之下的洗垢求瘢、故入人罪，還是被人生的苦澀長久浸泡之後的思想的覺悟？一方面，我不能認同徐志摩當年的苛刻之論：「故意在自己身上造些血膿糜爛的創傷來吸引過路的人的同情」〔註10〕，那是生活優渥的人的高論，顯然不夠厚道，但是，另一方面，從1920年代的爭論開始，至今也有讀者無不疑惑：「『零餘人』不僅逃避承擔時代的重任，而且自身生活能力低下，在個人情慾的小圈子裏執迷不悟，一旦

〔註8〕陶畏巨：《荒漠裏》，《新青年》季刊1923年12月20日第2期。

〔註9〕陳平原、黃子平、錢理群：《二十世紀中國文學三人談——民族意識》，《讀書》1985年第12期。

〔註10〕見郭沫若：《論郁達夫》，載《回憶郁達夫》，長沙：湖南文藝出版社，1986年，第3頁。

得不到滿足，連生命也毫不猶豫地捨棄。這樣的人物是時代的主旋律上不和諧的音符，他的死是一種歷史的必然。郁達夫在作品主人公自殺前加上這麼一條勉強的『尾巴』，並不能讓主人公的思想高尚起來。」〔註 11〕郁達夫恐怕不會如此的膚淺，但是《沉淪》所呈現的心理邏輯確有微妙隱晦之處，至少還不曾被小說清晰地展開，這就如同現代文學史上的二重組合——個人悲劇／國家民族命運的複雜的鏈接過程一樣，其理昭昭，其情深深，在這些現象已經被我們視作理所當然的歷史事實之後，我們是不是進一步仔細觀察過其中的細節？究竟這些「國家觀念」和「民族意識」有著怎樣具體的內涵，有沒有發生過值得注意的重要變化，它們彼此的結構和存在是怎樣的，是不是總是被奉為時代精神的「共主」而享有所向披靡的能量，在它們之間，內在關聯究竟如何，是不容置辯的相互支撐，一如我們習以為常的「國家民族」的關聯陳述，還是暗含齟齬和衝突？

這就是我們不得不加以辨析和再勘的理由。

一

中國現代文學在表達個人體驗與命運的時候，總是和國家與民族的重大關切緊密相連，然而，「國家」與「民族」這兩個基本語彙及其現代意涵卻又是近代「西學東漸」的一部分，作為西方思想文化的複雜構成，其本身也有一個曲折繁蕪的流變演化歷史。所以，同一個「國家觀念」與「民族情懷」的能指，卻很可能存在著千差萬別的所指。

大約是從晚清以降，中國知識界開始出現了越來越多的「國家」與「民族」的表述，以致到後來形成了大家耳熟能詳的名詞、概念、主義和系統的思想。自 1960 年代開始，當作為學科知識的「民族學」等需要進一步理性建設的時候，人們再一次回過頭來，試圖深入追溯「民族」理念的來源，以便繪製出清晰的知識譜系，這樣的追溯在極左年代一度中斷，但在新時期以後持續推進；新時期至今，隨著政治學、社會學、文化學領域對中外文明史、國家制度史的理論思考的展開，「國家」的概念史、意義史也得到了比較充分的總結。

百餘年來中國知識分子對「民族」的理解來源複雜，過程曲折，我們試著將目前學界的考證以圖表示之：

〔註 11〕吳文權：《感性縱情與理性斂情——從〈沉淪〉和〈遲桂花〉看郁達夫前後期的創作風格》，《重慶工學院學報》2005 年第 7 期。

考證人	時間結論	來源結論	最早證據	學界反應
林耀華《關於「民族」一詞的使用和譯名問題》(《歷史研究》1963年第2期)	不晚於1900年	可能從日文轉借過來	章太炎《序種姓上》	1980年代以後不斷更新中國學者的引進、使用時間
金天明、王慶仁《「民族」一詞在我國的出現及其使用問題》(《社會科學輯刊》1981年第4期)	1899年	從日文轉借過來	梁啟超的《東籍月旦》	韓錦春、李毅夫等考證《東籍月旦》作於1902年；此前梁啟超已經使用該詞
彭英明《中國近代誰先用「民族」一詞？》(《社會科學輯刊》1984年第2期)	1898年6月	近代中國開始使用	康有為的《請君民合治滿漢不分摺》	經過多人考證，最終確認康有為此摺乃是其1910年前後所偽造
韓錦春、李毅夫《漢文「民族」一詞的出現及其初期使用情況》(《民族研究》1984年第2期)	1895年	從日文引入	《論回部諸國何以削弱》(《強學報》第2號)	新世紀以後開始被人質疑
韓錦春、李毅夫編《漢文「民族」一詞考源資料》,(中國社會科學院民族研究所民族理論研究室1985年印)	近代中國人開始使用	在中國古代典籍中未曾出現，近代以前「民」、「族」是分開使用的		新世紀以後開始被人質疑
彭英明《關於我國民族概念歷史的初步考察》(《民族研究》1985年第2期)	1874年前後使用	可能來自英語	王韜《洋務在用其所長》	
臺灣學者沈松僑《我以我血薦軒轅——皇帝神話與晚清的國族建構》(《臺灣社會研究季刊》第二十八期，1997年12月)	20世紀中國知識分子	從日文引入		新世紀以後開始被人質疑

【英】馮客《近代中國之種族觀念》（楊立華譯），江蘇人民出版社 1999 年	1903 年，晚清維新派，梁啟超首次使用			
茹瑩《漢語「民族」一詞在我國的最早出現》（《世界民族》2001 年第 6 期）	唐代	與「宗社」相對應，但與現代意義有差別	李筌所著兵書《太白陰經》之序言：「傾宗社滅民族」	
黃興濤《「民族」一詞究竟何時在中文裏出現？》（《浙江學刊》2002 年第 1 期）類似觀點還有方維規《論近代思想史上的「民族」、「Nation」與中國》（香港《二十一世紀》2002 年 4 月號）	1837 年或之前出現；1872 年已有華人在現代意義上加以使用	很可能是西方來華傳教士的偶然發明	《論約書亞降迦南國》（1837 年 10 月德國籍傳教士郭士臘等編撰《東西洋考每月統記傳》）	
邸永君《「民族」一詞見於〈南齊書〉》（《民族研究》2004 年第 3 期）	南齊	中國自身的語彙，意義與當今相同	道士顧歡稱「諸華士女，民族弗革」（《南齊書》卷 54《高逸傳・顧歡傳》）	
郝時遠《中文「民族」一詞源流考辨》（《民族研究》2004 年第 6 期）	就詞語而言至少魏晉以降即有；古漢語「民族」一詞在 19 世紀 70 年代或之前傳入日本	古漢語「民族」一詞在中國有早於日本的且接近現代的含義；國人對「民族」對應的西文 nation、volk 及其含義的理解，無疑主要來自日本翻譯的西學著作；中國現代民族（nation）觀念受到日譯西書的影響	從魏晉以降至清，作為詞語使用不絕，總體傾向於各種具體的族群分類，現代抽象的意義概念屬於近代產物；日文「民族」為中文輸入的結果，與近代中國的西書漢譯有關	

此表列出了新中國成立至今學界所考證的概念史，以考證出現的時間為序。從中，我們大體上可以知道這樣一些基本事實：

1. 在近現代中國的思想之中，雙音節詞彙「民族」指的是經由長期歷史發展而形成的穩定共同體，它在歷史、文化、語言等方面與其他人群有所區別，「血緣、語言、信仰，皆為民族成立之有力條件」〔註12〕。相對而言，在古代中國，「民」與「族」往往作為單音節詞彙分開使用，「族」更多的指涉某一些具體的人群類別，近似於今天所謂的「氏族」、「邦族」、「宗族」、「部族」等等，所以在一個比較長的時間裏，我們從「民族」這個詞語的近現代含義出發，傾向於認定它的基本意義源自國外，是隨著近代域外思潮的引進而加進入中國的外來詞語，大多數學者認為它來自日本，原本是日本明治維新之後對西方術語的漢譯，也有學者認為它可能就是對英文的中譯。

2. 漢語詞彙本身也存在含義豐富、歷史演變複雜的事實，所以中國學者對「民族」的本土溯源從來也沒有停止過。雖然古代文獻浩若煙海，搜索「民族」一詞猶如大海撈針，史籍森森，收穫艱難，然而幾經努力，人們還是終有所得，正如郝時遠所總結的那樣，到新世紀初年，新的考證結論是：在普遍性的「民」、「族」分置的背景上，確實存在少數的「民族」合用的事實，而且古漢語的「民族」一詞，已經出現了近似現代的類別標識含義，在時間上早於日本漢文詞彙。在日本大規模地翻譯西方思想學術之前，其實還出現過借鑒中國語彙譯述西方書籍的選擇，日本漢文中的「民族」一詞很可能就是在這個時候從中國引入的。「『民族』一詞是古漢語固有的名詞。在近代中文文獻中，現代意義的『民族』一詞出現在 19 世紀 30 年代。日文中的『民族』一詞見諸 19 世紀 70 年代翻譯的西方著述之中，係受漢學影響的結果。但是，『民族』一詞在日譯西方著作中明確對應了 volk、ethnos 和 nation 等詞語，這些著作對 nation 等詞語的定義及其相關理論，對清末民初的中國民族主義思潮產生了直接影響。『民族』一詞不屬於『現代漢語的中—日—歐外來詞。』」〔註13〕

3.「民族」一詞更接近西方近代意義的廣泛使用是在日本，又隨著其他漢文的西方思想一起再次返回到了中國本土，最終形成了近現代中國「民族」概念的基本的含義。

總而言之，「民族」一語，從詞彙到思想，都存在一個複雜的形成過程，這裡有歷史流變中的意義的改變，也有中國／西方／日本思想和語言的多方

〔註12〕梁啟超：《中國歷史上民族之研究》，《飲冰室合集》第 8 冊，北京：中華書局，1989 年，第 860 頁。

〔註13〕郝時遠：《中文「民族」一詞源流考辨》，《民族研究》2004 年第 6 期。

對話與互滲。從總體上看，現代中國的「民族」含義與西方近代思想、日本明治維新後的思想基本相同，與古代中國的類似語彙明顯有別。1902 年，梁啟超在《論中國學術思想變遷之大勢》一文中，第一次提出了「中華民族」的概念，五年後的 1907 年，楊度《金鐵主義說》、章太炎《中華民國解》又再次申述了「中華民族」的觀念，雖然他們各自的含義有所差異，但是從一個大的族群類別的角度提出民族的存在問題卻有著共同的思維。民族、中華民族、民族意識、民族主義、民族復興，串聯起了近代、現代、當代中國思想發展的重要脈絡，儘管其間的認知和選擇上的分歧依然存在。

與「民族」類似，中國人對「國家」意義的理解也有一個複雜的演變過程，所不同的在於，如果說在民族生存，特別是中華民族共同命運等問題上現代知識分子常常聲應氣求的話，那麼在「國家」含義的認知和現實評價等方面，卻明顯出現了更多的分歧和衝突。

「國家」一詞在英語裏分別有 country、nation 和 state 三個詞彙，它們各有意指。Country 著眼於地理的邊界和範圍，側重領土和疆域；nation 強調的是人口和民族，偏向民族與國民的內涵；state 代表政治和權力，指的是在確定的領土邊界內強制性、暴力性的機構。現代意義上的國家概念就是政治學意義的 state。作為政治學的核心術語，state 的出現是近代的事，在這個意義上說，古代社會並沒有正式的國家概念。這一點，中西皆然。

就如同「民」與「族」一樣，古漢語的「國」與「家」也常常分置而用。早在先秦時期，也出現了「國」與「家」的合用，只是各有含義，諸侯的封地謂之「國」，卿大夫的封地謂之「家」，這是不同等級的治理區域；然而不同等級的治理區域能夠合用為「國家」，則顯示了傳統中國治理秩序的血緣基礎。先秦時代，周天子治轄所在曰「天下」，周天子的京師曰「中國」，「禮崩樂壞」之後，各諸侯國的王畿也稱「中國」，再後，「中國」範圍進一步擴大，成了漢族生存的中原地區具有「德性」和「禮義」的文明區域的總稱，最早的政治等級的標識轉化為文化優越的稱謂，象徵著「華夏」（「以德榮為國華」〔註 14〕）之於「夷狄」的文明優勢，是謂「中國有文章光華禮義之大」〔註 15〕。「天下」與「中國」相互說明，構成了一種超越於固定疆域、也不止於政治權力的優越

〔註 14〕上海師範大學古籍整理組校點：《國語》，上海：上海古籍出版社，1978 年，第 183 頁。

〔註 15〕（漢）孔安國傳，（唐）孔穎達等正義：《尚書正義》，上海：上海古籍出版社，1990 年，第 43 頁。

的文明自詡。隨著非漢族統治的蒙元、滿清時代的出現，「中國」的概念也不斷受到衝擊和改變，一方面，蒙古帝國從未被漢人同化，「中國」一度失落，另一方面，在清朝，原來的「四夷」（滿、蒙、回、藏、苗）卻被重新識別而納入「中國」，而夷狄則成了西洋諸國。儘管如此，那種文明的優越感始終存在。到了晚清，在「四夷」越來越強大的威懾下，「中國」優越感和「天下」無限性都深受重創，「近代中國思想史的大部分時期，是一個使『天下』成為『國家』的過程」〔註16〕，這裡的「國家」觀念就不再是以家立國的古代「國家」了，而是邊界疆域明確、彼此獨立平等的國際間的政治實體，也就是近現代主權時代的民族國家。1648 年《威斯特伐利亞和約》的簽訂，標誌著歐洲國家正式進入主權時代。到 19 世紀，一個邊界清晰、民族自覺的民族國家成為了國際外交的主角。國家外交的碰撞，特別是國際軍事衝突的失敗讓被迫捲入這一時代的中國不得不以新的「國家」觀念來自我塑形，並與「天下」瓦解之後的「世界」對話，一個前所未有的民族—國家的時代真正到來了。現代中國的民族學者早就認識到：「民族者，裏也，國家者，表也。民族精神，實賴國家組織以保存而發揚之。民族跨越文化，不復為民族；國家脫離政治，不成其為國家。」〔註17〕

然而，正如韋伯所說「國家」（state）是「到目前為止最複雜、最有趣」的概念〔註18〕，一方面，「非人格化」的現代國家觀念延續了古羅馬的「共和」理想，國家政治被看作超越具體的個人和社會的「中立」的統治主體，一系列嚴謹、公平的社會治理原則成為應有之義，另外一方面，從西方歷史來看，現代意義的國家的出現與十七、十八世紀絕對王權代替封建割據，與路易十四「朕即國家」（L'État, c'est moi）的事實緊密相關，這些原本與中國歷史傳統神離而貌合的取向在有形無形之中進入了現代中國的國家理念，成為我們混沌駁雜的思想構成，那些巨大的、統一的、排他性的權力方式始終潛伏在現代國家的發展過程之中，釋放魅惑，也造成破壞。此外，置身普遍性的現代民族國家的歷史進程，中國的民族—國家的聯結和組合卻分外的複雜，與西方世界主

〔註16〕【美】約瑟夫．列文森著、鄭大華、任菁譯：《儒教中國及其現代命運》，桂林：廣西師範大學出版社，2009 年，第 84 頁。

〔註17〕吳文藻：《民族與國家》，《人類學社會學研究文集》，北京：民族出版社，1990 年，第 35～36 頁。

〔註18〕Max Weber, "'Objectivity' in Social Science and Social Policy," in The Methodology of Social Sciences, trans. & ed., Edward A. Shils & Henry A. Finch, Glencoe: The Free Press, 1949, p. 99.

流的單一民族的國家構成，多民族的聯合已經是中國現代國家的生存基礎，在我們內在結構之中，不同民族的相互關係以及各自與國家政權的依存方式都各有特點，當然從「排滿革命」到「五族共和」，也有過齟齬與和解，民族主義作為國家政治的基礎，既行之有效，又並非總能堅如磐石。

二

西方馬克思主義的重要代表弗雷德里克・詹姆森有一個論斷被廣泛引用：「所有第三世界的本文均帶有寓言性和特殊性：我們應該把這些本文當作民族寓言來閱讀，特別當它們的形式是從占主導地位的西方表達形式的機制——例如小說——上發展起來的。」「第三世界的本文，甚至那些看起來好像是關於個人和利比多趨力的本文，總是以民族寓言的形式來投射一種政治：關於個人命運的故事包含著第三世界的大眾文化和社會受到衝擊的寓言。」〔註 19〕魯迅的小說就是這一論斷的主要論據。拋開詹姆森作為西方學者對魯迅小說細節的某些誤讀，他關於中國現代文學與國家民族深度關聯的判斷還是基本準確的。中國現代文學史上的幾乎每一場運動都與民族救亡的目標有關，而幾乎每一個有影響的作家都有過魯迅「我以我血薦軒轅」式的人生經歷和創作衝動，包括抗戰時期的淪陷區文學也曾經以隱晦婉曲的方式傳達著精神深處的興亡之歎。即便文學的書寫工具——語言文字也早就被視作國家民族利益的捍衛方式，一如近代小學大家章太炎所說：「小學」「這愛國保種的力量，不由你不偉大。」〔註 20〕晚清語言改革的倡導者、切音新字的發明人盧戇章表示：「倘吾國欲得威振環球，必須語言文字合一。務使男女老幼皆能讀書愛國。除認真頒行一種中國切音簡便字母不為功。」〔註 21〕

只是，詹姆森的「民族寓言」判斷對於千差萬別的「第三世界」來說，顯然還是過於籠統了。對於這一位相對單純的現代民族國家的學者而言，他恐怕很難想像現代的中國，既然有過各自不同的「國家」概念和紛然雜陳的「民族」意識，在真正深入文學的世界加以辨析之時，我們就不得不追問，這些興亡之

〔註 19〕【美】弗雷德里克・詹姆森：《處於跨國資本主義時代中的第三世界文學》，見張京媛主編《新歷史主義與文學批評》，北京：北京大學出版社，1993 年，第 234、235 頁。

〔註 20〕章太炎：《我的生平與辦事方法》，《章太炎的白話文》，瀋陽：遼寧教育出版社，2003 年，第 74 頁。

〔註 21〕盧戇章：《中國第一快切音新字》原序，《清末文字改革文集》，北京：文字改革出版社，1958 年，第 2 頁。

慨究竟意指哪一個國家認同，這民族情懷又懷抱著怎樣的內容？現代中國知識分子所經歷的複雜的國家—民族的知識轉型，因為情感性的文學的介入而愈發顯得盤根錯節、撲朔迷離了。

在中國新文學史的敘述邏輯中，近現代中國的歷史進程就是一個義無反顧的棄舊圖新的過程。

王瑤《中國新文學史稿》一開篇就認定了五四新文學的「徹底性」與「不妥協性」：「反帝反封建是由『五四』開始的中國現代文學的基本特徵，這裡『徹底地』、『不妥協地』兩個形容詞非常重要，這是關係到對敵鬥爭的重大課題。」〔註22〕

唐弢主編《中國現代文學史》這樣立論：「清嘉慶以後，中國封建社會已由衰微而處於崩潰前夕。國內各種矛盾空前尖銳，社會危機四伏。清朝政府極端昏庸腐朽。」「為了挽救民族危亡的命運，從太平天國到辛亥革命，中國人民進行了一次又一次的革命鬥爭。」「在這一歷史時期內，雖然封建文學仍然大量存在，但也產生了以反抗列強侵略和要求掙脫封建束縛為主要內容的進步文學，並且在較長的一段時間裏，不止一次地作了種種改革封建舊文學的努力。」「『五四』文學革命運動的興起，乃是近代中國社會與文學諸方面條件長期孕育的必然結果。」〔註23〕

嚴家炎主編《二十世紀中國文學史》的最新表述：「歷史悠久的中國文學，到清王朝晚期，發生了前所未有的重大轉折：開始與西方文學、西方文化迎面相遇，經過碰撞、交匯而在自身基礎上逐漸形成具有現代性的文學新質，至五四文學革命興起達到高潮。從此，中國文學史進入一個明顯區別於古代文學的嶄新階段。」〔註24〕

這都是中國現代文學研究的經典性論述，它們都以不同的方式告訴我們，自晚清以後，中國的社會文化始終持續進步，五四新文學展開了現代國家—民族的嶄新的表述。從歷史演變的根本方向來說，這樣的定位清晰而準確，這就如同新文化運動領袖陳獨秀在當時的感受：「我生長二十多歲，才知道有個國

〔註22〕王瑤：《中國新文學史稿》上冊，《王瑤文集》第3卷，太原：北嶽文藝出版社，1995年，第7頁。

〔註23〕唐弢主編：《中國現代文學史》，北京：人民文學出版社，1979年，第1～2頁、6頁。

〔註24〕嚴家炎主編：《二十世紀中國文學史》，北京：高等教育出版社，2010年，第1頁。

家，才知道國家乃是全國人的大家，才知道人人有應當盡力於這大家的大義。」〔註 25〕換句話說，是在歷史的進步中我們生成了全新的國家—民族意識，而新的國家—民族憂患（「盡力於這大家的大義」）則產生了新的現代的文學。

但是，這樣的棄舊圖新就真的那麼斬釘截鐵、一往無前嗎？今天，在掀開新文學主流敘述的遮蔽之後，我們已經發現了歷史場域的更多豐富的存在，在中國現代文學（而不僅僅是現代的「新文學」）的廣袤的土地上，歷史並非由不斷進化的潮流所書寫，期間多有盤旋、折返、對流、纏繞……現代的民族國家——中華民國雖然結束了君主專制，代表了歷史前進的方向，但卻遠遠沒有達到「全民認同」的程度，在各種形式的理想主義的知識分子那裡，更是不斷遭遇了質疑、批評甚至反叛，而「民族」所激發的感情在普遍性的真誠之中也隱含著一些各自族群的遭遇和體驗，何況在中國，民族意識與國家觀念的組合還有著多種多樣的形式，彼此之間並非理所當然的融合無際。這也為現代文學中民族情感的轉化和發展留下了豐富的空間。

1933 年 8 月，上海世界書局出版了錢基博的《現代中國文學史》。這部早期的中國現代文學史著也是最早標舉「現代」之名的文學論著。然而，有意思的是，與當下學者在「現代性」框架中大談「民族國家」不同，錢基博的用意恰恰是借「現代」之名表達對彼時國家的拒絕和疏離：「吾書之所為題現代，詳於民國以來而略推跡往古者，此物此志也。然不題民國而曰現代，何也？曰『維我民國，肇造日淺，而一時所推文學家者，皆早嶄然露頭角於讓清之末年；甚者遺老自居，不願奉民國之正朔；寧可以民國概之！』」〔註 26〕「不願奉民國之正朔」就必須以「現代」命名？錢基博的這個邏輯未必說得通，不過他倒是別有意味地揭示了一個重要的事實：「一時所推文學家者」成長於前朝，甚至以前朝遺民自居，缺乏對這個新興的民族國家——中華民國的認同。近年來，隨著現代文學研究空間的日益擴大，一些為「新文化新文學」價值標準所不能完全概括的文學現象越來越多地進入了文學史家的視野，所謂奉「民國乃敵國」的文學群體也成了「出土文物」，他們的獨特的感受和情感得以逐漸揭示，中國現代作家的精神世界的多樣性更充分地昭示於世。正如史學家王汎森所說：「受過舊文化薰陶的讀書人在面對時代變局時，有種種異於新派人物的

〔註 25〕陳獨秀：《說國家》，《陳獨秀著作選》第一卷，上海：上海人民出版社，1993 年，第 44 頁。

〔註 26〕錢基博：《現代中國文學史》，上海：上海世界書局，1933 年，第 8～9 頁。

回應方式，包括與現代截然迴異的價值觀和看法。以往我們把焦點集中在新派人物身上，模糊或忽略了舊派人物。」「儘管我們無須同意其政治認同，可是的確值得重新檢視他們的行為與動機，以豐富我們對近代中國思想文化脈絡的瞭解。」〔註 27〕這樣一些拒絕認同現實國家的知識分子還不能簡單等同於傳統意義上的「遺民」，因為他們的焦慮不僅僅是對政權歸屬的迷茫，更包含了對現代社會變遷的不適，和對中西文化衝突的錯愕，這都可以說是現代文化進程中的精神危機，是不應該被繼續忽視的現代文學主流精神的反面，它包含了歷史文化複雜性的幽深的奧秘。「清遺民議題呈現豐富的意涵，除了歷史上種族與政治問題外，也跟文化層面有著密切的關聯。他們反對的不單來自政治變革，更感歎社會良風善俗因而消逝，訴諸近代中國遭受西力衝擊和影響。」「充分顯現了忠清遺民的遭遇及面對的問題，固然和過去有所不同，非但超乎宋元、明清易代之際士人，而且在心理與處境上勢將愈形複雜。」〔註 28〕在「現代文學」的格局中，他們或以詩結社，相互唱酬追思故國，「劇憐臣甫飄零甚，日日低頭拜杜鵑」〔註 29〕；或埋首著述，書寫「主辱臣死」之志，吟詠「辛亥濺淚」之痛〔註 30〕，試圖「託文字以立教」；或與其他文學群體論爭駁詰，一如林紓以「清室舉人」自居，對陣「民國宣力」蔡元培，反對新文化運動，增添了現代文壇的斑斕。在這一歷史過程中，一些重要代表如王國維的文學評論，陳三立、沈曾植、趙熙、鄭孝胥等人的舊體詩，辜鴻銘的文化論述，都是別有一番「意味」的存在。

中華民國是推翻君主專制而建立起來的「民族國家」，然而，眾所周知的史實是，這個國家長期未能達成各方國民的一致認同，先是為創立民國而流血犧牲的國民黨人無法接受各路軍閥對國家的把持，最後是抗戰時代的分裂勢力（偽滿、汪偽）對國民政府國家的肢解，貫穿始終的則是左翼知識分子對一切軍閥勢力及國民黨獨裁的抨擊和反抗，雖然來自左翼文學的批判否定還

〔註 27〕王汎森：《序》，林誌宏著《民國乃敵國也：政治文化轉型下的清遺民》，北京：中華書局，2013 年，第 2 頁。

〔註 28〕王汎森：《序》，林誌宏著《民國乃敵國也：政治文化轉型下的清遺民》，北京：中華書局，2013 年，第 3、4 頁。

〔註 29〕丁仁長：《為杜鵑庵主題春心圖》，《丁潛客先生遺詩》，第 32 頁，廣州九曜坊翰元樓刊行 1929 年刻本（轉引自 110 頁）。

〔註 30〕「主辱臣死」語出清末湖北存古學堂經學總教習曹元弼，晚清經學家蘇輿著有《辛亥濺淚集》（長沙龍雲印刷局石印本），作於辛亥年間，凡四卷，收錄七言絕句 33 首。

不能說他們就是「民國的敵人」，因為在推翻專制、走向共和、反抗侵略等國家大勢上，他們也多次攜手合作，並肩作戰，但是，關於現代國家的理想形態，左翼知識分子顯然與國家的執政者長期衝突，形成了現代史上最為深刻的無法彌合的信仰分裂。另外，數量龐大的自由主義知識分子群體，其思想基礎融合了近代以來的西方啟蒙思想和中國傳統士人精神，作為現代社會的公民，民主、自由、科學的理念是他們基本的立世原則，雖然其中不乏溫和的政治主張者，甚至也有對社會政治的相對疏離者，但都莫不以「天下大任」為己任，他們不可能成為現實國家秩序的順從者，常常表達出對國家制度和現狀的不滿和批評，並以此為自我精神的常態。在民國時代，真正不斷抒發對現實國家「忠誠無二」的只有三民主義、民族主義文學運動的參與者以及國家主義的信奉者。但是，問題在於，與國民黨關聯深厚的三民主義、民族主義文學運動卻始終未能成為文學的主導力量，至於各種國家主義，本身卻又與國民黨意識形態矛盾重重，在文學上影響有限，更不用說其中的覺悟者如聞一多等反戈一擊，在抗戰結束以後以「人民」為旗，質疑「國家」的威權。

總而言之，在現代中國的主流作家那裡，國家觀念不是籠統的一個存在，而是包含著內部的分層，對家國世界的無條件的憂患主要是在族群感情的層面上，一旦進入現實的政治領域，就可能引出諸多的歧見和質疑，而且這些自我思想的層次之間，本身也不無糾纏和矛盾，于質夫蹈海之際，激情吶喊：「祖國呀祖國！我的死是你害我的！」在這裡，生死關頭的情感依託是「祖國」，說明「國家」依舊是我們精神的襁褓，寄寓著我們真誠的愛，然而個人的現實發展又分明受制於國家社會的束縛，這種清醒的現實體驗和篤定的權利意識也激發了另外一種不甘，於是，對「國家」的深愛和怨憤同時存在，彼此糾結，令人無以適從。

關於民國，魯迅也道出過類似的矛盾性體驗：

> 我覺得彷彿久沒有所謂中華民國。
>
> 我覺得革命以前，我是做奴隸；革命以後不多久，就受了奴隸的騙，變成他們的奴隸了。
>
> 我覺得有許多民國國民而是民國的敵人。
>
> 我覺得有許多民國國民很像住在德法等國裏的猶太人，他們的意中別有一個國度。
>
> 我覺得許多烈士的血都被人們踏滅了，然而又不是故意的。

我覺得什麼都要從新做過。〔註31〕

在這裡，魯迅對「民國」的失望是顯而易見的：它玷污了「革命」的理想，令真誠的追隨者上當受騙。然而，當魯迅幾乎是一字一頓地寫下「中華民國」這四個漢字的時候，卻也刻繪了對這一現代國家形態的多少的顧惜和愛護，猶如他在《中山先生逝世後一週年》中滿懷感情地說：「中山先生逝世後無論幾週年，本用不著什麼紀念的文章。只要這先前未曾有的中華民國存在，就是他的豐碑，就是他的紀念。」〔註32〕從君主專制的「家天下」邁入現代國家，民國本身就是這樣一個「先前未曾有」的時代進步的符號，也凝聚著像魯迅這樣「血薦中華」的知識人的思想和情感認同，所以在強烈的現實失望之餘，他依然將批判的刀鋒指向了那些踏滅烈士鮮血的奴役他人的當權者，那些污損了民國創立者的理想的人們，就是在「從新做過」的無奈中，也沒有遺棄這珍貴的國家認同本身。在這裡，一位現代作家於家國理想深深的挫折和不屈不撓的擔當都躍然紙上。

民族認同通常情況下都是與國家觀念緊緊聯繫的。但是，近現代中國，卻又經歷了「民族」意識的一系列複雜的重建過程，而這一過程又並不都是與國家觀念的塑造相同步的，這也決定了現代中國文學民族意識表達的複雜性。在晚清近代，結束帝制、創立民國的「革命」首先舉起的是「排滿」的旌旗，雖然後來終於為「五族共和」的大民族意識所取代，實現了道義上的多民族和解。但是，民族意識的整合、中華民族整體意識的形成並沒有取消每一個具體族群具體的歷史境遇，尤其是在一些特殊的歷史時期，這些細微的民族心理就會滲透在一些或自然或扭曲的文學形態中傳達出來。例如從穆儒丐到老舍，我們可以讀到那種時代變遷所導致的滿人的衰落，以及他們對自己民族所受屈辱的不同形式的同情。老舍是極力縫合民族的裂隙，在民族團結的嚮往中重塑自身的尊嚴，「老舍民族觀之核心理念，便是主張和宣揚不同民族的平等和友好。他的全部涉及國內、國際民族問題的著述，都在訴說這一理念。他一生中所有關乎民族問題的社會活動，也都體現著這一理念。」〔註33〕穆儒丐則先是書寫著族人命運的感傷，在對滿族歷史命運的深切同情中批判軍閥與國民黨

〔註31〕魯迅：《忽然想到》，《魯迅全集》3卷，北京：人民文學出版社，2005年，第16～17頁。

〔註32〕魯迅：《中山先生逝世後一週年》，《魯迅全集》7卷，北京：人民文學出版社，2005年，第305頁。

〔註33〕關紀新：《老舍民族觀探賾》，《中國現代文學研究叢刊》2015年第4期。

政治，曲曲折折地修正「愛國」的含義：「我常說愛國是人人所應當做的事，愛國心也是人人所同有的，但是愛國要使國家有益處，萬不能因為愛國反使國家受了無窮的損害。國民黨是由哄鬧成的功，所以雖然是愛國行為，也以哄鬧式出之。他們不能很沉著的埋頭用內功，只不過在表面上瞎哄嚷，結局是自己殺了自己。」〔註 34〕到東北淪陷時期，他卻落入了日本殖民者的政治羅網，在意識形態的扭曲中傳遞著被利用的民族意識。同為旗人作家，老舍與穆儒丐雖然境界有別，政治立場更是差異甚巨，但都提示了現代民族情感發展中的一些不可忽略的複雜的存在。

除此之外，我們會發現，作為一種總體性的民族意識和本族群在具體歷史文化語境中形成的人生態度與生命態度還不能劃上等號。例如作為「中華民族」一員的少數民族例如苗族、回族、蒙古族等等，也有自己在特定生存環境和特定歷史傳統中形成的精神氣質，在普遍的中華民族認同之外，他們也試圖提煉和表達自己獨特的民族感受，作為現代中國精神取向的重要資源，其中，影響最大的可能就是沈從文對苗文化的挖掘、凸顯。在湘西這個「被歷史所遺忘」的苗鄉，沈從文體驗了種種「行為背後所隱伏的生命意識」，後來，「這一分經驗在我心上有了一個分量，使我活下來永遠不能同城市中人愛憎感覺一致了」〔註 35〕。沈從文的創作就是對苗鄉「鄉下人」生命態度與人生形式的萃取和昇華，為他所抱憾的恰恰是這一民族傳統的淪喪：「地方的好習慣是消滅了，民族的熱情是下降了，女人也慢慢的像中國女人，把愛情移到牛羊金銀虛名虛事上來了，愛情的地位顯然是已經墮落，美的歌聲與美的身體同樣被其他物質戰勝成為無用的東西了」〔註 36〕。

三

國家觀念與民族意識的多層次結合與纏繞為中國現代文學相關主題的表達帶來了層巒疊嶂的景象，當然也大大拓展了這一思想情感的表現空間。從總體上看，最有價值也最具藝術魅力的國家—民族表現，最終也造成了中國現代作家最獨特的個人風格。

〔註 34〕穆儒丐：《運命質疑》（6），《盛京時報・神皋雜俎》1935 年 11 月 21、22 日。

〔註 35〕沈從文：《從文自傳》，《沈從文全集》第十三卷，太原：北嶽文藝出版社，2002 年，第 306 頁。

〔註 36〕沈從文：《媚金、豹子與那羊》，《沈從文全集》第五卷，太原：北嶽文藝出版社，2002 年，第 356 頁。

在中國現代文學中，雖然對國家、民族的激情剖白也曾經出現在種種時代危機的爆發時刻，但是真正富有深度的國家—民族情懷都不止於意氣風發、高歌猛進，而是纏繞著個人、家庭、地域、族群、時代的種種經歷、體驗與鬱結，在亢奮中糾結，在熱忱裏沉吟，在焦灼中思索，歷史的頓挫、自我的反詰，都盡在其中。從總體上看，作為思想—情感的國家民族書寫伴隨著整個中國現代文學跌宕起伏的歷史過程，在不同的歷史關節處激蕩起意緒多樣的聲浪，或昂揚或悲切，或鏗鏘或溫軟，或是合唱般的壯闊，或是獨行人的自遣，或是千軍萬馬呼嘯而過的酣暢，或是千廻百轉淺吟低唱的婉曲，或者是理想的激情，或者是理性的思考，可以這樣說，現代中國的國家—民族書寫，絕不是同一個簡單主題的不斷重複，而是因應不同的語境而多次生成的各種各樣的新問題、新形式，本身就值得撰寫為一部曲折的文學主題流變史。在這條奔流不息的主題表現史的長河沿岸，更有一座座令人目不暇給的精神的雕像，傲岸的、溫厚的、孤獨的、內省的……

從晚清到新中國建立的「現代」時期，中國文學的國家—民族意識的演化至少可以分作五大階段。

晚清民初是第一階段。在國際壓迫與國內革命的激流中，國家—民族意識以激越的宣言式抒懷普遍存在，改良派、革命派及更廣大的知識分子莫不如此。正如梁啟超所概括的，這就是當時歷史的「中心點」：「近四百年來，民族主義，日漸發生，日漸發達，遂至磅礴鬱積，為近世史之中心點。」〔註37〕從革命人于右任的「地球戰場耳，物競微乎微。嗟嗟老祖國，孤軍入重圍。」(《雜感》)「中華之魂死不死？中華之危竟至此！」(《從軍樂》) 到排滿興漢的汗血、愁予之「振吾族之疲風，拔社會之積弱」〔註38〕，從魯迅的《斯巴達之魂》、《自題小像》到晚清民初的翻譯文學乃至通俗文學都不斷傳響著保衛民族國家的豪情壯志。亦如《黑奴傳演義》篇首語所說：「恐怕民智難開，不知感發愛國的思想，輕舉妄動，糊塗一世，可又從哪裏強起呢？作報的因發了一個志願，要想個法子，把大清國的傻百姓，人人喚醒。」〔註39〕近現代中國關於民族復興的表述就是始於此時，只是，雖然有近代西方的民族—國家概念的傳入，作為

〔註37〕梁啟超：《論民族競爭之大勢》，《飲冰室文集》之十第10頁，中華書局1989年版。

〔註38〕《崖山哀》，《民報》1906年第二號。

〔註39〕彭翼仲：《黑奴傳演義》篇首語，1903年（光緒二十九年）3月18日北京《啟蒙畫報》第八冊。

文學情緒的宣言式表達有時難免混雜有中國士人傳統的家國憂患語調。

五四是第二階段。思想啟蒙在這時進入到人的自我認識的層面，因而此前激情式宣言式的抒懷轉為堅實的國家—民族文化的建設。這裡既有作為民族文化認同根基的白話文—國語統一運動，又有貌似國家民族意識「反題」的個人權力與自由的倡導。白話文運動、白話新文學本身就是為了國家的新文化建設，傅斯年說得很清楚：「我以為未來的真正中華民國，還須借著文學革命的力量造成。」〔註 40〕胡適說：「我的『建設新文學論』的唯一宗旨只有十個大字：『國語的文學，文學的國語』。我們所提倡的文學革命，只是要替中國創造一種國語的文學。」〔註 41〕這裡所包含的是這樣一種深刻的語言—民族認識：「事實上，因為一個民族必須講一種原有的語言，因此，其語言必須清除外來的增加物和借用語，因為語言越純潔，它就越自然，這個民族認識它自身和提高其自由度就越容易。……因此，一個民族能否被承認存在的檢驗標準是語言的標準。一個操有同一種語言的群體可以被視為一個民族，一個民族應該組成一個國家。一個操有某種語言的人的群體不僅可以要求保護其語言的權利；確切而言，這種作為一個民族的群體如果不構成一個國家的話，便不稱其為民族。」〔註 42〕後來國語運動吸引了各種思想流派的參與，國家主義者也趕緊表態：「近來有兩種大的運動，遍於全國，一種是國家主義，一種是國語。從事這兩種運動的人不完全相同，因此有人疑心主張國家主義者對於國語運動漠不關心，甚至反對，這就未免神經過敏，或不明了國家主義的目的了。國家主義的目的是什麼，不外『內求統一外求獨立』八個大字，現在我要借著這次國語運動的機會，依著國家主義的目的，說明他與國語運動的密切關係，並表示我們國家主義者對於國語運動的態度。」〔註 43〕而在近代中國，對「國家主義」的理解有時也具有某些模糊性，有時候也成為對普泛的國家民族意識的表述，例如梁啟超胞弟、詞學家梁啟勳就認為：「國家主義與個人主義，似對待而實相乘，蓋國家者實世界之個人而已。」〔註 44〕陳獨秀則說：「吾人非崇拜國家主義，而作絕對之主張。」「吾國國情，國民猶在散沙時代，因時制宜，

〔註 40〕傅斯年：《白話文學與心理的改革》，《新潮》1919 年 5 月第 1 卷第 5 期。

〔註 41〕胡適：《建設的文學革命論》，胡適選編《中國新文學大系・建設理論集》，上海：上海良友圖書印刷公司，1935 年，第 128 頁。

〔註 42〕【英】埃里・凱杜里著、張明明譯：《民族主義》，北京：中央編譯出版社，2002 年，第 61～62 頁。

〔註 43〕陳啟天：《國家主義與國語運動》，《申報》1926 年 1 月 3 日。

〔註 44〕梁啟勳：《個人主義與國家主義》，《大中華雜誌》1915 年 1 月第 1 卷第 1 期。

國家主義，實為吾人目前自救之良方。」「近世國家主義，乃民主的國家，非民奴的國家。」〔註 45〕五四的思想啟蒙雖然一度對個人／國家的關係提出檢討和重構，誕生了如胡適《你莫忘記》一類號稱「只指望快快亡國」的激憤表達，表面上看去更像是對國家—民族價值的一種「反題」，但是在更為寬闊的視野下，重建個人的權力與自由本身就是現代民族國家制度構建的有機組成，我們也可以這樣認為，在五四時期更為宏大而深刻的文化建設中，個人意識的成長其實是開闢了一種寬闊而新異的國家—民族意識。劉納指出：「陳獨秀既將文學變革與民族命運相聯繫，又十分重視文學的『自身獨立存在之價值』，他的文學胸懷比前輩啟蒙者寬廣得多。」〔註 46〕

1920 中後期至 1930 後期是第三階段。伴隨著現代國家民族的現代發展，中國文學所傳達的國家—民族意識也在多個方向上延伸，不同的文學思潮在相互的辯駁中自我展示，三民主義、民族主義、國家主義、自由主義、左翼無產階級、無政府主義對國家、民族的文學表達各不相同，矛盾衝突，論爭不斷。其中，值得我們深究的現象十分豐富。三民主義、民族主義對國家、民族的重要性作出了最強勢的表達，看似不容置疑：「我們在革命以後，種種創造工作之中，要創造一種新文藝，要創造出中華民族的文藝，三民主義的文藝。因為文藝創造，是一切創造根本之根本，而為立國的基礎所在。」〔註 47〕然而，國家—民族情懷一旦被納入到政治獨裁的道路上卻也是自我窄化的危險之舉，三民主義、民族主義文學的強勢在本質上是以國民黨的專制獨裁為依靠，以對其他文學追求特別是左翼文藝的打壓甚至清剿為指向的，在他們眼中，「民族文藝最大的敵人，是普羅毒物，與頹廢的殘骸，負有民族文化運動的人，當然向他們掃射。」〔註 48〕這恣意「掃射」的底氣來自國家的政治權威，例如委員長的宣判：「要確定，總理三民主義為中國唯一的思想，再不好有第二個思想，來擾亂中國」〔註 49〕。這種唯我獨尊的文學在本質上正如胡秋原當年所批評的那樣，是「法西斯蒂的文學（？），是特權者文化上的『前鋒』，是最醜陋的警犬，他巡邏思想上的異端，摧殘思想的自由，阻礙文藝之

〔註 45〕陳獨秀：《今日之教育方針》，《青年雜誌》1915 年 1 月 15 日第 1 卷第 2 號。
〔註 46〕劉納：《嬗變》修訂版，北京：中國人民大學出版社，2010 年，第 19～20 頁。
〔註 47〕葉楚傖：《三民主義的文藝底創造》，《中央週報》1930 年 1 月 1 日。
〔註 48〕劉百川：《開張詞》，《民族文藝月刊》創刊號，1937 年 1 月 15 日。
〔註 49〕蔣介石：《中國建設之途徑》，《先總統蔣公全集》第 1 冊，臺北：中國文化大學出版社，1984 年，第 557 頁。

自由創造」〔註 50〕。國家主義在思維方式上與三民主義、民族主義如出一轍，只不過他們對國民黨的文藝政策尚有不滿，一度試圖獨樹旗幟，因而也曾受到政府的打壓；在文學史的長河中，國家主義最終缺少自己獨立的特色，不得不匯入官方主導的思潮之中。在這一時期，內涵豐富、最有挖掘價值的文學恰恰是深受官方壓迫的左翼無產階級文學、自由主義文學，甚至某些包含了無政府主義思想的文學。左翼文學因為其國際共產主義背景而被官方置於國家—民族的對立面，受到的壓迫最多；自由主義、無政府主義因為對個人權力與自由的鼓吹也被官方意識形態視作危險的異端。但是，平心而論，在現代中國，共產主義、自由主義和無政府主義本身就是思想啟蒙的有機組成，而思想啟蒙的根源和指向卻又都是國家和民族的發展，因此，在這些個人與自由的號召的背後，依然是深切的國家—民族情懷，正如自由主義的領袖胡適所指出的那樣：「民國十四五年的遠東局勢又逼我們中國人不得不走上民族主義的路」，「十四年到十六年的國民革命的大勝利，不能不說是民族主義的旗幟的大成功」〔註 51〕。換句話說，在自由主義等文學思潮的藝術表現中，存在著國際／民族、國家／個人的多重思想結構，它們構織了現代國家—民族意識的更豐富的景觀。

抗戰時期是第四階段。因為抗戰，現代中國的民族復興意識被大大地激發，文學在救亡的主題下完成了百年來最盪氣迴腸的國家—民族表述，不過，我們也應該看到，由於區域的分割，在國統區、解放區和淪陷區，國家—民族意識的表達出現了較大的差異。在國統區，較之於階級矛盾尖銳的 1920～1930 年代，國家危亡、同仇敵愾的大勢強化了國家認同，民族意識更多地融合到國家觀念之中，「抗戰建國」成為文學的自然表達，不過，對國家的認同也還沒有消弭知識分子對專制權力的深層的警惕，即便是「戰國策派」這樣自覺的民族主題的表達者，也依然自覺不自覺地顯露著民族情懷與國家觀念的某些齟齬〔註 52〕。在解放區，因為跳出了國民黨專制的意識形態束縛，則展開了對「民族形式」問題的全新的探索和建構，其精神遺產一直延續到當代中國，

〔註 50〕胡秋原：《阿狗文藝論》，《文化評論》1931 年 12 月 25 日創刊號，參見上海文藝出版社編輯《中國新文學大系 1927～1937 第 2 集文藝理論集 2》，上海：上海文藝出版社，1987 年，第 503 頁。

〔註 51〕胡適：《個人自由與社會進步》，《獨立評論》1935 年 5 月 12 日第 150 號。

〔註 52〕參見李怡：《國家觀念與民族情懷的齟齬——陳銓的文學追求及其歷史命運》，《文學評論》2018 年第 6 期。

成為了二十世紀下半葉中國國家—民族文學表達的重要內容。在淪陷區，文學的國家表達和民族表達曖昧而曲折，除了那些明顯「親日媚日」的漢奸文學外，淪陷區作家的思想複雜性也清晰可見，對中華民族的深層情懷依然留存，只不過已經與當前的「國家」認同分割開來，因為滿漢矛盾的歷史淵源，對自我族群的記憶追溯獲得鼓勵，卻也不能斷言這些族群的認同就真的演化成了中華民族的「敵人」。總之，戰爭以極端的方式拷問著每一個中國作家的靈魂，逼迫出他們精神深處的情感和思想，最後留給歷史一段段耐人尋味的表達。

抗戰勝利至新中國成立是第五階段。抗戰勝利，為國家民族的發展贏來了新的歷史機遇，如何重拾近代以後的國家—民族發展主題，每一個知識分子都在面對和思考。然而，歷經歷史的滄桑，所有的主題思考也都有了新的內容：例如，近代以來的民族復興追求同時還伴隨著一個同樣深厚的文藝復興或曰文化復興的思潮，兩者分分合合，協同發展，一般來說，在強調國家社會的整體發展之時，人們傾向以「民族復興」自命，在力圖突出某些思想文化的動態之時，則轉稱「文藝復興」，相對來說，文藝復興更屬於知識界關於國家民族思想文化發展的學術性思考。抗戰勝利以後，國家—民族話題開始從官方意識形態中掙脫出來，民族復興不再是民族主義的獨享的主張，它成為了各界參與的普遍話題，因為普遍的參與，所以意義和內涵也大大地拓展，不復是國民黨政治合法性的論證方式，左翼思想對國家—民族的表述產生了更大的影響，這個時候，作為知識界文化建設理想的「文藝復興」更加凸顯了自己的意義。這是歷史新階段的「復興」，包含了對大半個世紀以來的國家—民族問題的再思考、再認識，當然也包含著對知識分子文化的自我反省和自我認識。早在抗戰進行之時，李長之就開始了對五四新文化運動的反思，試圖從發揚本民族文化精神的角度再論文藝復興，掀起「新文化運動的第二期」，1944 年 8 月和 1946 年 9 月，《迎中國的文藝復興》一書先後由重慶與上海的商務印書館推出「初版」，出版的日期彷彿就是對抗戰勝利的一種紀歷。新的民族文化的發展被描述為一種中西對話、文明互鑒的全新樣式：「近於中體西用，而又超過中體西用的一種運動」，「其超過之點即在我們是真發現中國文化之體了，在作徹底全盤地吸收西洋文化之中，終不忘掉自己！」〔註 53〕這樣的中外融通既不是陳腐守舊，又不是情緒性的激進，既不是政治民族主義的偏狹，又不等同於一般「西化」論者的膚淺，是對民族文化發展問題的新的歷史層面的剖解。

〔註 53〕李長之：《迎中國的文藝復興》，上海：上海商務印書館，1946 年，第 58 頁。

無獨有偶，也是在抗戰勝利前後，顧毓琇發表了多篇關於「中國的文藝復興」的文章，1948 年 6 月由中華書局結集為《中國的文藝復興》，被視作「戰後『復員』聲中討論中華民族復興問題的比較系統、全面的論著」〔註 54〕。在顧毓琇看來，文藝復興才是民族復興的前提，而「創造精神」則是文藝復興的根本：「中國的文藝復興乃是根據於時代的使命，因此不能不有創造的精神。中國的文藝復興，乃是根據於世界的需要，因此不能違背文化的潮流。以文化的交流培養民族的根源，我們必定會發揮創造的活力，貫徹時代的使命。」〔註 55〕1946 年初，誕生了以《文藝復興》命名的重要文學期刊，「勝利了，人醒了，事業有前途了。」〔註 56〕《文藝復興》的創刊詞用了一連串的「新」，以示自己創造歷史的強烈願望：「中國今日也面臨著一個『文藝復興』的時代。文藝當然也和別的東西一樣，必須有一個新的面貌，新的理想，新的立場，然後方才能夠有新的成就。」「抗戰勝利，我們的『文藝復興』開始了；洗蕩了過去的邪毒，創立著一個新的局勢。我們不僅要承繼了五四運動以來未完的工作，我們還應該更積極的努力於今後的文藝復興的使命；我們不僅為了寫作而寫作，我們還覺得應該配合著整個新的中國的動向，為民主，絕大多數的民眾而寫作。」〔註 57〕創造和新並不僅僅停留於理想，《文藝復興》在 1940 年代後期發表了一系列對個人 / 國家 / 民族歷史命運的探索之作：小說《寒夜》、《圍城》、《引力》、《虹橋》、《復仇》，戲劇《青春》、《山河怨》、《拋錨》、《風絮》，以及臧克家、穆旦、辛笛、陳敬容、唐湜、唐祈、袁可嘉等人的詩歌；求新也不僅僅屬於《文藝復興》期刊一家，放眼看去，展開全新的藝術實踐的不只有解放區的「大眾化」，1940 年代後期的中國文學都努力在許多方面煥然一新，中國現代作家的自我超越也大都在這個時期發生，巴金、茅盾、沈從文、李廣田⋯⋯

此時此刻，思想深化進入到了一個新的歷史階段，一些基於國家、民族現狀的新的命題出現了，成為走向未來的歷史風向標，例如「民主」與「人民」，解放區的政治建設和文化建設是對這兩個概念的最好的詮釋。不過，值得注意

〔註 54〕《顧毓琇全集》編輯委員會：《顧毓琇全集・前言》，《顧毓琇全集》第 1 卷，瀋陽：遼寧教育出版社，2000 年，第 3 頁。

〔註 55〕顧一樵：《中國的文藝復興》，原載《文藝（武昌）》1948 年 3 月 15 日第 6 卷第 2 期。

〔註 56〕李健吾：《關於〈文藝復興〉》，《新文學史料》1982 年第 3 期。

〔註 57〕鄭振鐸：《發刊詞》，《文藝復興》1946 年 1 月 10 日創刊號。

的是，這兩大主題也不僅僅出現在解放區的語境中，它們同樣也成為了戰後中國的普遍關切和文學引領。前者被周揚、馮雪峰、胡風多番論述，後者被郭沫若、茅盾、艾青、田漢、阿壟、聞一多熱烈討論，也為穆旦、袁可嘉、朱光潛、沈從文、蕭乾深入辨析，現實思想訴求與藝術的結合從來還沒有在藝術哲學的深處作如此緊密的結合〔註58〕。「人民」則從我們對國家—民族的籠統關懷中凸顯出來，成為一個關乎族群命運卻又拒絕國民黨專制權力壓榨的強有力的概念，身在國統區的郭沫若與聞一多等都對此有過深刻的闡發。左翼戰士郭沫若是一如既往地表達了他對專制強權的不滿，是以「人民」激活他心中的「新中國」：「文藝從它濫觴的一天起本來就是人民的。」「社會有了治者與被治者的分化，文藝才被逐漸為上層所壟斷，廟堂文藝成為文藝的主流，人民的文藝便被萎縮了。」「一部文藝史也就是人民文藝與廟堂文藝的鬥爭史。」「今天是人民的世紀，人民是主人，處理政治事務的人只是人民的公僕。一切價值都要顛倒過來，凡是以前說上的都要說下，以前說大的都要說小，以前說高的都要說低。所以為少數人享受的歌功頌德的所謂文藝，應該封進土瓶裏把它埋進土窖裏去。」〔註59〕曾經身為「文化的國家主義者」的聞一多則可謂是經歷了痛苦的自我反省和蛻變。激於祖國陸沉的現實，聞一多早年大張「中華文化的國家主義」〔註60〕，但是在數十年的風雨如晦之後，他卻幡然警悟，在《大路週刊》創刊號上發表了《人民的世紀》，副標題就是：「今天只有『人民至上』才是正確的口號」。無疑，這是他針對早年「國家至上」口號的自我反駁。這樣的判斷無疑是擲地有聲的：「假如國家不能替人民謀一點利益，便失去了它的意義，老實說，國家有時候是特權階級用以鞏固並擴大他們的特權的機構。」「國家並不等於人民。」〔註61〕倡導「人民至上」，回歸「人民本位」，這是聞一多留在中國文壇的最後的、也是最強勁的聲音，是現代中國國家—民族意識走向思想深度的一次雄壯的傳響。

〔註58〕參見王東東：《1940年代的詩歌與民主》，臺北：政治大學出版社，2016年。

〔註59〕郭沫若：《人民的文藝》，1945年12月5日天津《大公報》。

〔註60〕聞一多：《致梁實秋》（1925年3月），《聞一多全集》第12卷，武漢：湖北人民出版社，1993年，第214頁。

〔註61〕聞一多：《人民的世紀》，原載於1945年5月昆明《大路週刊》創刊號，《聞一多全集》第2卷，武漢：湖北人民出版社，1993年，第407頁。

目次

上冊

下　冊

緒論：翻譯與中國現代文學研究

譯介學隨著上世紀 70 年代末期比較文學在中國的興起而逐漸受到了部分學者的關注，其在比較文學視野下對翻譯展開迥異於傳統語言研究的跨文化研究，重點探討文學翻譯在促進文化交流中的中介作用、不同語言在翻譯過程中出現的文化信息的失落與變形、「創造性叛逆」、翻譯文學的國別歸屬等。20 世紀 80 年代末，中國譯介學在理論建構和學科建設上邁出了堅實的步伐，國內譯介學研究熱潮的興起促進了文學翻譯研究範式的轉變，人們紛紛從比較文學和翻譯學的角度對之具有的學術價值和開創意義加以肯定。然而，譯介學的價值和影響遠不只如此，本文試圖從如下幾個方面來論述它對中國現代文學研究的啟示，突出譯介學的跨學科意義。

一、拓展現代文學研究的內容

譯介學認為翻譯文學是民族文學的重要構成部分，確立了翻譯文學的國別身份，豐富了民族文學的內容。據此，自五四新文化運動以來大量湧現的白話翻譯文學應該屬於中國現代文學的範疇，進入中國現當文學的研究視野。中國現代文學研究以中國現代作家創作的文學作品、文學事件和文學史為基本的研究內容，但隨著譯介學的興起，現代文學堅守了幾十年的研究範疇因為翻譯文學民族身份的認同而不得不做出新的調整。

首先，譯介學擴大了中國現代文學的範疇。譯介學認為文學翻譯不是簡單的語言轉換和文化信息的複製傳遞，它具有文學創作的特質。文學翻譯需要用藝術性的語言去呈現原作的「風韻」，譯者翻譯外國文學時必須結合中國現代文化語境，在中國現代語言系統中找到能激發中國讀者產生與源語讀者相同或相似的審美感受；譯者與原作家之間都要對原作品中的人物、場景、情節及文化因素進行相應的體驗和創造。文學翻譯與文學創作的這些類似性決定了翻譯文學應該歸入譯者的語言文化系統中，中國現代譯者翻譯的外國文學相應地也應該屬於中國現代語言文化系統的構成要素，是中國現代文學的組成部分。隨著譯介學研究的深入，人們在翻譯文學的國別歸屬上基本贊同翻譯文學是民族文學（譯入語國文學）的看法，比如賈植芳先生在《譯介學》序言中說：「由中國翻譯家用漢語譯出的、以漢文形式存在的外國文學作品，為創造和豐富中國現代文學所作出的貢獻，與我們本民族的文學創作具有同等重要的意義和價值。」〔註1〕謝天振先生在其著作《譯介學》第五章中以「翻譯文學——爭取承認的文學」為題專門探討了翻譯文學的國別身份和在民族文學中的地位，在考證了大量文學翻譯作品的基礎上理性而果斷地認為：「既然翻譯文學是文學作品的一種獨立的存在形式，既然它不是外國文學，那麼它就該是民族文學或國別文學的一部分，對我們來說，翻譯文學就是中國文學的一個組成部分，這完全是順理成章的事。」〔註2〕

著譯不分是中國近現代文學史上獨特的文學現象，間接反映出現代文學早期對翻譯文學民族身份的認同。王德威先生曾說：「我們對彼時（清末民初——引者加）文人『翻譯』的定義，卻須稍作釐清：它至少包括意譯、重寫、刪改、合譯等方式」〔註3〕，說明中國現代翻譯文學融入了較多中國文化因素和譯者的主觀情思，具有創作性質和中國文學色彩。正是出於這樣的原因，許多現代作家視翻譯作品為創作作品並將其收入作品集，出現了翻譯文學與中國現代文學「相互滲透，合而不分」〔註4〕的「景觀」，比如新文學史上第一部新詩集《嘗試集》就收入了《老洛伯》《關不住了》《希望》等翻譯作品。胡適依靠《關不住了》這首譯詩來確立了新詩的「新紀元」，有力地證明了翻譯文學既以「他者」的身份通過外部影響來促進新文學的發展，又以民族文學構成要素的身份直接參與現代文學的建構。但因為社會歷史原因和學科劃分界限

〔註1〕賈植芳：《譯介學・序一》，《譯介學》，謝天振著，上海：上海外語教育出版社，1999年，第3頁。

〔註2〕謝天振：《譯介學》，上海：上海外語教育出版社，1999年，第239頁。

〔註3〕（美）王德威：《想像中國的方法》，北京：生活・讀書・新知三聯書店，2003年，第5頁。

〔註4〕王建開：《五四以來我國英美文學譯介史（1919～1949）》，上海：上海外語教育出版社，2003年，第103頁。

的過於清晰，翻譯文學後來淡出了中國現代文學研究的視野，中國現代文學學科幾十年來都理所當然地忽視了這個原本就屬於自身構成要素的內容。今天，中國現代文學的範疇隨著譯介學理論的成熟得以擴大，人們開始承認用現代漢語翻譯的外國文學屬於中國現代文學。

其次，譯介學豐富了中國現代文學研究的內容。中國現代文學範疇的擴大必然引起中國現代文學研究內容的豐富，長期以來被現代文學研究排除在外的翻譯文學因為民族身份的確立會逐漸進入學者的研究視野。中國現代文學研究的內容通常包括這樣幾個方面：一是「作家論」的研究，二是思潮、流派、社團的研究，三是文學史現象研究，四是文體研究和作品細讀研究，五是文學史的史料鉤沉、收集、整理研究，六是跨學科的研究和文化研究。〔註5〕作家作品研究是中國現代文學研究的主要內容之一，是對中國現當代文學史上的重要作家進行個案研究，探討作家創作的意義、價值及其文學地位。上世紀 90 年代中期以前中國現代文學的經典作家有所謂魯、郭、茅、巴、老、曹的說法，隨著時間的發展和觀念的變革，經典作家的名單在不斷增加，除上述作家之外，沈從文、錢鍾書、張愛玲、金庸等作家都已經成為公認的文學大師。由此可見，目前現代文學研究界並沒有將翻譯了很多優秀外國文學作品的譯者如傅東華、朱生豪等納入作家群體中，即使對魯迅、郭沫若等公認大師的研究也很少涉及到他們的文學翻譯成就。長期從事比較文學研究的賈植芳先生認為中國現代文學「就作家作品而言，應由小說、詩歌、散文、戲劇和翻譯文學五個單元構成。」〔註6〕既然現代翻譯文學根據譯介學的觀點應當屬於中國現代文學的範疇，那現代文學的作家作品研究理應將譯者、翻譯文學和作家的翻譯成就劃為必要的觀照對象。中國現代文學史上的翻譯文學成就斐然且數量龐大，對之加以研究勢必會豐富中國現代文學研究的內容。

第三，譯介學為「重寫文學史」提供了學理性依據。隨著文學研究視域和研究方法的更新，過去那種依靠主流意識捆綁文學作品和文學現象來書寫文學史的做法遭到了普遍質疑，於是，20 世紀 80 年代學術界興起了「重寫文學史」的熱潮，不少學者從文學性立場出發對文學進行客觀的打量，勾勒出了文

〔註 5〕溫儒敏：《中國現當代文學學科概要》，北京：北京大學出版社，2005 年，第 410～412 頁。

〔註 6〕賈植芳：《譯介學・序一》，《譯介學》，謝天振著，上海：上海外語教育出版社，1999 年，第 3 頁。

學發展的自律性軌跡。然而，熱鬧的文學史書寫現象與豐富的文學史研究成果卻並不能掩飾此次文學史書寫浪潮的不足，其中，對翻譯文學的遮蔽便可視為缺憾之一。譯介學認為現代翻譯文學屬於中國現代文學，那中國現代文學史的書寫和研究就不能不涉及到翻譯文學，只有包括了翻譯文學的現代文學史研究才會具有全面、科學和客觀的「史性」品格。五四新文化運動以來，胡適的《白話文學史》（上海：上海東方出版社，1996 年版）、陳子展的《中國近代文學之變遷》（上海：上海古籍出版社，2000 年版）、錢基博的《現代中國文學史》（北京：中國人民大學出版社，2004 年版）等都把翻譯文學網絡進了文學史的書寫範圍。但當代撰寫的文學史卻很少承認翻譯文學在民族文學史上的地位和作用，人為地將這個「單元」驅逐出了文學史的家園。難怪作為中國譯介學學科奠基人的謝天振先生曾不無遺憾地說：「自 1949 年以來大陸出版的中國現代文學史無一例外地取消了論述翻譯文學的專門章節，不僅如此，他們對作家們的翻譯成就不是輕輕地一筆帶過，就是視若無睹，緘口不談。譬如，煌煌二十卷的《魯迅全集》，其中一半是譯作，而且魯迅又有很高的翻譯成就和不少關於翻譯的真知灼見，又如郭沫若、茅盾、巴金等作家，他們的譯作都相當豐富，但所有這些在我們的現代文學史上卻幾乎找不到他們的蹤跡。」〔註 7〕就連目前影響較大的文學史著作如錢理群等撰寫的《中國現代文學三十年》（北京：北京大學出版社，1998 年版）和朱棟霖等撰寫的《中國現代文學史》（1917～1997）（北京：高等教育出版社，1999 年版）也只零星地提及了翻譯文學對新文學的影響。從分體文學史著作來看，近年出版的文學史著作中僅陳平原的《二十世紀中國小說史》（1897～1916）（第一卷）（北京：北京大學出版社，1989 年版）論述了翻譯小說及其對中國小說新變的影響，駱寒超撰寫的《20 世紀新詩綜論》（上海：學林出版社，2001 年版）簡略地談到了翻譯詩歌對新詩的影響，其他分體文學史也忽略了翻譯作品。翻譯文學的缺席無疑引發了「重寫文學史」的缺憾，秦弓先生說：「目前流行的現代文學史，還有許多空白需要彌補。譬如：作家的生計與文學的生產流通處於怎樣的關係，……翻譯文學在現代文學中佔據何種地位」〔註 8〕等等。譯介學為重寫中國現代文學史提供了新的學理性依據，越來越多的學者開始將中國現代文學史的研究與翻譯文學聯繫起來，翻譯文學不僅成為「重寫文學史」的新鮮內容，而且是

〔註 7〕謝天振、譯介學〔M〕，上海：上海外語教育出版社，1999：208～210。
〔註 8〕秦弓，中國現代文學研究的進展、任務與期待〔J〕，江西社會科學，2005，(9)。

重新認識現代文學發生和發展的新鮮視角，我們期待在譯介學影響下含有翻譯文學的現代文學史能早日出版。

譯介學擴大了中國現代文學的範疇，進而豐富了現代文學研究的內容，並為重寫中國現代文學史提供了新的學理性依據，也正是從這三個方面講，譯介學在拓展中國現代文學研究的內容上體現出跨學科的價值和意義。

二、豐富現代文學研究的視角

譯介學在擯棄傳統翻譯研究注重語言轉換和信息傳遞的基礎上，從文化研究的角度去審視翻譯文學，將翻譯文學的影響研究作為譯本傳播和接受的必要內容，從而發掘出比較文學和中國現代文學研究中被長期忽視的內容。由於譯介學對翻譯文學影響研究的重視，中國現代文學研究在對待中外文學關係和考察中國現代各體文學時獲得了嶄新的視角，不少學者突破了之前從單一的外國文學的角度去論述中國現代文學接受的影響，開始嘗試從翻譯文學的角度去研究現代文學的發生和發展。

文學理論的發展勢必帶來文學研究範式的轉變，翻譯文學研究從語言視角向文化視角的轉嚮導致翻譯文學對中國現代文學的影響成為主要的研究課題，這反過來又使中國現代文學研究獲得了「翻譯」視角。先前學術界對翻譯文學的研究主要依照國外翻譯語言學理論，將翻譯看作是兩種語言的等值替換或等信息轉換，將注意力集中到語言和技巧層面上。比如最先將語言學研究成果應用到翻譯研究中的英國翻譯語言學派代表約翰·卡特福德（J.C.Catford）認為翻譯是「用一種等值的語言的文本材料去替換另一種語言的文本材料」，〔註 9〕美國翻譯語言學派代表尤金·A·奈達（Eugene A·Nida）也曾說：「所謂翻譯，是在譯語中用最切近而又最自然的對等語再現原語的信息，首先是意義，其次是文體。」〔註 10〕翻譯語言學派的觀點使學者們難以集中精力關注翻譯文學的文本選擇、傳播、接受和影響等內容，中國現代文學自然也難以進入翻譯文學研究的視野。西方文學理論研究從哲學向語言學的轉向顛覆了傳統的邏各斯中心主義，使語言上升為思想的本體：「從索緒爾、維特根斯坦到當代的文學理論，20 世紀語言學革命的標誌是認為意義不僅是被語言表達（expressed）或反映（reflected）出來的，而且是被語言生產（produced）出來

〔註 9〕J·C·Catford. *A Linguistic Theory of Translation*. London: Oxford University Press, 1965, p.20.

〔註 10〕郭建中：《當代美國翻譯理論》，武漢：湖北教育出版社，2000 年，第 65 頁。

的。」〔註 11〕當代文學理論的「語言學革命」給翻譯文學研究帶來了革命性變化，改變了之前人們視語言為思想和表達工具的語言觀念，認識到語言本身蘊含著意義和思想。所以，文學翻譯不僅僅是兩種語言的等值轉換，而是文化思想的轉換和交流，文學翻譯的研究不應只停留在語言和技巧層面上，而應上升到文化研究的高度，因而考察翻譯文學在中國現代文化語境中的變化以及它對中國現代文學和文化的影響等理應成為翻譯研究和中國現代文學研究的任務。

既然翻譯文學是中國現代文學的構成部分，那翻譯學引起的翻譯文學研究視角的變化其實也可以認為是中國現代文學研究視角的變化。西方文化研究的興起再次改變了翻譯研究的視角，美國學者安德烈・勒菲弗爾（Andre Lefevere）提出了翻譯研究的「文化轉向」，英國學者斯萊爾・霍恩比（Snell Hornby）說：「譯文文本不再是原文文本字當句對的臨摹，而是一定情境，一定文化的組成部分。文本不再是語言中靜止不變的標本，而是讀者理解作者意圖並將這些意圖創造性再現於另一文化的語言表現。」〔註 12〕文化翻譯研究學派的理論改變了翻譯文學研究的對象和重心，突破了翻譯文學文本的侷限而將社會體制、價值觀念、民族文化心理和審美趣味等文化形態聯繫起來，使文學翻譯研究獲得了更加豐富的視角，並再次與中國現代文學和文化的研究聯繫起來。如果說「文化研究介入到文學研究中最為明顯的特徵就是將以往研究所忽略的部分彰顯出來」〔註 13〕的話，文化翻譯研究將會使翻譯文學對中國現代文學的影響等被遮掩的內容回歸為翻譯研究的正題，帶來現代文學研究的創新。郭建中先生認為：「文化研究對翻譯研究產生的最引人注目的影響，莫過於 70 年代歐洲『翻譯研究派』的興起。該學派主要探討譯文在什麼樣的文化背景下產生，以及譯文對譯入語文化中的文學規範和文化規範所產生的影響。近年來該派更加重視考察翻譯與政治、歷史、經濟與社會制度之間的關係。」〔註 14〕正是翻譯研究的文化轉向，文學的翻譯目的、制約文學翻譯的因素、翻譯文學對我國現代文學的影響、翻譯文學對我國新文化的影響等問題

〔註 11〕Terry Eagleton. *Literary Theory: An Introduction*. Oxford OX4 1JF, UK: Blackwell Publishers (2nd edition), 1996, p.52.

〔註 12〕廖七一：《當代英國翻譯理論》，武漢：湖北教育出版社，2004 年，第 21 頁。

〔註 13〕王曉路：《當代西方文化批判讀本》，成都：四川大學出版社，2004 年，第 2 頁。

〔註 14〕郭建中：《當代美國翻譯理論》，武漢：湖北教育出版社，2000 年，第 156 頁。

便成為譯介學研究不可迴避的內容，中國現代文學的研究也因此獲得了新的研究方法和視角。

在比較文學媒介學的基礎上產生的譯介學（medio-translatology）是對傳統翻譯研究的繼承和揚棄，「是對那種專注於語言轉換層面的傳統翻譯研究的顛覆」。〔註 15〕謝天振先生在《譯介學》一書中認為翻譯研究的對象不在語言層面，譯介學「把翻譯看作是文學研究的一個對象，它把任何一個翻譯行為的結果（也即譯作）都作為一個既成事實加以接受（不在乎這個結果翻譯質量的高低優劣），然後在此基礎上展開它對文學交流、影響、接受、傳播等問題的考察和分析。」〔註 16〕所以相對於傳統的語言研究來說，譯介學拓寬了翻譯研究的領域，將中國現代文學與外國文學的關係及所受到的影響納入研究範圍。譯介學使我們不必再去計較諸如「詩的可譯與否」、「好譯本的標準」以及「作家譯書的利弊」等問題，而是把所有的翻譯文學都視為一個既定的客觀文本，以這個客觀的文本為依託展開文化的影響研究。這樣，我們就可以理解許多在原語國不著名的作品可能會在譯語國中引起轟動，一部翻譯作品質量的高低也不一定會成為它受到譯語國讀者歡迎與否的標尺等諸多看起來撲朔迷離的問題。譯介學主張對翻譯文學進行文化研究，為我們研究中國現代文學與翻譯文學在文化上的交流、文體上的影響和互動提供了思路；譯介學將「創造性叛逆」作為文學翻譯中的重要現象，有助於我們理解翻譯文學形式的「變形」和內容的「改寫」或「刪減」在中國現代文學語境中的合理性，為我們研究中國現代社會的文學選擇和文學需求提供了思路；譯介學確立了翻譯文學的歸宿，有助於我們對現代文學的研究內容和現代文學史的書寫內容作出新的調整。尤其對中國現代文學而言，從翻譯的角度去研究其發生和發展的歷史顯得更加必要，因為「翻譯文學與中國本國創作文學的極其密切的關係及其在中國現代文學發展史上所起的巨大作用，也是世界其他國家文學史上少有的。……尤其令人注目的是，對中國現代文學中幾個主要文學樣式的誕生與發展，如白話小說、新詩、話劇等，翻譯文學都起了巨大的、有時甚至是決定性的作用。」〔註 17〕所以譯介學為中國現代文學研究提供了不可或缺的視角。

譯介學對翻譯文學研究的重視和翻譯文學研究的文化轉向必然使翻譯文

〔註 15〕曹順慶：《比較文學論》，成都：四川教育出版社，2002 年，第 138 頁。
〔註 16〕謝天振：《譯介學》，上海：上海外語教育出版社，1999 年，第 11 頁。
〔註 17〕謝天振：《譯介學》，上海：上海外語教育出版社，1999 年，第 88 頁。

學對中國現代文學的影響研究逐漸成為「顯學」。在研究翻譯文學對中國現代文學起到的「巨大」甚至是「決定作用」時，中國現代文學的發生和發展受到的外來影響、中國現代文學與外國文學的關係等原本屬於比較文學研究的內容納入到中國現代文學研究的範圍。總之，通過換位思考我們就會發現，譯介學其實是在從翻譯這個嶄新的角度對中國現代文學的部分內容進行研究。

三、確立中外文學關係研究的重心

譯介學的產生原因之一就是對比較文學影響研究過程中媒介的重視，加上該學科強調對翻譯文學這個「既成事實」的傳播、接受和影響的研究，人們開始認識到翻譯是中外文學發生關係的主要媒介，中國現代文學接受的外來影響主要是通過翻譯的中介作用實現的。對中國廣大讀者而言，他們所接觸到的外國文學實際上是外國文學的中文譯本，而且從審美觀念和接受情況來看，外國文學只有通過譯本才能在譯入語國中延續自己的藝術生命。外國文學要對中國現代文學真正形成影響就必須翻譯成漢語文學，譯作是外國文學影響中國現代文學的媒介，研究中外文學關係應該以翻譯文學作為重心。

翻譯體是外國文學在中國文化語境中的存在形式，外國文學對中國現代文學的影響實際上也並非原生態的外國文學，而主要是翻譯文學。五四時期翻譯外國文學的譯者主要是創作中國現代文學的作家，外國文學正是在中國文化和審美觀念的制約下通過作家的理解翻譯進了中國，外國文學發生誤譯的原因是雙重的：民族文化和審美觀念會改變原作的內容和形式；譯者會在母語文化和文化「原型」的支配下結合自己的審美理念來改譯原作。這種誤解（誤讀）導致的誤譯促進了中國現代文學的新變和發展，「詩的影響——當它涉及到兩位強者詩人，兩位真正的詩人時——總是以對前一位詩人的誤讀而進行的。這種誤讀是一種創造性的校正，實際上必然是誤解。一部成果斐然的『詩的影響』的歷史——亦即文藝復興以來的西方文學的主要傳統——乃是一部焦慮和自我拯救之漫畫的歷史，是歪曲和誤讀的歷史，是反常和隨心所欲的修正的歷史，而沒有所有這一切，現代文學本身是根本不可能生存的。」〔註 18〕如果發生在同一種文化內部的兩位作家之間的「誤解」是現代文學生存的原因的話，那缺少了發生在兩種不同文化之間的詩人的「誤解」導致的誤譯，中國

〔註 18〕（美）哈羅德·布魯姆：《影響的焦慮》，徐文博譯，上海：三聯書店，1989 年，第 31 頁。

現代文學也是「根本不可能生存的」，沒有外來文學的刺激和啟迪，中國文學要在自身內部實現新變是難以想像的。所以，外國文學對中國文學的影響也是通過誤譯後的外國文學譯本來實現的。所謂譯作，其實就是外國文學誤譯形態在譯入語國文化中的存在形式，它是溝通外國文學和中國文學之間的橋樑和媒介。「在我國現代文學的形成、發展中，受到外國文學的很大影響，其中，翻譯在文學媒介、實現影響方面所起的作用是極其明顯的。」〔註 19〕同樣，外國文學如果不借助譯作的媒介作用，其對中國現代文學的影響就會因為橋樑的斷缺而望洋興歎，至少說它的影響不會像現在這樣明顯。沒有外國文學的誤譯，就不會有外國文學的接受，沒有外國文學的接受，就不會有外國文學的影響，因此，翻譯文學是外國文學影響中國現代文學的媒介。

外國文學對中國現代文學的影響主要是通過翻譯文學實現的，因此，研究中外文學關係的關鍵在於研究翻譯文學的傳播和接受。正是翻譯文學的存在，外國文學才在不懂外語的普通中國讀者群體中得以廣泛地傳播和接受，進而對中國現代文學的創作和閱讀期待產生影響，難怪卞之琳先生說：「譯作，比諸外國詩原文，對一國的詩創作，影響更大，中外皆然。」〔註 20〕由於語言的隔閡，能夠直接欣賞原作的中國讀者畢竟是少數，但從文化交流和文學需求的角度來講，多數中國人還是需要閱讀外國文學，翻譯文學自然就成了文化交流的中介。「整個 20 世紀，中國的詩人和文學讀者的外語水平都不高，特別是很多年輕詩人輕視知識，外語水平普遍較低。外語文學主要是通過翻譯進入中國，與其說一些國人模仿的是『外語詩』詩體，不如說是『外語詩的漢語翻譯作』詩體。」〔註 21〕此話對 20 世紀詩人們的外語水平的估計是否屬實姑且不論，但外國詩歌對中國現代新詩的影響主要是通過譯詩來實現的這一論述卻是符合歷史事實的。我們常說的對中國現代文學產生重要影響的外國文學實際上指的是翻譯文學，因為翻譯以後的作品才會對譯入語國的作家和社會產生影響，純粹外語形態的文學不會對我國文學產生影響，即便是那些懂外語並深諳外國文化的作家，外國文學都會經過內在思維和文化的翻譯過濾才會對他們的創作產生影響。「我們知道，在任何國家裏都有一個能閱讀原文作品的

〔註 19〕廖鴻鈞：《中西比較文學手冊》，成都：四川人民出版社，1987 年，第 103 頁。

〔註 20〕卞之琳：《人與詩：憶舊新說》，北京：生活·讀書·新知三聯書店，1984 年，第 196 頁。

〔註 21〕王珂：《百年中國現代文學詩體建設研究》，上海：三聯書店，2004 年，第 148～149 頁。

讀者群，然而，外國文學的影響卻不是通過這批讀者產生的，也不是通過其本身直接產生的，在大多數情況下它仍然需要借助翻譯才能產生。」〔註22〕也即是說，像五四那一代能夠讀懂外語原文的詩人們，比如胡適、郭沫若、冰心、李金髮、徐志摩、聞一多等人對中國詩壇的影響不是因為他們閱讀了外國文學，而是他們翻譯了外國文學。即使是對那些懂外語的人來說，借鑒外國文學的翻譯文本進行創作仍然是一條便捷之途：「西方文學對中國文學創作的影響主要是通過翻譯的中介而實現的，就是那些西文修養很好的人，借鑒譯文仍然不失為一種學習的很方便的途徑」。〔註23〕

對於那些自身是作家而又兼事文學翻譯的人來說，翻譯過程也會對他們的創作造成影響。比如20世紀20年代中期以後，新詩創作開始從自由詩向格律詩轉變，朱自清先生認為：「創作這種新的格律，得從參考並試驗外國詩的格律下手。譯作正是試驗外國格律的一條大路，於是就努力的儘量的保存原作的格律甚至韻腳。」〔註24〕翻譯外國詩歌不僅可以使我們學到外國詩歌的形式藝術，而且更為重要的是翻譯過程成了中國現代格律詩的「實驗場」，中國新詩的許多主張都是在翻譯外國文學的過程中得到驗證並逐漸成熟的。「西方詩，通過模仿與翻譯嘗試，在五四時期促成了白話新詩的產生。」當時很多譯者都是詩人，究竟是譯者的身份促進了他們詩人身份的產生呢，還是詩人身份促使他們去從事翻譯？這是兩難的問題，或者說二者之間是相互促進的，但在翻譯的過程中詩人自身的創作得以完善和成熟卻是可以肯定的，比如胡適用一首譯詩來宣告中國新詩成立的「新紀元」，郭沫若認為他作詩經歷了「泰戈爾式」、「惠特曼式」和「歌德式」，徐志摩在發表譯作之前沒有發表過像樣的文學作品等等，都說明了翻譯對詩人創作的影響。五四前後著譯不分的現象很大程度上說明了詩人將翻譯的過程當作了創作的過程，翻譯活動會提高詩人的創作能力，影響他們的創作。翻譯對於譯者而言，其實也是在創作，他們在翻譯的過程中學會了外國文學的表現方法，也應用和試驗了自己的文學創作技巧，這也是為什麼作家的譯作會染上他創作特色的原因；另外，譯者相對於譯作的其他讀者而言，他們是最早接觸到外國文學形式技巧和最早領悟外國

〔註22〕謝天振：《譯介學》，上海：上海外語教育出版社，1999年，第18頁。

〔註23〕高玉：《現代漢語與中國現代文學》，北京：中國社會科學出版社，2003年，第185～186頁。

〔註24〕朱自清：《朱自清全集》（第2卷），南京：江蘇教育出版社，1988年，第373頁。

文學藝術精神的讀者。正是從這個角度講，中國現代文學是在翻譯外國文學的過程中逐漸走向成熟的，在這個過程中，作家不但習得了外國文學的形式技巧，而且還使自己的創作風格得到了鍛鍊並趨於成熟。所以，譯作主要影響那些不懂外文的人，譯作過程主要影響那些既懂外文又兼事文學創作的人，翻譯活動及譯作是中外文學發生關係的直接紐帶。

語言的天然障礙和文化交流的需要決定了翻譯文學的產生，文化語境和審美觀念的差異決定了外國文學的誤譯，民族文學的發展需要和國內讀者對外國文學的接受現實決定了譯作以及翻譯活動必將成為外國文學影響中國現代文學的媒介。譯介學確立了翻譯文學是外國文學影響中國現代文學的中介，有助於我們更加實際和具體地探討外國文學對中國文學的影響究竟是怎樣發生的，從而將翻譯文學確立為中國現代文學與外國文學關係的研究重心。

歷史不容重新選擇，我們今天再來假設中國現代文學的「傳統」或「西化」路向已經無法改變它近一個世紀的發展軌跡，在文化全球化語境中探討中國文學是否應該審慎地吸納翻譯文學的藝術經驗才能更好地保持民族特色也於事無補，我們對中國現代文學的研究只能在客觀的歷史背景和既成事實中去展開。好在譯介學為我們從內容、視角和影響源等方面去重新把握中國現代文學提供了有益的參考和啟示，使現代文學研究的內容變得更加豐富，研究視角變得更加新穎，中外文學關係研究變得更加具體，不僅顯示出中國現代文學研究範式的新變化，而且顯示出譯介學的跨學科意義。

第一編：詩人翻譯與創作資源

一、支撐文壇新貌：胡適的文學翻譯

作為白話新詩第一人，胡適對中國現代新文學尤其是新詩的「開創之功」是 20 世紀中國文學史研究不可繞過的話題。除了對新文學的歷史性貢獻外，胡適在中國翻譯事業的發展中也作出了突破性成就，如同考察中國現代新詩不得不論述胡適一樣，考察中國現代詩歌翻譯和翻譯理論同樣要從胡適說起。在中國現代新文學和中國現代翻譯文學的發展歷史上，胡適身體力行，提出了許多富有創見的翻譯主張。

（一）胡適的翻譯成就

胡適在中國現代翻譯史上的地位和作用更多地體現在翻譯思想上，其翻譯實踐儘管在近現代風起雲湧的外國文學譯介浪潮中並不突出，但他的很多譯作具有里程碑意義且踐行了他的翻譯思想。因而在論述胡適翻譯思想之前，我們仍有必要對其譯作進行梳理。

胡適是中國新文學史上第一個「白話詩人」，他在《文學改良芻議》中提出了改革舊文學的「八不主義」，「從語言形式即工具的角度肯定白話文學，以此作為擺脫舊文學，創建新文學的突破口。」〔註 1〕早在 1915 年留學美國期間，胡適就闡發了中國詩歌革命的見解：「詩國革命何自始？要須作詩如作文。」〔註 2〕胡適的詩歌創作和詩歌翻譯沒有明確的界線，尤其在早期，胡適

〔註 1〕錢理群等：《中國現代文學三十年》，北京：北京大學出版社，1998 年，第 20 頁。

〔註 2〕胡適：《胡適留學日記》（三），吳奔星、李光華選編，成都：四川文藝出版社，1991 年，第 64 頁。

的許多白話新詩便是從國外翻譯過來的譯詩。比如被胡適喻為「新詩成立的新紀元」的《關不住了》（原名為《在屋頂上》）這首詩，被收入中國首部白話詩集《嘗試集》中，它並非中國人首創的白話新詩，而是胡適翻譯美國人蒂斯代爾（Sara Teasdale）所作的 *Over the Roofs* 一詩，只是較近代文學（詩歌）翻譯來說改用了白話而已。胡適自己在《〈嘗試集〉再版自序》中曾說：「我自己承認《老鴉》《老洛伯》《你莫忘記》《關不住了》《希望》《應該》《一顆星兒》《威權》《樂觀》《上山》《周歲》《一顆遭劫的心》《許怡孫》《一笑》——這 14 篇是『白話新詩』。其餘的，也還有幾首可讀的詩，兩三首可讀的詞，但不是真正白話的新詩。」〔註 3〕其中《老洛伯》《關不住了》《希望》三首是翻譯詩歌。由此可見，胡適在新文化運動早期不僅僅只是把外國文學作為新文學誕生成長的營養，而且是把譯詩作為了新文學的組成部分。嚴格說來，胡適的翻譯作品不能等同於創作，但在新文化運動初期，在全力主張白話入詩並爭取白話文學正宗地位的「革命年代」，胡適的白話譯詩與他自創的白話新詩一樣，都在文學的「工具」層面上真正起到了「革命」的作用，不僅為新詩創作確立了最原始的範式——用白話作詩。「說話要明白清楚」，「用材料要有剪裁」、「意境要平實」，這即是胡適自己所說的「胡適之體」的詩。〔註 4〕胡適的譯詩為現代翻譯確立了大體的範式——用白話翻譯，基於「白話文運動」的立場，胡適將某些白話譯詩納入他的白話詩創作中也自有其想法。

詩歌翻譯不是胡適翻譯成就的最高標誌，但對胡適的新文學及翻譯主張起著非常重要的促進作用。胡適最早的譯詩是用文言文翻譯的舊體詩，1908 年，胡適翻譯了英國詩人阿爾弗雷德・丁尼生（Alfred Tennyson）的《六百男兒行》，刊登在他自己主編的《競業旬報》第 30 期上。此外，他還翻譯了托馬斯・坎貝爾（Thomas Cambell）的《軍人夢》和《驚濤篇》，托馬斯・霍德（Thomas Hood）的《縫衣歌》，這些都刊在了《競業旬報》上。胡適用古體詩翻譯的作品在中國近代（尤其是從 1912 年中華民國的成立到 1917 年新文化運動的暴發）詩歌翻譯史上留下不可磨滅的痕跡，有人說胡適這一時期是個「在翻譯事業上堅持不懈的人。這個時期他的譯詩轉向了思維的角度，多含人

〔註 3〕胡適：《〈嘗試集〉再版自序》，《胡適全集》(1)，合肥：安徽教育出版社，2003 年，第 205 頁。

〔註 4〕胡適：《談談「胡適之體」的詩》，《胡適全集》(12)，合肥：安徽教育出版社，2003 年，第 340 頁。

生哲理的意味。」〔註5〕的確，胡適所譯的《樂觀主義》（勃朗寧）、《康可歌》（愛默生）、《蒼門行》（克楚姆）以及《哀希臘歌》（拜倫）等都有哲理的意味。儘管胡適本人後來曾對文言翻譯作品持否定態度，但他的舊體詩翻譯實踐卻為其白話文翻譯積累了經驗，為他後來成功地走向白話文翻譯提供了啟示。

胡適曾留學美國，為他接觸歐美近現代詩歌提供了條件，也為他從事文學翻譯在語言上奠定了基礎。胡適提倡「白話作文」，其翻譯語言也隨著白話文運動的進行而由文言文改換為白話文。在中國翻譯史上，正是胡適以白話文翻譯外國文學作品而開創了中國翻譯事業的新紀元。如果說胡適在近代用舊體詩翻譯的外國詩歌體現出較強的理性色彩，那他在現代用白話新詩體翻譯的詩歌則較多地呈現出感性色彩。胡適對新詩的創作和理論建設，主要集中在20世紀20～30年代，之後他一直潛心於中國學術研究，其詩歌翻譯也多集中於20～30年代，「據粗略的統計，在此期間的13首譯詩中，除了《奏樂的小孩》與《豎琴手》之外，其餘的幾乎全是情詩」。〔註6〕仔細考察胡適的譯詩，我們會發現除前面提到的《老洛伯》和《關不住了》是情詩外，他轉譯的波斯詩人莪墨伽亞膜的《魯拜集》中的第108首四行詩題名為《希望》，他希望「依著你我的安排，把世界重新造過。」「你我的安排」其實是「你我」的自由戀情，胡適的這首譯詩表達了要衝破封建禮儀對自由愛情的束縛。此外，《月光裏》（托馬斯・哈代）、《清晨的分別》（羅伯特・勃朗寧）、《譯薛萊小詩》（雪萊）以及《別離》和《你總有有我的一天》等譯詩都是對「愛情」的吟唱或悲歎。胡適的現代譯詩多少呈現出重情輕理的特點，若不是譯者站在自己情感訴求的立場上有意為之，至少也應該是受著五四時期自由思想的影響，翻譯和他的創作一道承擔著「啟蒙」的時代重任，引領新一代青年人在愛情和婚姻的道路上朝著自由的方向涉進。

除翻譯詩歌外，胡適還翻譯了很多小說作品。胡適翻譯詩歌主要集中在英、美和波斯等國，其翻譯的小說主要集中在俄國和法國，美英次之。1912年，胡適翻譯了法國作家都德的《最後一課》（當時譯題為《割地》，刊載於上海《大共和日報》上），這是他翻譯的第一篇小說。這篇譯文獲得了很大的成功，被選入了中學語文課本，其愛國精神哺育了一代又一代青年學生。1914 年，胡

〔註 5〕郭長海：《試論中國近代的譯詩》，《社會科學戰線》，1996 年第 3 期。
〔註 6〕廖七一：《詩歌翻譯——胡適伸展情感的翅膀》，《四川外語學院學報》，2003 年第 4 期。

適又翻譯了都德的《柏林之圍》，刊登在《甲寅》第一卷第四號上。1919 年，胡適翻譯的短篇小說結集為《短篇小說》，由上海亞東圖書館初版，全書共收入 11 個短篇，除了上面談到的都德的兩篇外，還有《決鬥》《梅呂哀》《二漁夫》《殺父母的兒子》《一件美術品》《愛情與麵包》《一封未寄的信》和《他的情人》等八篇，涉及到英國作家吉百齡（Kipling），法國作家都德和莫伯桑，俄國作家泰萊夏甫、契訶夫和高爾基等 6 位作家的作品。該翻譯小說集在當時的文壇上可謂是新鮮的佳餚，是我國翻譯史上最早的白話文翻譯的外國短篇小說集之一，不到半年的時間便再版了，從 1919 年到 1940 年間便印行了 21 版，幾乎每年都要再版，創下了中國出版界的奇蹟。這部小說集流傳廣泛，對當時的青年人在思想上和人生追求等方面產生了深遠影響，不愧為五四思想啟蒙的佳作。1933 年，上海亞東圖書館又出版了胡適的《短篇小說》第二集，收入了 3 位作家的 6 部作品，其中有美國作家哈特（Hart）的《米格爾》和《撲克坦趕出的人》，歐・亨利（O.Henry）的《戒酒》；俄國作家契訶夫的《洛斯奇爾的提琴》和《苦惱》；英國作家莫里孫（Morrison）的《樓梯上》。在談到這兩部短篇小說集的時候，胡適著重從語言的角度進行了比較，他認為第二部小說集「比第一集的小說謹嚴多了，有些地方竟是嚴格的直譯。但我自信，雖然我努力保存原文的真面目，這幾篇小說還可算是明白曉暢的中國文字。」〔註 7〕應該說胡適的小說翻譯與其詩歌翻譯一樣，都在「白話化」和「思想啟蒙」兩個大的方面體現了文學的時代主題。

除了詩歌和小說翻譯以外，胡適在戲劇翻譯方面也有所斬獲。正如胡適在談戲劇改良時曾說：「文學乃是人類生活狀態的一種記載，人類生活隨時代變遷，故文學也隨時代變遷，故一代有一代的文學。」〔註 8〕「一代有一代的文學」雖然受到了許多人的痛斥，但其主旨——文學要受時代的影響——卻是合理的，創作如此，翻譯亦然。前面所說的詩歌和小說翻譯都打上了鮮明的時代烙印，即「啟蒙」和「白話」，其戲劇翻譯同樣如此。易卜生是五四時期引進的重量級的戲劇大師，其「問題劇」不僅影響了中國的戲劇觀念和戲劇創作，而且對小說創作也產生了直接的影響，五四時期的「問題小說」蔚然成風，不能不說與該時期「問題劇」的譯入和介紹有緊密而深厚的聯繫。1921 年，胡

〔註 7〕胡適：《譯者自序》，《胡適全集》（42），合肥：安徽教育出版社，2003 年，第 379 頁。

〔註 8〕胡適：《文學進化觀念與戲劇改良》，《胡適全集》（1），合肥：安徽教育出版社，2003 年，第 139 頁。

適發表了《易卜生主義》一文，介紹了易卜生的「問題劇」，如《玩偶之家》《羅斯馬莊》和《國民公敵》，並翻譯了劇本《玩偶之家》（原名為《娜拉》），我國新文學史上的第一個白話獨幕劇《終生大事》，也是胡適仿傚易卜生的作品而寫成的。

胡適的翻譯實踐與其文學主張一樣，都具有「啟蒙」思想和文學革命的工具性，除開籠罩在這些譯作上的文學功利性色彩外，就譯作本身而言，胡適的許多作品在翻譯史上都有里程碑意義，同時為我們理解他本人的翻譯思想提供了文本。

（二）胡適的翻譯主張

胡適在翻譯實踐方面為中國近代和現代翻譯文學作出了積極的貢獻。胡適還是中國現代翻譯思想史上的開篇人物之一，他的許多翻譯主張為中國現代文學翻譯開啟了大門，其富有創見和建設性的理論劃清了近代翻譯和現代翻譯的界線，為現代翻譯迎來了全新的面貌，對現代翻譯事業的繁榮起到了積極的指導和推動作用。

胡適在翻譯實踐方面重點為國人譯介了英美詩歌和法俄短篇小說，積極參與並組織了很多翻譯活動，這為他的翻譯思想提供了直接經驗，使他的翻譯見解更加貼近翻譯實際。胡適的翻譯思想主要集中在對別人譯作的評論和就翻譯與別人交換意見的書信中，其中也有專門論述翻譯的文章。1916 年 2 月 7 日，胡適在《論譯書寄陳獨秀》的這封信中，將翻譯外國文學與創造本國新文學聯繫在一起，並認為前者對後者有促進作用；1928 年，在《論翻譯——寄梁實秋，評張友松先生〈評徐志摩的曼殊斐爾小說集〉》一信中，胡適認為翻譯不能轉譯，維護了翻譯界真誠批評和虛心求教的學風；在《答 T.F.C〈論譯戲劇〉》（1919 年）、《譯書》（1923 年）、《翻譯之難》（1924 年）、《論翻譯——與曾孟樸先生書》（1928 年）和《〈短篇小說第二集〉譯者介紹》（1933 年）等文章中，胡適均闡述了自己的翻譯觀，著重指出「翻譯的語言要明白曉暢」。胡適關於翻譯的核心觀點並不出現在以上文章中，而是在一篇名為《建論的文學革命論》中系統性地闡明了自己的具有革命性和創新性的文學翻譯主張。

20 世紀西方文論的主要轉變是其理論依據由哲學向語言學轉向，索緒爾的《普通語言學教程》影響了西方文論的語言學方向。就算海德格爾等存在主義哲學大師們宣稱「語言是存在的家」和國內有人所說的「詩到語言為止」是偏激的言說，但其對語言之於文學重要性的認識卻是值得肯定的。近來國內學術界將五四新文化運動的成功歸於語言層面的革新，是現代漢語的出現才真正確立了新文學的「正統」地位，無疑也是受到了這股思潮的影響。古人語曰「工欲善其事，必先利其器」。相應地，文學要改其面貌，必先改其語言。胡適等早期新變化運動的倡導者和實踐者們已經意識到，語言對於文學革新的重要性，他於是提倡白話譯詩。僅就這一點而論，胡適便可被尊為中國現代文學翻譯思想的大師，因為他率先關注到了語言之於翻譯變革的意義。中國近代詩歌翻譯在文體上採用的是古詩體，胡適批判這種翻譯文體時說：「時代變得太快了，新的事物太多了，新的知識太複雜了，新的思想太廣博了，那種簡單的古文體，無論怎樣變化，終不能應付這個新時代的要求，終於失敗了。」〔註9〕中國近代的翻譯在文字上採用的是古文言文，胡適批判這種翻譯語言時說：「海內讀吾譯者，往往以不可猝解，訾其艱深，不知原書之難，且實過之。理本奧衍，與不佞文字固無涉也」。〔註10〕因為「古文究竟是已死的文字，無論你怎樣做得好，究竟只夠供少數人的賞玩，不能行遠，不能普及。」〔註11〕在近代，無論是梁啟超、馬君武還是蘇曼珠，其翻譯都是採用古體古字，這種譯法的弊端正如胡適所說使譯文「不能普及」，由是關愛和先生在評價蘇曼殊的譯詩時曾說：「曼殊的譯詩是有缺點的，最突出的就是多用古字，因而顯得晦澀難懂。」〔註12〕這大概是近代所有翻譯詩歌的通病，儘管譯者由於歷史的侷限性而不得不採用古體，但其譯作在客觀上的確造成了與讀者的隔膜。正是基於這樣的翻譯環境，胡適認為要改變翻譯的艱難狀態，須從文字入手，採用白話文來翻譯外國文學。

1918年，胡適在《建設的文學革命論》中就翻譯問題提出了三類意見，其中一點便是「全用白話韻文之戲曲，也都譯為白話散文。用古文譯書，必失

〔註9〕胡適：《〈中國新文學大系・建設理論集〉導言》，《胡適全集》(12)，合肥：安徽教育出版社，2003年，第256～257頁。

〔註10〕嚴復：《群己權界論》，引自《〈中國新文學大系・建設理論集〉導言》，《胡適全集》(12)，合肥：安徽教育出版社，2003年，第257頁。

〔註11〕胡適：《五十年來中國之文學》，《胡適說文學變遷》，上海：上海古籍出版社，1999年，第98頁。

〔註12〕關愛和：《蘇曼殊譯作述評》，《從古典走向現代》，鄭州：河南人民出版社，1992年，第252頁。

原文的好處。」〔註13〕他的此番言論，對於近代翻譯工作者來說無疑是一種有悖常理的「標新」，也正是他的「白話譯文」的主張劃開了中國近代與現代翻譯的界線，開創了中國翻譯的新局面。胡適用他的翻譯實踐檢驗了他的翻譯理論，證明了採用白話文翻譯外國文學的可行性和生命力。胡適的譯詩促成了中國白話新詩的誕生，使詩歌生於民間而盛行於民間的想法得到了部分實現；他的譯文尤其是小說集一版再版，創下了中國出版社業的奇蹟。胡適將新思想新觀念導入「民間」，吸引了大量的讀者，改變了用古體古字翻譯出來的文章「只夠供少數人的賞玩，不能行遠，不能普及」的尷尬局面。在出版《短篇小說》第二集時，胡適歸納其《短篇小說》第一集暢銷的原因時說：「我格外相信翻譯外國文學的第一個條件是要使它化成明白流暢的中國文字。其實一切翻譯都應該做到這個基本條件。但文學書是供人欣賞娛樂的，教訓與宣傳都是第二，決沒有叫人讀不懂看不下去的文學書而能收到教訓與宣傳的功效的。」〔註14〕在五四時期，文學講求的是「教訓與宣傳」的「啟蒙」作用，胡適認為要達到此目的，翻譯文學作品必須在語言上「明白流暢」，這不僅是做好翻譯的一個基本條件，而且也是發揮譯作「啟蒙作用」的前提條件。五四新文化運動以後，外國文學作品大量湧入中國，各種文體的譯作大都是採用白話文進行翻譯的，這些翻譯作品不僅豐富了國內的文學創作，而且為新文學的成長和發展供給了必要的文學和文化營養，這不能不說與胡適等人早期主張用白話文翻譯外國文學作品的思想相關。胡適的這種翻譯觀點不僅影響了中國後來的文學翻譯，許多詩人和翻譯工作者開始用白話來翻譯外國文學，而且徐志摩等人還十分認同胡適力主白話譯文的思想，使其成為中國現代翻譯理論界里程碑似的思想。

注重翻譯選材的經典性是胡適翻譯思想的又一重要內容。胡適和徐志摩是摯交，翻譯界普遍認為徐志摩在翻譯外國文學作品時比較隨意，有時甚至不分藝術上的優劣，不分思想上的好壞，將一些不適合當時中國國情的小說和戲劇譯介到中國文壇。胡適在這一點上與後來魯迅的主張相同，都認為應選取外國優秀的作品進行翻譯，而不可「濫譯」。胡適提倡「只譯名家著作，不譯第

〔註13〕胡適：《建設的文學革命論》，《胡適全集》(1)，合肥：安徽教育出版社，2003年，第68頁。

〔註14〕胡適：《譯者自序》，《胡適全集》(1)，合肥：安徽教育出版社，2003年，第379頁。

二流以下的著作。」〔註 15〕翻譯是文化交流的手段之一，也是我們吸取外國優秀文化的有效途徑，只有優秀的外國文學作品才能提高並豐富譯入國的文學創作，藝術性和思想性不高的外國文學作品不但不能促進本國文學的發展，反而會對譯入國的文學帶來許多負面影響，因此，胡適「只譯名家名著」的主張具有一定的指導意義。五四時期新文學「別求新聲於異邦」，外國文學作品是其成長的依託之一，而只有優秀的外國文學作品才能為新文學提供營養，所以胡適的主張在當時的重要性是可想而知的。

對待翻譯對象方面，胡適除了選擇名家名著作為翻譯原材料外，還認為翻譯應該直接面對原文，而不應該「轉譯」。他曾指出中國近代文壇的怪異現象，即「中國人能讀西洋書之人，乃出於不通外國文的林琴南，真是絕可怪詫的事！」〔註 16〕胡適為什麼會拒絕「轉譯」呢？從翻譯的結果來看，任何翻譯作品都不可能與原文同貌，無論採用直譯還是意譯，無論我們如何注意在譯文中保持原文的「風韻」，因此有學者認為翻譯的最高境界是原文本身，而此「境界」是可望而不可及的。所以一種譯文始終不能夠達到原文的風韻，相對於原文來說，最優秀的譯文也是次品，如果我們再以「次品」為準進行翻譯，那勢必會產生又一個次品。柏拉圖因為詩人的作品與他所謂真實的理念相隔三層，而痛斥詩歌並將詩人趕出「理想國」，那轉譯的作品，因為與原著也至少隔了三層而會更加失真，這樣的譯作是否也該被趕出「翻譯國」呢？所以胡適一再認為，懂外文的人應該多翻譯幾部外國文學作品，不僅給國內讀者提供豐富的精神養料，而且還能防止轉譯的發生，直接依照原文翻譯，從而提高翻譯的質量。該思想有利於保證譯作的質量，使譯文在思想內容和文體形式上不至於與原文相去甚遠。

胡適關於翻譯目的認識與其建設新文學的革命主張是一致的，即認為翻譯是為了建設中國的新文學，實現中國的文藝復興。1916 年 2 月，胡適在給陳獨秀的信中就論述了翻譯對於創造新文學的借鑒作用：「今日欲為祖國造新文學，宜從輸入歐西名著入手，使國中人士有所取法，有所觀摩，然後乃有自己創造之新文學可言也」〔註 17〕並認為「譯劇的宗旨在於輸入『範

〔註 15〕胡適：《建設的文學革命論》，《胡適全集》（1），合肥：安徽教育出版社，2003 年，第 67 頁。

〔註 16〕胡適：《胡適學術文集．新文學運動》，北京：中華書局，第 501 頁。

〔註 17〕胡適：《胡適日記全編》（二），曹伯言整理，合肥：安徽教育出版社，2001 年，第 337 頁。

本』」，〔註 18〕而不只是給國內讀者介紹外國文學。在 1918 年所寫的《建設的文學革命論》一文中，他認為「只譯名家名作，不譯第二流以下的著作」和用「白話譯文」這兩項，即其翻譯思想之語言和選材觀念，「都只是創造新文學的預備。工具用得純熟自然了，方法也懂了，方才可以創造中國的新文學。」〔註 19〕新文學相對於中國傳統文化而言是「異質」文學，它是長在中國文化的土壤上但吸收著外國文學的營養而成長起來的文學，胡適正是懷著要給新文學提供成長營養的初衷而提出一系列翻譯思想的。胡適認為翻譯除了可以促成新文學的發展外，還具有社會啟蒙的功用。他在介紹易卜生的戲劇時說：「我們的宗旨在於借戲劇輸入這些戲劇裏的思想。足下試看我們那本《易卜生專號》，便知道我們注意的易卜生並不是藝術家的易卜生，乃是社會改革家的易卜生。」〔註 20〕翻譯戲劇的目的在於「輸入這些戲劇裏的思想」，易卜生在胡適的筆下不再是作為「藝術家的易卜生」，而是一個「社會改革家」，這些論述充分說明了胡適翻譯的又一個目的是傳播新思想，達到啟人心智的目的，帶有很強的功利性色彩。這種功利性不同於很多專為出名而為的譯者，而是對一個時代和一個民族文學和社會變革的主動回應，是一種積極的翻譯思想。

胡適是中國現代翻譯史上較早主張集體翻譯的理論家。集體翻譯可以集中地將國外某一作家的作品、某一流派的作品甚至某一國家的作品在短時間內較為系統地介紹給國內的讀者，從而使人們對某一作家，某一流派甚至某一國家的文學風格和藝術成就有大體的認識。胡適的這一翻譯思想曾影響過郭沫若，後者在五四時期曾試圖邀約一些人在兩年的時間內，把歌德的全部作品譯入中國。這種翻譯主張在今天的出版業內推行甚廣，許多出版社常以「系列叢書」的方式全面而系統地出版相關的外國文學作品，收到了良好的效果。1918 年，在談到翻譯作品的選擇時，胡適談到了集體翻譯：「我以為國內真懂得西洋文學的學者應該開一會議，公共選定若干種不可不譯的第一流文學名著。約數如一百種長篇小說，五百篇短篇小說，三百種戲劇，五十家散文，為

〔註 18〕胡適：《答 T · F · C〈論譯戲劇〉》，《新青年》（第 6 卷 3 期），1919 年 3 月 15 日。

〔註 19〕胡適：《建設的文學革命論》，《胡適全集》（1），合肥：安徽教育出版社，2003 年，第 68 頁。

〔註 20〕胡適：《答 T · F · C〈論譯戲劇〉》，《新青年》（第 6 卷第 3 期），1919 年 3 月 15 日。

第一部《西洋文學叢書》，期五年譯完，再選第二部。」〔註 21〕為保證質量和引導讀者進入譯作，胡適認為譯成之稿，應該由專門的學者審核，然後為譯作寫一篇長序及著者略傳，方可付印。長序有助於引導讀者去理解文本，而原作者的傳略則可以讓讀者瞭解原文的生成背景，最終還是有助於讀者對原文的理解。如此看來，胡適主張集體翻譯不僅可以全面系統地對某一作家或某一類作家的作品進行介紹，而且還可以保證翻譯原文的質量和翻譯作品的質量，值得翻譯界採納吸收。

在翻譯實踐的過程中，胡適也曾一度貫徹實踐過他的集體翻譯思想。1930年 7 月 2 日，中華教育文化基金會第六次年會通過了設立編譯委員會的決議，並委任胡適作主任委員。胡適在主持編譯工作期間，編譯委員會制定了一個長期的集體翻譯計劃，但民族革命戰爭的爆發而使該翻譯計劃破產，不過由於胡適的努力以及他與商務印書館的特殊關係，商務印書館還是在五年時間內陸續出版了培根的《新工具》和笛卡爾的《方法論》等幾本哲學著作（關琪桐譯），幾種希臘戲劇（羅念生譯）、哈代的小說《還鄉》等幾種（張谷若譯）、法國小仲馬的《茶花女》（陳棉譯）等。與郭沫若主張集體翻譯歌德的作品一樣，胡適曾主張集體翻譯莎士比亞全集，並組織了一個由五人構成的莎翁全集委員會，由聞一多和徐志摩翻譯韻文體，由梁實秋和陳通伯翻譯散文體。由於各種原因，只有梁實秋堅持到最後，用了 30 年的時間翻譯出版了中國最齊全的《莎士比亞全集》。這期間，胡適不僅鼓勵梁實秋，而且為他校閱譯稿，梁實秋曾說：「領導我、鼓勵我、支持我，使我能於斷斷續續三十年間完成莎士比亞全集的翻譯者，有三個人：胡先生、我的父親、我的妻子。」〔註 22〕很顯然，梁實秋的話是具有針對性的：「領導我」的是「胡先生」、「鼓勵我」的是「我的父親」、「支持我」的是「我的妻子」。如果說胡適領導了梁實秋譯完《莎士比亞全集》的話，那至多只能說是胡適倡導了集體翻譯並組織了集體翻譯，讓梁實秋得以有機會開始《莎士比亞全集》的翻譯工作，並最終憑一己之力完成了翻譯。

在翻譯的標準上，胡適認為「明白流暢」是「一切翻譯都應該做到」的「基

〔註 21〕胡適：《建設的文學革命論》，《胡適全集》（1），合肥：安徽教育出版社，2003 年，第 67 頁。

〔註 22〕梁實秋：《懷念胡適先生》，《梁實秋文學回憶錄》，長沙：嶽麓書社，1989 年，第 149 頁。

本條件」〔註23〕，文學作品的翻譯更應該努力做到明白流暢的基本條件。胡適的這一翻譯標準看似同於嚴復「達」的翻譯思想，但二者實質上有很大的區別，胡適在評價嚴復的「信」、「達」、「雅」時曾說：「嚴復的英文與古中文程度都很高，他又很用心不肯苟且……故能勉強做到一個達字……他的譯本，在古文學史也應該佔有一個很高的地位。」〔註24〕嚴復提出了「信達雅」之說，那胡適為何說他的翻譯只能勉強做到一個達字呢？在此，胡適與嚴復在兩個方面有根本的不同：一是從翻譯的文字上講，嚴復僅是「古中文程度」很高，而文言文作為書面語的存在方式是不可能在翻譯時做到「明白曉暢」的，其讀者群體相對有限且難以融合「新知」；二是從翻譯的階段來講，嚴復處於近代翻譯的繁盛期，其譯文只能算是古文學的一種成就，而胡適則是處在翻譯的新紀元——現代翻譯時期，二者關於「達」已經有不同的理解和界定。這一翻譯標準在胡適的翻譯實踐中也體現得非常明顯，即使有時為了「保存原文的真面目」而不得不使用「嚴格的直譯」，但他的整個譯文都還是達到了「明白曉暢」的標準。比如他在談第二部小說翻譯集時，認為該小說集「比第一集的小說謹嚴多了，有些地方竟是嚴格的直譯。但我相信，雖然我努力保存原文的真面目，這幾篇小說還可算是明白曉暢的中國文學。」〔註25〕胡適在談他翻譯拜倫《哀希臘歌》譯本不成功的原因時曾說：「此詩全篇吾以四時之力譯之，自視較勝馬蘇兩家譯本。一以吾所用體較恣肆自如，一以吾於原文神情不敢稍失，每委曲以達之。至於原意，更不待言矣。」〔註26〕其實，胡適反對文言文翻譯而主張白話文翻譯的原因之一也是出於翻譯的這一標準，文言文的「貴族」氣不能做到白話文的通俗性，從表達效果來說即是不能做到明白曉暢。當然，胡適的這一翻譯標準與「意譯」有相同之處，但胡適的出發點是在翻譯的媒介——語言上，而不是在翻譯的思想和內容上，亦即胡適「明白曉暢」的翻譯標準側重於「語言」層面，一般意義上的「意譯」側重於「意義」層面。因此，胡適「明白曉暢」的翻譯標準既不同於嚴復「達」的標準，也不同於我們一般所謂的

〔註23〕胡適：《譯者自序》，《胡適全集》(1)，合肥：安徽教育出版社，2003年，第379頁。

〔註24〕胡適：《五十年來之中國文學》，《胡適全集》(2)，合肥：安徽教育出版社，2003年，第276頁。

〔註25〕胡適：《譯者自序》，《胡適全集》(1)，合肥：安徽教育出版社，2003年，第379頁。

〔註26〕胡適：《留學日記》，《胡適全集》(27)，合肥：安徽教育出版社，2003年，第276頁。

「意譯」標準，它是對嚴復翻譯標準的超越，又是對現代翻譯標準的開啟，同時還打上了五四白話文運動的時代烙印，值得我們認真思考。

胡適認為文學翻譯尤其是詩歌翻譯是一項艱難的文學活動，他也發出了「譯詩難」的歎息。胡適曾說，他在創作的時候一個小時可以寫八九百字，而在翻譯的時候一個小時最多就四百字，言下之意便是要讀者明白翻譯難於創作。不僅如此，胡適所謂的翻譯之難，還包括約束的對象增多了，「自己作文只求對自己負責任，對讀者負責任，就夠了。譯書第一要對原作者負責任，求不失原意；第二要對讀者負責任，求他們能懂；第三要對自己負責任，求不致自欺欺人。這三重擔子好重啊！」〔註27〕1924年10月，胡適在得知英國劍橋大學中國文學教授解爾斯（H.A.Giles）翻譯了他的詩歌《景不徙》之後，面對譯文的諸多「不妥」，他最終也認識到「翻譯實在不是一件容易的事」〔註28〕，並認為詩歌翻譯中所謂「奇妙的翻譯」隨時可能發生，而即便不可避免地發生了，只要譯者盡力為之便足矣。

在中國現代翻譯思想的建構中，胡適是一個具有開創之功的翻譯家，他的翻譯思想理應值得好好地研究。以上所述是胡適整體的翻譯思想，當然也包含著他的詩歌翻譯思想。

（三）胡適的翻譯動因

在中國現代翻譯史上，有很多詩人走上了詩歌翻譯的道路，詩人譯詩成為一大特殊現象。儘管他們的詩歌翻譯實踐在客觀上都表現為豐富和創新本國文學的功用目的或啟示思想的社會效用，但促使他們走上翻譯道路的原因卻各不相同。郭沫若為著「文化交流」和「自由精神」，徐志摩為著「出名」和朋友情份，魯迅為著醫治中國人的思想「劣根」和改變民族精神，那胡適從事翻譯的原因又會是什麼呢？除具備魯迅和郭沫若似的時代和民族因素外，胡適從事文學翻譯還有更為複雜的原因。

說胡適是中國現代文學翻譯的第一人並不為過，他對中國翻譯的貢獻在於開白話文翻譯外國文學的先河，一改近代文言翻譯的晦澀艱深之風，其「明白曉暢」的譯文在思想上「化大眾」的同時，以接受美學的角度來講又真正做到了文言翻譯所不能做到的「大眾化」效果。胡適看到中國近代翻譯的不足，

〔註27〕胡適：《譯書》，《努力週報》（第46期），1923年4月1日。

〔註28〕胡適：《翻譯之難》，《現代評論》（第1卷第1期），1924年12月。

從而產生了力圖開創中國文學翻譯新局面的宏偉夙願。在胡適看來，中國近代文學翻譯存在著諸多弊端甚至是「怪詫的文」。首先從譯者的角度來說，中國近代文學翻譯中的許多譯者外文基礎並不好，有的甚至不懂外文，這對翻譯而言不能不說是一種先天的缺陷。對於一個翻譯工作者來說，精熟的外語水平，資深的文學修養以及濃厚的翻譯興趣等是促成其文學翻譯必不可少的因素，如果不懂外語，譯者與原文之間便隔著一道天然的屏障，不僅不能進入並理解原文，更談不上翻譯原文。辜正坤先生在談當代譯壇譯道時，曾指出一些人「西語既通，遂不自量力，強為譯事」。〔註29〕造成「聲高曲下」的譯病，在辜先生看來，如果通兩語但譯才低庸的譯者應該批評的話，那不通兩語的人，無論翻譯才能的高低，都會招致翻譯界的批評。人們通常認為中國近代翻譯以林紓和嚴復的成就為最高，而林紓對文學翻譯的貢獻和影響最大，但林紓本人即並不兼通兩語。難怪胡適曾針對中國近代文壇的這一怪象，在 1918 年 2 月 21 日致曾孟樸的信中歎息道：中國人所讀的西洋書，「不出於能直接讀西洋書之人，乃出於不通外國文的林琴南，真是絕可怪詫的事！」〔註30〕因此他在給梁實秋的信中說，懂英文的人應該努力多譯名著，不應該去做轉譯的事情。

然後從翻譯形式的角度來看，胡適 1914 年在他的留學日記中就翻譯拜倫的《哀希臘歌》為例，論述了「譯詩擇體之難，略曰：『譯詩者，命意已為原文所限，若更限於體裁，則動輒掣肘，決不能愜心之作也。』」〔註31〕胡適雖認為翻譯形式對譯文內容是一種限制，但從另一個角度來說，胡適的話也道出了譯作本是一件非常困難的事情。施蟄存先生在編選《中國近代文學大系》之「翻譯文學集」的導言中說：「幾乎所有的譯詩，都用中國傳統詩的形式，或譯成五言古體，或譯成四言的《詩經》體，或譯成《楚辭》體。一些敘事詩，例如辜鴻銘的《癡漢騎馬歌》，頗有《陌上桑》的神情。蘇曼殊的譯文，都經章太炎潤色過，辭藻極為古雅，卻不免晦澀。」〔註32〕引用該段文字並非詬病近代文人翻譯的不足，而是為了反映出近代文學翻譯在文體選擇

〔註29〕辜正坤：《中西詩比較鑒賞與翻譯理論》，北京：清華大學出版社，2003 年，第 404 頁。

〔註30〕胡適：《論翻譯——與曾孟樸先生書》，《胡適全集》(3)，合肥：安徽教育出版社，2003 年，第 803 頁。

〔註31〕胡適：《胡適留學日記》(二)，吳奔星、李光華選編，成都：四川文藝出版社，1991 年，第 14 頁。

〔註32〕施蟄存：《導言》，《中國近代文學大系·翻譯文學集》(I)，上海：上海書店出版社，1990 年，第 12 頁。

上的單一，以及改變固有詩體的艱難。如果外國的自由詩被譯成中國的文言格律詩，甚至戲曲被譯為散文，不管「意」是否通達，那原文的「風韻」、「格調」便會被損壞得蕩然無存。胡適對那些從事文學翻譯卻不講譯文文體的做法深惡痛絕，他曾就林紓在翻譯中不講求原文與譯文文體的搭配而罵他是「蕭士比亞的大罪人」:「林琴南把蕭士比亞的戲曲，譯成了記敘體的古文！這真是蕭士比亞的大罪人」。〔註 33〕胡適認為原文與譯文在文體上應該匹配，而不必拘泥於古代文學的固有文體或不加思考地任意選用文體。他認為文學翻譯有三重責任，除了向譯者本人和讀者負責外，還應向原作負責，「作者寫的是一篇好散文，譯出來也必須是一篇好散文；作者寫的是一首好詩，譯出來的也一定是首好詩。」〔註 34〕不能像林紓那樣將戲曲譯成了「記敘詩」。胡適關於譯文應注意文體的看法，有利於端正近代中國文學翻譯尤其是詩歌翻譯中單調地選用格律詩的弊端，從而更大程度地保持譯文與原文在風格和神韻上的一致性。

最後從語言的角度來說，中國近代文學翻譯也存在很多弊病。文言文作為古代書面語的「正宗」，在白話文運動成功之前，一直是不可動搖的主流文學媒介，不論是創作還是翻譯都是用文言文寫作的。但是，文言作為翻譯語言的弊端，隨著西書翻譯浪潮的推進而逐漸顯現，中國近代許多文學家和翻譯家關於文言翻譯的弊端都多有論述，除劉半農等人外，胡適便直接開始「嘗試」用文言以外的白話進行翻譯和創作，他的第一部詩集《嘗試集》不正是在打倒陳腐艱澀的文言文的基礎上用白話文寫成的嗎？他被稱為「白話詩」里程碑意義的詩作《關不住了》不正是用白話文來翻譯的外國詩嗎？時間可以檢驗一切，胡適反對近代文言翻譯而力主白話文翻譯的觀點，在近一個世紀的時間洗禮下，證明了它的價值和歷史合理性。

看到了先前文學翻譯的不足，於是力圖去改變原有的翻譯方式並開啟全新的翻譯局面，胡適站在文學語言進化論的角度倡導並實踐他的白話文翻譯思想。無可否認，懷著復興中國文藝的偉大理想，胡適的翻譯無形中具備了一種歷史的沉重感和現實的功利性。為了建設新文學，1916 年，胡適在給陳獨秀的信中說要從翻譯和觀摩西方名著入手，並在《建設的文學革命論》一文中，

〔註 33〕胡適：《胡適學術代表作》（上），合肥：安徽教育出版社，2007 年，第 34 頁。

〔註 34〕胡適：《關於翻譯的講稿》，《翻譯論集》（修訂版），劉靖之主編，臺北：書林出版有限公司，1993 年，第 66 頁。

要求翻譯名家名作，為創造中國的新文學積蓄能量。作為新文學運動的關鍵人物，胡適的思想無疑會對中國新文學界產生至關重要的影響，其激進的革命思想，有利於促進「新」文學的產生，但這種「新」已不再是時間維度的概念，它標識出中國現代文學與中國傳統文學的「絕緣」，以及與西方文學的「親緣」，儘管由弗萊的「原型」思想我們可以斷定傳統的民族文化心理、文化思維以及民族記憶等會根深蒂固於我們整個民族的新舊文學文本中，但其思想造成的新文學與傳統文學的隔膜卻是不爭的事實。在胡適等人的努力下，大量外國文學作品和外國文化思想湧入中國，而新文學也與傳統之間漸行漸遠，直至 21 世紀的今天，我們依然發現「新儒家」的聲音是那樣微弱，文化「尋根」的結果是那樣令人擔憂，回歸傳統以及「實現」傳統話語的現代轉換等是那樣舉步維艱。此番言論並非要否定或批評翻譯大師和新文化運動先鋒胡適先生，因為其對新文學的「開創」之功無人比之，而其弊端卻可以由後人通過努力來彌補。在此需要申明的是，萬事萬物均有兩面，一種理論的開創之功愈大，其破壞性或後遺症可能會愈強。胡適通過其理論倡導，通過傚仿「歐西文學」，最終促成了新文學的誕生並取得了文壇正宗地位，這使他的翻譯思想透出了幾許歷史的沉重感。

五四時期是一個文學和思想革命的時代，李澤厚在《中國思想史論》中認為，新文化運動的目的「是國民性的改造，是舊傳統的摧毀。它把社會進步的基礎放在意識形態的思想改造上，放在民主啟蒙工作上。」〔註 35〕因此，人們常把五四新文化運動稱為法國式的中國啟蒙運動。這一時期的文學和翻譯必然受到時代主題的制約和影響，作為提倡白話文運動的胡適，其翻譯思想儘管較多地是在文體和語言的層面上展開，但他的翻譯詩歌（比如《關不住了》《希望》等）對當時人們的愛情觀和自由思想會起到啟蒙的作用。胡適認為，他翻譯的目的除了建設新文學外，還是為著思想啟蒙的時代主題：「我們的宗旨在於借戲劇輸入這些戲劇裏的思想，足下試看我們那本《易卜生專號》便知道我們注意易卜生並不是藝術家的易卜生，乃是社會改革家的易卜生。」〔註 36〕由此可見，胡適的翻譯也是為了「思想」啟蒙，在於「社會」改革。胡適以為無論是對翻譯語言、翻譯文體還是對譯者的要求，最終目的還是為了「新思想」，

〔註 35〕李澤厚：《中國思想史論》（下），合肥：安徽文藝出版社，1999 年，第 828 頁。
〔註 36〕胡適：《答 T・F・C〈論譯戲劇〉》，《新青年》（第 6 卷第 3 期），1919 年 3 月 15 日。

翻譯形式的革命是為「打破那些束縛精神的枷鎖鐐銬」。他在論述文章內容與形式的關係時說：「新文學的語言是白話的，新文學的文體是自由的，是不拘格律的。初看起來，這都是『文的形式』一方面的問題，算不得重要。卻不知道形式和內容有密切的關係。形式上的束縛，使精神不能自由發展，使良好的內容不能充分表現。若想有一種新內容和新精神，不能不先打破那些束縛精神的枷鎖鐐銬。」〔註37〕胡適在《嘗試集》序言中，闡述過相同的觀點：「文學體裁的大解放，方才可以用來做新思想、新精神的運輸品。」〔註38〕這表明胡適提倡翻譯文學和文體革新是為了使形式成為「運輸」新思想新精神的載體，其重心仍然在「新思想新精神」上。所以，胡適從事翻譯和提倡文學革命，最終是為了用新思想和新精神來啟蒙大眾。

以上從思想啟蒙等角度分析了胡適從事翻譯的原因，除了這些「公共」因素外，胡適從事翻譯有沒有自己個人的原因呢？詩歌作品（無論是自己創作的，還是翻譯的）是生命意識和使命意識的和諧統一，是社會現實關懷和個人情感關懷的統一，尤其是對於詩這種心靈性極強的文體來說，生命意識關懷和個人情感抒發是詩之為詩的必備要素，「只有使命意識而沒有生命意識，詩就會從體驗世界蛻化為敘述世界。這樣的詩缺少詩的素質，只能成為劣等的敘事文學」。〔註39〕同樣，胡適的文學翻譯不能只為著文學革命和社會啟蒙，它必然會對個體的情感有所觀照。因此，胡適從事詩歌翻譯的另一原因是為了表現自我情感。啟蒙時代的主題導致五四時期的詩歌大多以理性為題，如果說中國新詩中的愛情詩創作在上世紀30年代初的湖畔詩人那裡才初具規模的話，那胡適譯詩中的大量愛情詩無疑是中國新詩史上較早的愛情詩作品。胡適為什麼會翻譯大量的愛情詩呢？這決非偶然的翻譯選擇，也決非個人的偏好，對於胡適這樣一位對翻譯選材較為嚴格的人來說，翻譯作品的題材一定是經過悉心考慮後作出的抉擇。對抒情詩而言，情感是它的主要內容，詩情是對社會現實或個體生命體驗產生的結果，在缺乏愛情詩的五四時期，胡適通過翻譯外國的愛情詩為中國新詩壇增添了勃勃生機。從作品接受的角度來講，譯者與讀者之間總是存在一定的供需關係，「古今中外的譯家們在翻譯時都不自覺地是在

〔註37〕胡適：《談新詩》，胡適：《談新詩》，《中國新文學大系：建設理論集》，上海：上海良友圖書印刷公司，1935年，第295頁。

〔註38〕胡適：《〈嘗試集〉自序》，《胡適全集》（1），合肥：安徽教育出版社，2003年，第195頁。

〔註39〕呂進：《對話與重建》，重慶：西南師範大學出版社，2002年，第176頁。

為他們心目中的讀者群服務」，〔註40〕讀者的需求不同，有讀者針對性的譯作當然會有差別。魯迅在談該問題時曾說：「我們的譯書，還不能這樣簡單，首先要決定譯給大眾中的怎樣的讀者。將這些大眾，粗粗的分起來：甲，有很受了教育的；乙，有略能識字的；丙，有識字無幾的。而其中的丙，則在『讀者』的範圍之外，啟發他們是圖畫，演講，戲劇，電影的任務，在這裡可以不論。但就是甲乙兩種，也不能用同樣的書籍，應該各有供給閱讀的相當的書。供給乙的，還不能用翻譯，至少是改作，最好還是創作，而這創作又必須並不只在配合讀者的胃口，討好了，讀的多就夠。至於供給甲類的讀者的譯本，無論什麼，我是至今主張『寧信而不順』的。」〔註41〕辜正坤先生和魯迅先生從讀者接受能力的角度入手，共同認識到了翻譯應根據讀者的能力而有「層次」差別。

文學是有審美娛樂的「表情」功能，根據讀者表現感情的需要，翻譯文學的情感也會有不同的類型。胡適翻譯愛情詩時是為著怎樣的讀者群服務呢？除了針對那些渴望自由愛情卻又遭受傳統禮儀禁錮的年輕人們外，胡適更多地卻是為了自己。胡適早年的婚姻是沒有愛情基礎的，1918 年 5 月 2 日，他在給堂叔兼朋友胡近仁的一封信中這樣談了他婚後的感受：「吾之就此婚事，全為吾母起見，故從不曾挑剔為難（若不為此，吾決不就此婚，此意但可為足下道，不足為外人）。若不為此，吾決不就此婚，……今既婚矣，吾力求遷就，以博吾母歡心。吾之所以極力表示閨房之愛者，亦正欲令吾母歡心耳。」〔註42〕因此，胡適的自由愛情在傳統的「孝」字面前只能被「遷就」深深地埋葬，在封建禮儀和婚姻觀念依然盛行的五四時期，胡適無疑選擇了一條在傳統社會看來是「道德」的，但於自己卻是痛苦的愛情之路。弗洛伊德在談文學創作的發生時認為，文學家們在現實中沒有滿足的欲望只能通過文學創作這種合乎日常倫理和道德的方式得到滿足。人們儘管批評弗氏的觀點有泛性論的弊端，但他卻道出了文學創作的潛在動因。在「孝」和「禮儀」的嚴格「監管」下，胡適心中對自由和愛情的嚮往之情應通過什麼樣的「道德」路線得以表現出來呢？從創作上講，作為「啟蒙」的先行者，胡適將創作之情傾向於社會現

〔註40〕辜正坤：《中西詩比較鑒賞與翻譯理論》，北京：清華大學出版社，2003 年，第 367 頁。

〔註41〕魯迅：《魯迅全集》（第 4 卷），北京：人民文學出版社，1973 年，第 376 頁。

〔註42〕胡適：《致胡近仁》，《胡適全集》（23），合肥：安徽教育出版社，2003 年，第 186 頁。

實關懷的「大情」，因而很少創作也不便創作愛情詩；從翻譯的角度講，由於人們慣常地認為翻譯是「複製」，翻譯作品表現的僅僅是原作者的感情，因而胡適翻譯愛情詩應更加適合當時的文化思想和「道德」規範，並在實際上表現自己的感情，順應了五四「啟蒙」思想的潮流。比如有新詩「紀元」之稱的《關不住了》這首譯詩，表現了胡適的感情在舊道德和舊禮儀的壓仰中似乎「關不住了」而要外溢出來；《老洛伯》是在為沒有愛情的婚姻歎息。因此，有學者這樣歸納了胡適的創作和翻譯之別：「他的創作是思想理念的產物」，而他的譯詩則是「心靈深處情感的結晶，是情的抒發。」〔註 43〕從胡適的婚姻現實出發，從心理學的角度出發，我們認為胡適從事詩歌翻譯的又一原因是對自由愛情的吟詠和對自我感情的抒發。

詩歌翻譯與創作一樣，會受到多種因素的限制和誘發。胡適的詩歌翻譯是社會現實，個體情感以及詩歌自身發展規律等複雜語境中產生的結果，這也使得其翻譯具備了形式上的「革命」性、內容上的「啟蒙」性和超越性，這些內容同樣也是胡適詩歌翻譯思想的重要構成部分。

（四）翻譯對胡適的影響

胡適作為白話譯詩的先行者，作為闡發了豐富詩歌翻譯思想的理論家，他的白話新詩創作在很大程度上受到了翻譯詩歌的啟發。其中，翻譯和閱讀英語原文對他詩歌的影響是非常大的，對此內容的探討則有助於進一步瞭解胡適的詩歌翻譯思想。

胡適最早的詩歌翻譯作品應該是 1917 年採用古體詩形式翻譯的《哀希臘歌》，但隨後，他的詩歌翻譯在形式上就發生很大的變化。1919 年，胡適先後翻譯了林德塞的《老洛伯》和蒂斯代爾的《關不住了》，這兩首譯詩幾乎都是採用白話文和自由體。胡適譯詩的旨意是要讓國人尤其是反對新文化運動的「保守主義者」們看看新詩的模樣。他在《老洛伯·序》中有這樣一句話：「全篇作村婦口氣，語語率真，此當日之白話詩也。」〔註 44〕我們似乎很難從胡適詩歌作品的內容中找出他受外國詩歌直接影響的痕跡，但有一點確值得注意，那便是胡適採用新的詩歌形式進行創作時，國內還沒出現類似的白話詩。在新

〔註 43〕廖七一：《詩歌翻譯——胡適伸展情感的翅膀》，《四川外語學院學報》，2003 年第 4 期。

〔註 44〕胡適：《老洛伯·引言》，《新青年》（第 4 卷第 4 號），1918 年 4 月 15 日。

詩運動之前，人們幾乎還是採用古體詩形式來翻譯外國詩歌，於是乎可以推導出這樣的結論：胡適提倡並實踐新詩創作的影響不是來自古體詩，也不是來自現成的翻譯詩歌，胡適的白話詩形式顯然受到了他所閱讀的外國詩歌原文的影響，或者受到了來自翻譯過程中產生的新體的影響。一個雙語讀者如果把他所閱讀的外國詩歌應用到了自己的詩歌創作中，那其中一定有一個中介環節——潛翻譯，否則，外國詩歌的元素是不會隔著語言障礙而直接進入到中國詩歌中的。所謂潛翻譯，「即是一種將目標語文本存留在譯者記憶中的翻譯類型」，「潛翻譯旨在針對那些閱讀了外國文學原文後，在潛意識裏將其翻譯成了民族文化語境中的文本並留存大腦中，而後對自己的創作產生了影響的翻譯類型。因此，潛翻譯的核心特徵就是目標語文本存留在譯者大腦中，表現為一種心理和思維活動，沒有形成實體性文本，只有當它影響譯者創作的時候才能通過譯者的創作文本窺見潛翻譯文本的片段。」〔註 45〕

國內不止一人認為胡適的詩歌主張受到了美國意象派詩歌理念的影響，甚至有人認為胡適的「八不主義」與意象派的主張如出一轍。但這位新詩先驅卻從不提及美國意象派詩歌對他的影響。胡適翻譯的詩歌在發表時總會注明原作者以說明該詩是首譯詩，按照五四前後的譯詩傳統還會附上「譯前」或「譯後」以對所翻譯的作品進行說明，他對拿來宣稱新詩成立「新紀元」的《關不住了》的譯詩身份也供認不諱。但是在對待發動新詩運動的學理依據上，胡適很少提到他的白話新詩運動是他留學美國時受了美國詩壇上正興起的「意象派詩歌」運動的影響，而把發動白話新詩運動的根據歸結到英國浪漫派詩歌的源頭（比如他翻譯白朗寧詩歌時的附言中即可說明），或歐洲文藝復興成功的語言策略，或中國古代的白話文學傳統等等，唯一不提及的便是影響自己最深刻的美國意象派運動。梅覲莊、梁實秋以及胡適自己的留學日記中分明證明了他受到了美國意象派詩歌的影響。梁實秋說：「試細按影像主義者（即意象派——引者）的宣言，列有六條戒條，主要的如不用典，不用陳腐的套語，幾乎條條都與我們中國倡導白話文的主旨吻合，所以我想，白話文運動是由外國影響而起的。」〔註 46〕但胡適為什麼會否定他的新詩主張受到了意象派詩歌的影響呢？胡適當然不希望自己倡導的白話新詩運動被譏笑為是對美國意象派詩

〔註 45〕熊輝：《論中國現代文學中的潛翻譯》，《文學評論》，2013 年第 5 期。

〔註 46〕梁實秋：《現代中國文學之浪漫的趨勢》，《梁實秋批評文集》，徐靜波編，珠海：珠海出版社，1998 年，第 35 頁。

歌運動的抄襲照搬，他要為自己發動的新詩運動尋找更加可靠和更為深厚的文化淵源，以證明此運動並非簡單地照搬美國的意象派新詩運動。但欲蓋彌彰，胡適再怎樣為白話新詩運動尋找美國以外的淵源，也無法掩蓋其新詩主張源於美國意象派詩歌運動的影響。

胡適的詩歌創作同樣受到了外國詩歌的影響，改變胡適詩歌觀念的應該是他在美國綺色佳（Ithaca）居住的那五年。胡適自己曾多次提到綺色佳的經歷是他詩歌道路上至關重要的一環。首先，胡適在綺色佳找到了「做詩的伴當」。胡適單獨呆在綺色佳的時候，作詩的願望並不強烈，而當好友任鴻雋和楊杏佛來到綺色佳後，他們經常談論詩歌及其出路，於是漸漸地產生了變革中國新詩的想法。胡適在 1918 年作的《文學篇》中說：「明年任與楊，遠道來就我。山城風雪夜，枯坐殊未可。烹茶更賦詩，有倡還須和。詩爐久灰冷，從此生新火。……回首四年來，積詩可百首。做詩的興味，大半靠朋友：佳句共欣賞，論難見忠厚。」〔註 47〕

其次，綺色佳的經歷使胡適接觸並閱讀了大量的外國文學作品，正是這些文學作品改變了胡適的詩歌觀念，使他開始「試驗」創作新詩。胡適曾說：「在綺色佳五年，我雖不專治文學，但也頗讀了一些西方文學書籍，無形之中，總受了不少的影響，所以我那幾年的詩，膽子已大得多。《去國集》裏的《耶穌誕節歌》和《久雪後大風作歌》都帶有試驗意味。後來做《自殺篇》，完全用分段做法，試驗的態度更明顯了。」〔註 48〕胡適在美國閱讀的「西方文學書籍」肯定是英語原文，他並沒有將他所閱讀的所有的外國詩歌都翻譯成中文，胡適承認他的詩歌創作並非空穴來風，而是在「頗讀了一些西方文學書籍」後開始的。那他詩歌「試驗」的憑藉對象是什麼呢？由於文化的差異，胡適在自己的作品中試驗著使用的外國詩歌形式必然在他的思維活動中轉化成中國詩歌形式，然後才可能書寫出他自己的白話詩歌。因此，改變胡適詩歌觀念和詩歌形式的力量之一應該是潛在譯作。

胡適在美國留學七年，在綺色佳住了五年，這段經歷改變了胡適的詩歌觀念，也改變了中國詩歌的運行軌跡，其間影響他詩歌創作的關鍵力量之一便是潛翻譯。正是在康奈爾大學求學的日子，胡適和朋友們關於詩的談論以及他閱

〔註 47〕胡適：《文學篇》，《嘗試集》，北京：人民文學出版社，2000 年，第 22～23 頁。

〔註 48〕胡適：《〈嘗試集〉自序》，《胡適全集》(1)，合肥：安徽教育出版社，2003 年，第 192 頁。

讀的大量外國文學書籍，誘使他改變了對詩歌的看法，並從「試驗」外國詩歌形式入手嘗試創作新詩。因此，如果說康橋「胚胎」了徐志摩的詩歌創作，那綺色佳就誘發了胡適對新詩創作的嘗試。

二、增富創作手段：劉半農的詩歌翻譯

劉半農（1891～1934）是「五四」新文化運動的先驅之一，1917 年到北京大學任法科預科教授，同時參與了《新青年》的編輯工作，積極投身文學革命，期間曾撰寫了多篇影響深遠的文論。1925 年，劉半農在法國獲得文學博士學位，其博士論文《漢語字聲實驗錄》榮獲法國「康士坦丁·伏爾內語言學專獎」；1925 年秋回國，任北京大學國文系教授，講授語音學。1926 年，劉半農出版了採用江陰方言寫成的新詩集《揚鞭集》和《瓦釜集》，由此奠定了他在新文學和新詩史上的地位。長期以來，劉半農在新文學批評、新詩和語言學上的成就成為人們研究的主要內容，卻忽略了他在翻譯介紹外國詩歌和倡導學習外國詩歌方面所作出的突出貢獻。因此，對劉半農翻譯觀念的探討，可以豐富他的文學形象並完善他的文學批評思想。

（一）劉半農的翻譯成就

劉半農很早就開始從事文學翻譯活動，他是中國新文學運動積極的踐行者，在引進外國詩歌以促進中國新詩發展的進程中，是一位成就卓越的先行者。

劉半農是《新青年》社主要的詩歌翻譯者。1916 年 10 月 1 日，《新青年》第 2 卷 2 號上發表了劉半農翻譯的約瑟·伯倫克德（Joseph Piumkett）的《火焰》（*The Spark*）、《悲天行》（*I See His Blood Upon The Rose*），麥克頓那的《割愛》（*To His Ideal*）以及皮亞士的《絕命辭》（*To His Death*）等 4 首愛爾蘭詩人的作品〔註 1〕。1917 年 4 月 1 日，《新青年》第 3 卷 2 號發表了劉半農翻譯

〔註 1〕這幾首詩不是以專門的翻譯詩歌的名義發表的，而是劉半農先生在《靈霞管筆記》中論述這些愛國詩人時提及的作品，這些詩幾乎都是採用古體詩的形式翻譯的。

的英國詩人摩亞的《最後之玫瑰》。1917 年 6 月 1 日，《新青年》第 3 卷 4 號上發表了劉半農翻譯的英國詩人虎特的《縫衣曲》（*The Song of the Shirt*）。1918 年 5 月 15 日，《新青年》第 4 卷 5 號上發表了劉半農翻譯的印度詩人 Ratan Devi 的《我行雪中》。1918 年 8 月 15 日，《新青年》第 5 卷 2 號上發表了劉半農翻譯的《印度 SIR RABINDRANATH TAGORG.E 氏所作無韻詩二章》，具體包括《惡郵差》（*The Wicked Postman*）和《著作資格》（*The Authorship*）兩首。1918 年 9 月 15 日，《新青年》第 5 卷 3 號上發表了劉半農翻譯的《譯詩十九首》，具體包括如下詩篇：具體包括如下詩篇：（印度）R.Tagore：《海濱》五首（ON THE SEASHORE），《同情》二首（SYMPATHY），（印度）Sarojini.Naidu：《村歌》二首（VILLAGE SONG）、《海德辣跋市》五首（IN THE BAZAARS OF HYDERABAD）、《倚樓》二首（IN A LATTICED BALCONY），（俄國）I.Turgener：《狗》一首（THE DOG）、《訪員》一首（THE REPORTER）。

1927 年，北新書局出版了劉半農翻譯的《國外民歌選》，是中國翻譯史上難得的國外民歌翻譯集。此外，劉半農還在《新青年》雜誌上發表《靈霞館筆記》來介紹外國詩人詩作。這些翻譯活動必然會對他的創作發生潛移默化的影響，他在《〈揚鞭集〉自序》中說：「我在詩的體裁上是最會翻新鮮花樣的。當初的無韻詩，散文詩，後來的用方言擬民歌，擬『擬曲』，都是我首先嘗試。」〔註 2〕為什麼劉半農會最早嘗試無韻體詩和散文詩的創作呢？主要還是受到了翻譯詩歌的影響，劉半農早在新文化運動之前的 1915 年就翻譯了屠格涅夫的 4 首散文詩，後來又翻譯了印度詩人拉坦．德維的散文詩，成為早期中國散文詩翻譯最力的詩人，為中國散文詩的發生和發展起到了關鍵的推動作用。

這些翻譯成就表明，劉半農當時是《新青年》社中僅次於周作人的詩歌譯者，其詩歌翻譯對中國新詩創作的影響可想而知。

（二）劉半農的翻譯觀念

劉半農是著名的語言學家，其詩歌翻譯思想多涉及到語言問題。比如他認為翻譯文學的語言應該在顧及譯語表達習慣的基礎上儘量保留原作的語言特色，並從準確翻譯外國文學作品的角度出發創造了新的漢字，表明民族語言的詞彙在翻譯外國文學的過程中會不斷豐富和翻新。

在劉半農看來，翻譯文學的語言在譯語和原語的天秤上應該更偏重於後

〔註 2〕劉半農：《〈揚鞭集〉自序》，《語絲》週刊（第 70 期），1926 年 3 月 15 日。

者。翻譯語言由於在書寫形式和表達方式上更多的使用的是目標語，因此劉半農所謂的翻譯語言其實也是一種特殊的語言形態，一種具備了原語和譯語文化屬性的第三種語言。在那篇五四時期有名的「雙簧戲」文章中，劉半農指出：「當知譯書與著書不同，著書以本身為主體；譯書應以原本為主體；所以譯書的文筆，只能把本國文字去湊就外國文，決不能把外國文字的意義神韻硬改了來湊就本國文。即如我國古代文學史上最有名的兩部著作，一部是後秦鳩摩羅什大師的《金剛經》，一部是唐玄奘大師的《心經》：這兩人，本身生在古代，若要在譯文中用些晉唐文筆，眼前風光，俯拾即是，豈不比林先生仿造兩千年以前的古董，容易得許多，然而他們只是實事求是，用極曲折極縝密的筆墨，把原文精意達出，既沒有自己增損原意一字，也始終沒有把冬烘先生的臭調子打到《經》裏去；所以直到現在，凡事讀這兩部《經》的，心目中總覺這種文章是西域來的文章，決不是『先生不知何許人也』的晉文，也決不是『龍噓氣成雲』的唐文：此種輸入外國文學使中國文學界中別闢一個新境界的能力，豈一般『沒世窮年，不免為陋儒』的人所能夢見！」〔註 3〕劉半農認為像鳩摩羅什和玄奘這樣的翻譯大師由於採用了西域語言的「極曲折極縝密」的表述方式，捨棄了當時晉代或唐代的語言表達習慣，因而沒有隨著朝代的更迭而失去存在的價值，反而由於其固有的西域文化色彩延傳至今。劉半農這段話的真實用意是要求五四時期的翻譯文學不要採用五四時期的語言表達方式，應該使用一種不同於白話文或文言文的偏重於原語色彩的第三種語言去從事翻譯。這在客觀上有利於為中國新詩輸入更多的詩體，從側面表明了翻譯詩歌對中國新詩文體建設的重要意義。

劉半農並非極端的語言「西化」者，後來他比較客觀地闡發了譯詩語言觀念，認為譯詩的語言既應保留原語的特點，又要顧及目標語的表達習慣。劉半農 1921 年在給周作人的信中說：我們翻譯西書的「基本方法，自然是直譯。因是直譯，所以我們不但要譯出它的意思，還要盡力的把原文中的語言的方式保留著；又因直譯（Literal Translation）並不是字譯（Transliteration），所以一方面還要顧著譯文中能否文從字順，能否合乎語言的自然。」〔註 4〕劉半農的這句話顯然比他在和錢玄同的「雙簧戲」中所寫的《復王敬軒書》一文對翻譯

〔註 3〕劉半農：《復王敬軒書》，《新青年》（第 4 卷第 3 號），1918 年 3 月 15 日。
〔註 4〕引自陳福康：《中國譯學理論史稿》，上海：上海外語教育出版社，1992 年，第 207 頁。

詩歌的語言要求有所改變，劉氏在該文中認為譯文語言應該「湊就外國文」，但是在這封給周作人的書信中卻有所緩和，認為語言的翻譯體在湊就外國語言的同時還要根據譯語的表達習慣做到「文從字順」。劉半農的譯詩語言觀念既避免了之前的絕對西化，又避免了魯迅「寧信不順」的極端翻譯方式，因而是當時比較合理的翻譯語言觀念。在這種觀念下產生的翻譯語言必然具備原語和譯語的二重文化屬性，兼顧了兩種語言的特點，能夠使譯文更大限度地滿足廣大讀者的需求。劉半農的譯詩語言觀念已經無限接近荷爾德林所謂的「純語言」觀。荷氏提出純語言的目的是想在「他所翻譯的古希臘語和現代德語之間開闢一個文化和言語上的中間地帶，這個地帶既不完全屬於希臘語，又不完全屬於德語，而是更貼近所有人類語言所共有的東西。」〔註5〕此「純語言」兼具了希臘語和德語的特徵，從而使譯文能夠被懂德語和希臘語的讀者所接受。也即是說荷爾德林認為譯文的語言應該具有原語和譯語的共同特徵，兩種語言「以一種互補的關係共同存在」於譯語這樣的第三種語言中，只有這樣才能最大限度地滿足讀者的需要。

翻譯有助於改進或創造新的漢字。在中國現代漢語史上，我們都知道「她」字是劉半農發明的，但也許很少有人知道劉半農創造「她」字時所憑藉的支撐力量來自翻譯。劉半農創造出「她」字以後，上海的《新人》雜誌刊登了一篇署名寒冰的作者的文章《這是劉半農的錯》，對劉半農發明的這個陰性代詞提出質疑。〔註 6〕遠在英國讀書的劉半農知道這件事情後就寫了一篇《「她」字問題》的文章進行辯駁，認為以前中國的文章中沒有「她」字是既成事實，後人無法改變，但是在翻譯英語文章的時候就不得不用這個陰性代詞了，因為英語中的「he」和「she」不可能只用一個「他」字加以翻譯，否則就會引起意義的混亂。劉半農指出：「在以往的中國文字中，我可以說：這『她』字無存在之必要；因為前人做文章，因為沒有這個字，都在前後文用關照的工夫，使這一個字的意義不至於誤會，我們自然不必把古人已做的文章，代為一一改過。在今後的文字中，我就不敢說這『她』字絕對無用，至少至少，總能在翻譯的文字中占到一個地位。」〔註7〕為了進一步說明「她」字存在的必要性，劉半農舉了一個例子進行說明，比如：He has been here, but we should wait

〔註 5〕譚載喜：《西方翻譯簡史》，北京：商務印書館，1991 年，第 140 頁。
〔註 6〕寒冰：《這是劉半農的錯》，《新人》（第 1 號），1920 年 4 月。
〔註 7〕劉半農：《「她」字問題》，《時事新報・學燈》，1920 年 8 月 9 日。

for her.翻譯成漢語是：「他來了，不過我們應該等她。」如果沒有「她」字，那這句話的譯文就是：「他來了，不過我們應該等他。」語義自然就不如用了「她」清楚明白。劉半農關於「她」字的想法正好與他「譯書的文筆，只能把本國文字去湊就外國文，決不能把外國文字的意義神韻硬改了來湊就本國文」的翻譯主張相吻合。因此，為了「湊就」外國的「She」，漢字就必須有「她」字。正是借助翻譯文體的語言表達方式，劉半農的「她」字贏得了存在的空間並逐漸融匯到了現代漢語中，成為我們常用的漢字之一。這從另外一個角度說明了翻譯體在語言上的特殊性有時會導致目標語詞彙的更新和擴大。

當然，劉半農的詩歌翻譯語言思想不可能脫離五四時期的話語環境，其不足也在所難免。20 世紀初葉中國知識分子很難保持一種獨立的民族文化身份認同感，他們對民族歷史和記憶的書寫都或多或少地以他文化為參照。以中國新文學的發展為例，我們的新詩革命在理論先行的情況下，在與傳統詩歌決絕之後，其發展往往只能以外國詩歌或外國詩歌的譯本為藍本進行創作，這多少反映出中國現代知識分子的民族文化心理和居於世界民族文化之林中的地位。而在借鑒外國語言表達的時候很難實現本土化轉換或將之加以中國化，因為「要想輕鬆自如地談論中國化，必須充分假設中國自信其文明相對於世界的其他地方而言具有絕對的中心性（Centrality）……由於西方的在場，這種自信幾乎消磨殆盡，其程度之深，甚至迫使中國不再能為自身維繫一種獨立的身份認同，而必須或隱或顯地參照世界的其他地方，後者時常以西方為代表。」〔註 8〕因此，我們現在回過頭來打量現代漢語受到的外來影響時常用「歐化」或「外化」對之加以概括，而很少有人會認為是外國語言的中國化。不僅是在語言上，我們在借鑒外國文體來書寫我們民族的心路歷程時也體現得十分明顯，比如 19 世紀末 20 世紀初期中國提倡文學革命，要以西方的文學為模板來發展我們的新文學，這已經彰顯出中國當時的知識分子不再盲目自大地將自己的文化置於世界文化的中心地位，國門被強制打開後湧入的外國器物層面和精神層面的文化早已將「天朝上國」的迷夢擊得粉碎。由此，中國文學走上了一條借鑒的「外化」之路。

劉半農的詩歌翻譯語言思想是這一時段譯者文化心態的濃縮，「湊就外國字」、發明「她」等都或多或少彰顯出當時中國知識分子的弱勢文化心理。

〔註 8〕劉禾：《跨語際實踐——文學，民族文化與被譯介的現代性》，宋偉傑譯，北京：三聯書店，2002 年，第 5～6 頁。

（三）劉半農的翻譯功用

劉半農是早期新文學作家中較早提倡通過翻譯引進外國詩歌形式來「增多詩體」的「闖將」，他認為翻譯外國詩歌的過程中可以產生新的詩歌形式，可以為中國新詩的形式建構提供資源。劉半農是中國現代翻譯史上從事散文詩翻譯最力的譯者，是中國散文詩的「盜火者」。

劉半農認為翻譯可以產生不同於中國已有的詩歌形式，創造一種新體。中國最早嘗試無韻體詩和散文詩創作的是劉半農，究其原因主要還是他在翻譯過程中獲得了新體。劉半農早在新文化運動之前的 1915 年就翻譯了俄國和印度的散文詩，最為重要的是劉半農在翻譯的過程中習得了新的詩歌文體，與傳統的古體詩完全相異。他在《我行雪中》的譯後記中說：「兩年前，余得此稿於美國 Vanity Fair 月刊，嘗以詩詞歌賦各體試譯，均為格調所限，不能竟事，今略師前人譯經筆法寫成之，取其曲折微妙處易於直達，然亦未能盡愜於懷。意中頗欲製造一完全直譯之文體，以其事甚難，容緩緩嘗試之。」〔註 9〕這說明用中國傳統的詩歌文體難以翻譯外國的詩歌作品，只有以直譯的方法進行嘗試，借助原文的文體，才可能將外國詩歌翻譯得更好。於是，便產生了散文詩和其他的諸種外國詩歌文體，這些詩歌形式對中國而言是陌生而新鮮的。「劉半農率先把在翻譯中學到的詩體形式，運用於創作中，竟創出了新路」，〔註 10〕使他成為最早的散文詩人之一。劉半農在翻譯閱讀中創造詩歌新體的另外一例，是他創作《愛它？害它？成功》時受到了英國詩人皮考克《橡樹和山毛櫸》的啟示：「我這首詩，是看了英國 T・L・Peacock（1785～1866）所作的一首『The Oak and the Beech』做的。我的第一節，幾乎完全是抄他；不過入後的用意不同，似乎有些『反其意而為之』（他的用意也很好）。」〔註 11〕這些事例說明劉半農的詩歌創作，尤其是散文詩創作都是在翻譯過程中獲得的新體。

劉半農希望為中國新詩「輸入詩體」，而輸入的途徑之一就是翻譯外國詩歌，因此，翻譯詩歌是豐富中國新詩文體的動因之一。劉半農提倡中國新詩形式的發展應該學習英國，因為英國的詩歌形式最為豐富，而且英國有格律限制

〔註 9〕劉半農：《〈我行雪中〉譯後記》，《新青年》（第 4 卷第 5 號），1918 年 5 月 15 日。

〔註 10〕沈用大：《中國新詩史》，福州：福建人民出版社，2006 年，第 49 頁。

〔註 11〕趙景深：《半農詩歌集評》，楊揚輯補，北京：書目文獻出版社，1984 年，第 33 頁。

較少的自由詩和不講求押韻且不限定音節的散文詩，這些自由的詩歌形式對詩人情感的表達沒有產生約束，因此英國詩歌比法國詩歌的成就更高。「嘗謂詩律愈嚴，詩體愈少，則詩的精所受之束縛愈甚，詩學決無發達之望。試以英法二國為比較。英國詩體極多，且有不限音節不限押韻之散文詩。故詩人輩出。長篇記事或詠物之詩，每章長至十數萬字，刻為專書行世者，亦多至不可勝數。若法國之詩，則戒律極嚴。任取何人詩集觀之，決無敢變化其一定之音節，或作一無韻詩者。因之法國文學史中，詩人之成績，決不能與美國比。長篇之詩，亦破乎不可多得。此非因法國詩人之本領魄力不及某人也，以戒律械其手足，雖有本領魄力，終無所發展也。」〔註 12〕此時我們對英法詩歌孰高孰低以及散文詩的起源地是否在英國等問題姑且「懸置」不論，實際上，劉半農說這番話的意圖，是要為白話自由詩尋找合理的證據，通過英法詩歌成就的對比襯托出詩體解放對於一國詩歌發展的關鍵性作用。既然詩體的解放和詩體的豐富如此重要，那劉半農自然會在「律詩排律當然廢除」之後「別求新體於異邦」了。

那究竟如何增多新詩的詩體呢？劉半農認為「建設新文學的韻文之動機，倘將來更能自造、或輸入他種詩體，並於有韻之詩外，別增無韻之詩。」〔註 13〕劉半農很自然地將翻譯引進外國詩歌的形式作為建設新詩的重要路徑，不管是「自造」還是「輸入」詩體，最終都會借鑒外國詩歌的形式，而對於多數不能從事詩歌翻譯的人來說，他們借鑒的實質上是翻譯詩歌的文體形式。如此看來，要真正實現劉半農所謂的「增多詩體」，新文學界就得大量的翻譯外國的各體詩歌。劉半農樂觀地認為，翻譯詩歌的形式可以在形式和精神兩個方面推進中國新詩的發展：「在形式一方面，既可添出無數門徑，不復如前此之不自由。其精神一方面之進步，自可有一日千里之大速率。」〔註 14〕劉半農的整個言論充滿了五四新文學先驅普遍具有的激進語氣和「革命」樂觀主義精神，從後來新詩的發展來看，外國詩歌的翻譯的確給中國新詩輸入了多種詩體，中國新詩形式的豐富性遠遠超過了古詩，這不能不「歸功」於劉半農等早期新詩先行者的理論倡導和創作實踐。

劉半農曾將外國的詩歌文體翻譯成小說文體，這是嚴重的詩歌文體的誤

〔註 12〕劉半農：《我之文學改良觀》，《新青年》（第 3 卷第 3 號），1917 年 5 月 15 日。
〔註 13〕劉半農：《我之文學改良觀》，《新青年》（第 3 卷第 3 號），1917 年 5 月 15 日。
〔註 14〕劉半農：《我之文學改良觀》，《新青年》（第 3 卷第 3 號），1917 年 5 月 15 日。

譯，譯文的文體與原文已經不屬於同一類別。他早期翻譯屠格涅夫的散文詩時將之誤譯成小說：「杜氏（指屠格涅夫，『杜』和『屠』讀音類似，可見是音譯的結果——引者）成書凡十五集，詩文小說並見，然小說短篇者絕少。茲於全集中得其四，曰《乞食之兄》，曰《地胡吞我之妻》，曰《可畏哉愚夫》，曰《嫠婦與菜汁》，均為其晚年手筆。……措辭立言，均慘痛哀切，使人情不自勝。余所讀小說，殆以此為觀止；是惡可不譯以餉我國之小說家。」〔註 15〕為什麼會出現這樣近乎荒誕離奇的翻譯結果呢？除了與劉半農對原文的內容和文體理解不夠深入有關外，更重要的是散文詩文體對中國人而言具有特殊性和陌生感。對一種文體的陌生導致的文體形式誤譯在劉半農之前就有先例，比如林紓在眾多「口授者」的幫助下從事翻譯也沒能逃脫文體誤譯的「厄運」，後來的新文學先驅者胡適曾這樣批評道：「林琴南把蕭士比亞的戲曲，譯成了記敘體的古文！這真是蕭士比亞的大罪人」。〔註 16〕由於當時中國人對戲劇文體的認識還比較模糊，莎士比亞的戲劇在文體形式上更是讓林紓等人摸不著頭腦，於是乾脆翻譯成了他們熟悉的「記敘體的古文」。散文詩是在世界詩歌自由化潮流的湧動中產生的一種具有現代性氣息的文體，自 19 世紀中期開始在世界各國的文壇上蔓延開來。中國的散文詩誕生於五四新文化運動時期，在「增多詩體」的時代，早期詩人很快便接受了這種新文體。中國散文詩的發展顯然受到了外國散文詩翻譯作品的啟發，但學術界普遍關注「中國古典詩詞和散文小品的美學追求對中國現代散文詩的影響」，〔註 17〕忽略了散文詩受到的外來影響。尤其是在清末時期，由於中國沒有這樣的詩體形式，當劉半農最先接觸到屠格涅夫的散文詩時，他根本不知道這是何物，也無從根據已有的文學體裁去認知這種文體，於是乾脆將其翻譯成了小說。在中國人逐漸知道了散文詩文體之後，他們對翻譯文體的認知再也不會侷限於詩歌或小說之類，劉半農後來翻譯了大量的散文詩，並在客觀上帶動了中國散文詩的發展。

劉半農的詩歌翻譯思想是其文學批評思想的一個構成部分，雖然有一定

〔註 15〕劉半農：《杜瑾訥夫之名著·譯者前言》，《中華小說界》（第 2 卷第 7 期），1915 年。引自《中國近代文學大系·翻譯文學集》（3），上海：上海書店出版社，1995 年，第 209 頁。

〔註 16〕胡適：《建設的文學革命論》，《新青年》（第 4 卷第 4 號），1918 年 4 月 15 日。

〔註 17〕徐治平：《散文詩美學論·後記》，南寧：廣西教育出版社，1994 年，第 263 頁。

的時代侷限性，但畢竟在語言和形式上滋潤了中國現代新詩的發展。更為重要的是，劉半農提出了很多富有創見的翻譯觀念，對指導我們今天的詩歌翻譯和詩歌創作大有裨益，這些都是英年早逝的劉半農留給中國文壇的寶貴遺產。

三、革命文學的先聲：蔣光慈的文學翻譯

蔣光慈（1901～1931）是中國現代文學史上獨具特色的作家，他在詩歌和小說創作領域取得了醒目的成就，開創了革命文學的先河。蔣光慈在短暫的一生中還翻譯了數量可觀的詩歌、小說和文論作品，但卻很少有人關注到他的翻譯成就，即便偶有提及，〔註 1〕也至多是描述性的一筆帶過，沒有專門分析他的翻譯活動和具體的翻譯作品，更別說從社會文化語境的角度來探討這些譯作的傳播和接受問題，以及對蔣光慈本人的創作乃至中國革命文學發展所產生的影響。

〔註 1〕目前僅有一篇文章專門談論蔣光慈的文學翻譯，但也只是侷限於謝廖也夫《都霞》的翻譯和內容介紹，並沒有對蔣光慈的翻譯做整體性觀照。（參閱胡金鳳：《談蔣光慈的早年譯著蘇聯短篇小說〈都霞〉》，《文藝報》2018 年 9 月 17 日。）在文學史著作中，只有北京大學等九校合作編寫的《中國現代文學史》對之有所提及：「積極從事俄蘇文學的介紹和翻譯工作。」（這部由北京大學、南京大學、廈門大學、安徽師範大學、南京師範學院、揚州師範學院、徐州師範學院、延邊大學和安徽大學編的《中國現代文學史》，於 1979 年在江蘇人民出版社出版，第 310 頁。）20 世紀 80 年代，張大明在《蔣光慈》一文中談到了蔣光慈的翻譯：「蔣光慈的成就是多方面的，除新詩和小說外，他還寫了不少宣傳馬列主義、闡述無產階級革命文學理論的論文。他直接從俄文翻譯了俄羅斯和蘇聯文學，譯筆流暢；最有代表性的是里別金斯基的小說《一周間》。」（張大明：《踏青歸來——讀現代文學創作筆記》，天津：天津人民出版社，1981 年，第 36 頁。）前蘇聯學者列·葉·契爾卡斯基在概括蔣光慈的身份時，將其納入了翻譯家的行列：「他曾經是一位詩人和小說家，文藝理論家和翻譯家，多種文藝刊物的編輯。」（列·葉·契爾卡斯基：《中國詩人談文化遺產》，《蔣光慈研究資料》，方銘編，銀川：寧夏人民出版社，1983 年，第 526 頁。）

（一）蔣光慈文學翻譯的成就

因為留學莫斯科東方大學的緣故，蔣光慈精通俄語並翻譯了新俄的詩歌和小說作品，以及少量的政治經濟學論文。他的翻譯具有明顯的分期和選材特點，體現出譯者超前的社會意識和明確的翻譯目標。

蔣光慈的詩歌翻譯主要集中在他創作的早期，即 1922 年到 1924 年創作詩集《新夢》期間。蔣光慈最初的六首翻譯詩歌均收錄在他的第一部詩集《新夢》中，大致情況如下：1922 年 2 月 19 日翻譯定稿的《勞工歌》，是蔣光慈翻譯的第一首俄羅斯詩歌，但沒有注明原作者；1922 年 8 月 24 日翻譯那特孫的詩歌《無題》，後發表在 1924 年 11 月 22 日的《覺悟》上，收入詩集《新夢》時改題為《○○○》；1922 年 9 月 21 日翻譯涅格拉梭夫的詩作，收入詩集《新夢》時標題為《○○○》；1923 年 2 月 4 日翻譯布留梭夫的《暴動——追念威漢爾》；1923 年 12 月 3 日翻譯布洛克的詩歌《我要拼命地活著！》；1924 年 1 月 30 日翻譯巴爾范特的詩歌《人生的格言》。蔣光慈之後翻譯的兩首詩歌則收入了他的第三部詩集《鄉情集》，分別是 1928 年 6 月 20 日翻譯亞歷山大洛夫斯基的詩歌《在火中——紀念一個充當紅軍的姑娘》，初載《我們》第二期；1928 年 9 月，翻譯葉賢林（今通譯為葉賽寧）的詩歌《新的露西》〔註 2〕，初載《時代文藝》第一期。目前，很多蔣光慈的著譯年表只統計到了以上八首譯詩，但實際上他在 1926 年 4 月 19 日還翻譯了加廖也夫的詩歌《五一歌》，初載 1926 年 5 月 1 日的《洪水》第二卷第十六期。談起這首詩歌的翻譯原因時，蔣光慈說是因為當時《洪水》雜誌希望他寫篇紀念國際五一勞動節的文章，但由於旅途勞累而無力完成，所以就索性翻譯了這首《五一歌》來「搪塞」編輯。在譯詩的末尾，蔣光慈這樣寫道：「五月一日為世界勞動紀念節，我本答應了《洪水》為此事做一篇文章，但我現在因旅行疲勞，懶於執筆，只好譯這一首歌塞責了。」〔註 3〕據此可知，目前發現蔣光慈的譯詩實際上有九首。

著譯不分是「五四」前後新詩壇的普遍現象，很多詩人將翻譯作品納入到自己的詩集中。之所以如此，想必是當時的新詩人在翻譯過程中融入了較多的創作元素，在藝術風格上將外國詩歌翻譯成與創作相似的模樣，使之成為詩人創作的有機構成部分。比如新詩史上第一部詩集《嘗試集》就收入了《老洛伯》

〔註 2〕今譯為《新俄羅斯》或《蘇維埃俄國》。

〔註 3〕蔣光慈：《五一歌·譯後》，《洪水》（第二卷第十六期），1926 年 5 月 1 日。

《關不住了》《希望》等翻譯詩歌，蔣光慈同樣具有著譯不分的行為，1925 年 1 月，他在詩集《新夢》中收錄了六首翻譯詩歌；1927 年 1 月，他在武漢漢口長江書店出版了自己的第二部詩集《哀中國》，裏面沒有收錄翻譯詩歌；等到 1930 年 2 月，蔣光慈在上海北新書局出版第三部詩集《鄉情集》時，又收錄了兩首翻譯詩歌。蔣光慈的翻譯在語言上與創作保持了高度的一致性，那就是盡可能採用勞工大眾能夠閱讀的通俗語言，他在翻譯《勞工歌》時幾乎都採用了口語化的「誰個」的提問方式來組織全詩，還有「得不著」「腳兒」「別個」等，都是日常口語化的表達方式。更重要的是，蔣光慈採用了「歸化」的翻譯方式，將很多俄羅斯勞苦大眾勞作的方式轉換成更易於被讀者接受的中國方式，比如「拿著犁兒犁地」其實是中國農耕社會古老的耕地習慣。又比如在譯詩《新的露西》中，譯者將教堂變成了「廟堂」，顯示出他「中國化」的語言處理方式。也正是因為有了這些創造性的改變，蔣光慈將譯詩收入詩集中也算是情有可原。

從 1928 年開始，蔣光慈逐漸翻譯出版了三部俄羅斯小說。1929 年 6 月，蔣光慈翻譯的羅曼諾夫小說《愛的分野》在上海亞東圖書館出版，根據 1928 年 12 月 20 日完成的《譯者小序》推斷，這部小說的實際翻譯時間應該是在 1928 年前後。1931 年 1 月，蔣光慈翻譯里別丁斯基的小說《一周間》在上海北新書局出版，此小說第一章曾在《海風週報》發表。1933 年，蔣光慈翻譯的小說集《冬天的春笑》在上海泰東圖書局出版，標明是「新俄國小說集」，即翻譯的均為俄國十月革命以後的小說作品，共計 8 篇：1928 年 3 月 1 日，翻譯索波里小說《寨主》，載《太陽月刊》三月號；1928 年 5 月，翻譯愛蓮堡（今通譯為愛倫堡）小說《冬天的春笑》，載《太陽月刊》五月號，譯者署名華希理；1929 年 1 月 6 日，翻譯里別丁斯基的小說《一周間》（節選），載《海風週報》第二期，署名魏克特；1929 年 1 月 20 日，翻譯謝芙林娜小說《信》，載《海風週報》第四期，署名蔣光慈；1929 年 2 月，翻譯斯前珂小說《最後的老爺》，載《海風週報》第八期（1929 年 2 月 24 日）和第九期（1929 年 3 月 3 日），譯者署名魏克特；1929 年 3 月 1 日，翻譯謝廖也夫小說《都霞》，載《新流月報》第一期；1929 年 4 月 28 日，翻譯弗爾曼諾夫小說《獄囚》，載《海風週報》第十六期，譯者署名華西理；1929 年，翻譯羅曼諾夫小說《語言的技術》。除以上提及的翻譯小說之外，蔣光慈翻譯維列塞耶夫的小說《此路不通》，載《拓荒者》第二期（1930 年 2 月 10 日）和第三期（1930 年 3 月

10 日），並翻譯出版了里別津斯基的小說《委員》（上海北新書局）和維列耶夫的小說《碰壁》（上海北新書局），這兩部譯作的具體出版時間不詳。〔註 4〕

蔣光慈翻譯的第三類作品主要包括文學理論、政治和經濟學論文。1930 年 4 月 10 日，蔣光慈翻譯發表了傅利采的文論《社會主義的建設與現代俄國文學》，初載《文藝講座》第一冊，這也是他翻譯的唯一文論作品。蔣光慈關於政治論文的翻譯圍繞著「民族」問題展開，主要有《列寧主義民族問題的原理》《民族與殖民地問題——列寧在第二次國際大會上之演說》和《第三國際第二次大會關於民族與殖民地問題的議案》，均發表在 1924 年 12 月 20 日的《新青年》季刊第 4 期上。蔣光慈翻譯的一篇政治經濟學論文是《蘇聯政治經濟狀況——斯大林在聯共第十四次大會（1925 年末）的報告》，載 1926 年 7 月 25 日印行的《新青年》不定期刊第五號。蔣光慈對俄羅斯文學及理論的譯介奠定了中國馬克思主義文論的基礎，促進了革命文學創作的興起，難怪有學者這樣評價道：「光慈作為早在二十年代中期就積極宣傳馬克思主義文藝觀的拓荒者，我們應該銘記他的勞作和努力。……對於文學和藝術的淵博學識和精闢見解，這是需要堅定的信念和超人的膽識的。」〔註 5〕所謂的「勞作」更多的是指蔣光慈翻譯了無產階級文學理論，同時詳細介紹了新俄文學和革命精神，所謂「超人的膽識」指的是蔣光慈對馬克思主義文論和新俄文論的翻譯介紹具有超前性，為後來無產階級文學和革命文學的蓬勃興起準備了條件。

蔣光慈是中國譯介俄羅斯文學的先行者。1927 年在上海創造社出版部出版的《俄羅斯文學》上卷為「十月革命與俄羅斯文學」，由蔣光慈負責撰寫，重點介紹了十月革命前後著名的革命作家及其作品。其中的有些文章曾在創造社的文學刊物上發表過：1926 年 4 月 16 日，《十月革命與俄羅斯文學・小引》載《創造月刊》第一卷第二期；1926 年 4 月 16 日，《十月革命與俄羅斯文學——一、死去了的情緒》《創造月刊》第一卷第二期；1926 年 5 月 16 日，《十月革命與俄羅斯文學——二、革命與羅諦克——布洛克》，載《創造月刊》第一卷第三期；1926 年 6 月 1 日，《十月革命與俄羅斯文學——三、節木央・白德內宣》載《創造月刊》第一卷第四期；1927 年 7 月 15 日，《十月革命與俄羅斯文學——四、依利亞・愛連堡》載《創造月刊》第一卷第七期；1928 年

〔註 4〕方銘編：《蔣光慈研究資料》，銀川：寧夏人民出版社，1983 年，第 62 頁。

〔註 5〕胡從經：《報春紫燕破曉曙星——蔣光慈倡導革命文學功績述評》，《鍾山文藝論集》，南京：江蘇人民出版社，1980 年，第 341 頁。

1 月 1 日，《十月革命與俄羅斯文學——五、葉賢林　六、謝拉皮昂兄弟——革命的同情者》載《創造月刊》第一卷第八期。蔣光慈對新俄文學的介紹在當時處於領先地位，因為他不是「摘抄幾段東洋譯本的文學新理論，說我們是新時代的文學的提倡者」，而作為革命文藝理論的倡導者，他在認真搜集和閱讀相關作家作品和文論思想的基礎上，向國內讀者介紹新俄文學的整體狀況，並翻譯了很多作品的片段，同時闡發自己革命文學的理念，其成就和影響力「不是這一班抄譯專家所能夢想得到的」。〔註 6〕

（二）蔣光慈文學翻譯的特質

文學翻譯是一項目的性很強的文化交流活動，它往往在特定的語境中展開，要麼表達譯者的思想情感，要麼滿足某些讀者群體的文學訴求，從而引領文學藝術和思想精神的時代新風氣。從這個意義上講，蔣光慈的翻譯在選材方面目標明確，他是在為自己的文學創作理想而翻譯，是在為廣大民眾的文學審美需要而翻譯，是在為傳播新思想和敘事方式而翻譯，具有出強烈的現實意義。

蔣光慈通過文學翻譯來呈現他的社會理想和革命鬥志，他早期的翻譯詩歌幾乎都是在歌唱「普羅」大眾和革命生活。《勞工歌》是蔣光慈翻譯的第一首俄羅斯詩歌，與他在《新夢》中表達的追求新世界之思想吻合，那就是在「自由的紅旗」的指引下，「勞動兄弟」們要站起來勇敢地迎向新社會。蔣光慈創作的《中國勞動歌》明顯帶有譯詩《勞工歌》影響的痕跡，且表達了相同的情思，只是詩人將「勞動兄弟」轉化為「中國勞苦的同胞」，將壓迫者「查理」轉化為「帝國主義」和「貪暴兇殘的軍閥」，但最後都是在「紅旗」的指引下，通過革命來達到重建新社會之目的。實際上，收入《新夢》中的六首翻譯詩歌均充溢著為勞工大眾吶喊助威的力量，流露出建設新社會的革命理想。譯自俄羅斯詩人那特孫（Nadson）的無題詩是號召「疲倦的、痛苦的兄弟」在罪惡且不公道的大地上「不要灰心喪氣」，因為愛情會重新回來，光明的生活不再是幻想：「世界上永沒有血淚和仇敵，／沒有無十字架的墳墓和可憐的奴隸，／沒有慘酷的窮乏，殘忍的窘迫，／更沒有殺人的刀劍，絞人的柱石。」〔註 7〕

〔註 6〕錢杏邨：《蔣光慈與革命文學》，《現代中國文學作家》（第一卷），錢可村編，上海：泰東圖書局，1928 年，第 172～173 頁。

〔註 7〕（俄）那特孫：《〇〇〇》，蔣光慈譯，《蔣光慈文集》（第 3 卷），上海：上海文藝出版社，1985 年，第 294～295 頁。

譯自涅克拉梭夫（Negrasoff）的無題詩在形式上比較特別：「精神壯健者，／方能敢衝鋒；／戰為勞動者，／奴隸與貧窮；／挺身代伸雪，／掃盡不平種！／願作苦人友，／熱血化為虹！」〔註8〕這首譯詩採用了整齊的五言體，但祛除了古體詩的平仄和押韻，採用的是白話口語，是新詩歷史上較早的可以稱為「現代格律詩」的作品，比新月派詩人倡導的格律體新詩出現的時間還要早。〔註9〕這首詩是號召年輕人不要走「康莊道」，要走「狹窄道」，為「勞動者」「奴隸」和「貧窮」挺身而出，為「苦人」的幸福生活奮鬥不止，將「熱血化為虹」。譯詩《暴動》是對革命「暴力」的頌揚，那些「數千年的執權者」在暴動中倉皇出逃，詩人的根本宗旨是「幫助奴隸啊！／反對強盜，皇帝，富人，／反對一切壓迫人的人們，／幫助一切被人壓迫的人們！」這與蔣光慈發動青年人站出來為窮人的生活而革命不息的作品相似，充滿了革命和正義的呼聲。譯自俄羅斯詩人布洛克的《我要拼命地活著》表達了一個青年在艱苦的現實生活中，需要保持生存的勇氣和毅力，哪怕他的行為看起來是粗率的，但他的目的是為了做「光明與善的嬰兒」，為了奏響「自由的凱歌」。譯自巴爾芷特的詩歌《人生的格言》書寫的是樂觀向上的朝氣蓬勃的青年人形象，讚揚年輕人應該像「自由的風」「汪洋的大海」和「高照的太陽」一樣活著。

收入《鄉情集》中的兩首譯詩也基本符合蔣光慈《鄉情集》的抒情基調，尤其是葉賽寧的詩歌比較恰當地表達了譯者的情思，彌補了他創作中缺少的急切的歸鄉之情和歸鄉之後的落寞心境，算是對譯者這類情感的間接抒發。《新的露西》這首譯詩表現的是一個功成名就的詩人返回家鄉時，有一種「成了一個孤寂的旅客」的陌生感，他再也回不去那個熟悉而又充滿溫情的家鄉了。在葉賽寧的筆下，村鎮上的人「用著粗糙的，不淨的言語」談論著生活，過著天然且無慮的日子；「跛足的紅兵」的英雄事蹟「使得樹木也將枝葉豎起，／女人驚訝得難於自己」；「青年團員」彈著琴，唱著歌，他們「活潑的歌聲震動平原」，這是故鄉讓他感動的風景。詩人因為自己作品的缺點而感覺與所得

〔註8〕（俄）涅克拉梭夫：《〇〇〇》，蔣光慈譯，《蔣光慈文集》（第3卷），第298～299頁。

〔註9〕蔣光慈的《新夢》於1925年初在上海書店出版，這首整齊的現代「格律詩」翻譯的時間是1925年9月21日。而在中國現代文學史上，孫大雨的十四行詩《愛》於1926年4月10日刊登在《晨報副鐫》上，被公認為是中國最早的現代律詩。因此，蔣光慈的這首格律體譯詩比中國的第一首現代格律詩出現的時間早了一年多，蔣光慈無疑是最早嘗試用現代格律體翻譯外國詩歌的先行者。

的榮譽不相匹配，但他覺得只要能給故鄉奉獻一絲力量就滿足了：「請原諒我吧，親愛的故鄉！／我已經於你有點效勞——我已經滿意了。」蔣光慈在《我應當歸去》一詩中，幾乎表達了與葉賽寧相同的情感，那就是無私地為故鄉奉獻乃是此生最大的幸事：「我不需要光榮的名譽，／我也不需要友人的敬禮；／只要我能盡一點能力，／那已經足以使我滿意……」蘇聯時期的學者契爾卡斯基同樣認為《新的露西》這首譯詩表達了蔣光慈當時的心境：這首詩包含「同母親、情人和朋友的知心談話。像葉賽寧一樣，蔣光慈回到自己的故鄉，試圖搞清楚當地發生了什麼事，在遙遠的鄉村裏，發生了哪些變遷，什麼風使人們不安。……葉賽寧明確這一點，中國詩人也明確這一點。」〔註 10〕因此，我們可以推測，蔣光慈之所以會翻譯葉賽寧的這首《新俄羅斯》，關鍵原因還是因為它能夠展現譯者從莫斯科回到遙遠的故鄉之後所遭遇的種種變化，以及對親人、故鄉和祖國命運的關注。《在火中》這首譯詩則刻畫了一位來自「南方」且不畏艱難的「勇敢的兵士」，原作是為了「紀念一個充當紅軍的姑娘」，她雖然離開了自己的故鄉，而又在戰場上負傷，但休整好後她又奔赴前線，在「閃耀於紅色的旗幟」的照耀下，她與很多勇敢的少年人一樣「飲著不死的酒漿，／和那光榮的玉液！」就像譯者蔣光慈自己那樣，誓為祖國的強大和民族的自由而奮戰。這種情感在《寫給母親》這首詩中表現得十分強烈：「祖國已經要淪亡了，我還寫什麼無用的詩篇？／而今的詩人是廢物了，強者應握有槍桿，／我應當勇敢地荷著武器與敵人相見於陣前……」從這兩首譯詩與蔣光慈創作情感的相似性可以看出，譯者是在借助翻譯來表達自己的情感，或者說譯詩成為了他創作的有機構成部分，共同彰顯了其革命詩歌的創作實績。

蔣光慈是中國革命文學的啟幕人，這決定了他在翻譯選材方面偏愛革命浪漫主義詩人的作品。布洛克被他視為是「革命與羅曼諦克」的完美結合，這位俄羅斯詩人在革命運動興起之前的創作處於理想和現實的矛盾膠著狀態，他「既愛遠的，不可見的幻想，而同時又知道這種幻想是不堅固的。於是不得不注意於現實的生活，而現實的生活又不能令人滿意，尋出好的出路，於是悲劇就發生了。」〔註 11〕在布洛克創作步入萎靡不振的時候，俄羅斯革命的現實挽救了他的藝術生命，「十月革命」的火焰再次照亮了他的創作之路。布洛克

〔註 10〕〔前蘇聯〕列·葉·契爾卡斯基：《中國詩人談文化遺產》，《蔣光慈研究資料》，方銘編，銀川：寧夏人民出版社，1983 年，第 537 頁。

〔註 11〕蔣光慈編：《俄羅斯文學》，上海：創造社出版部，1927 年，第 19 頁。

能夠將創作的浪漫情緒與革命的現實聯繫起來，主要是因為革命的目標滿足了他的理想，而革命的手段又為他施展創作才能提供了廣闊空間，因此他成為了比現實的革命者更激進的革命家：「布洛克比革命還要急進些。革命時常還要走走曲線路，但是布洛克不願有任何的調和。在最恐怖的時日，革命有時在自己的血路上還震動顛簸一下，然而布洛克硬挺著胸膛，絲毫不懼血肉的奔流和寶物的破壞。他不但自己把革命完全領受了，並且號召別人領受革命的一切，勿要為革命所帶來的犧牲，恐慌，危險所震驚。」〔註12〕從一個浪漫主義作家成長為革命浪漫主義詩人，布洛克的轉變不僅召喚了蔣光慈投身革命文學的創作，而且對中國當時還「沉醉於什麼花呀，月呀，好哥哥，甜妹妹的軟香巢中」〔註13〕的作家而言，也不失為創作道路上的「啟明星」。葉賽寧同樣是一個革命的「羅曼諦克」，在俄國十月革命期間愛上了革命，因為疾風暴雨般的社會變遷符合他的心靈要求，他始終是蘇維埃新政權的維護者和革命的同路人。與此同時，葉賽寧又是一位農民詩人，「俄羅斯農民與革命的關係，葉賢林可算是一個化身了。葉賢林是時代的產兒，他的作品充滿了俄國鄉村的情緒。他的作品所以能十分鼓動人們的心靈的，也就因為他是俄國農民情緒的表現者。」〔註14〕因為葉賽寧革命詩人和農民詩人的雙重身份與蔣光慈有很多共同之處，由是翻譯了他的《新俄羅斯》一詩，並高度評價了他的創作成就。

蔣光慈的小說翻譯在選材上同樣具有鮮明的革命色彩。愛倫堡是俄國著名作家，他同情十月革命，痛恨資產階級文明，他雖不是共產主義者，但卻「想努力做一個真正的革命的作家。」〔註15〕蔣光慈翻譯的這篇《春天的冬笑》是愛倫堡小說《姌娜之愛》的第二章，講述的是法國領事的女兒姌娜與紅軍軍官「波爾雪委克」洛波夫之間的戀愛故事。在共產主義革命黨人被視為恐怖者的語境下，姌娜卻因為一次意外與洛波夫相愛了，最後洛波夫卻被無情地殺害，只留下姌娜在紅色的莫斯科孤獨地生活著。這部翻譯作品是「革命加戀愛」小說模式的範本之一，也算是對革命者的推崇和對革命文學的推廣。就連前蘇聯學者也認為，蔣光慈翻譯涅克拉索夫的敘事詩《誰能在俄羅斯過上好日》以及布洛克的詩歌《我要拼命地活著》，並不是隨性地「偶然選出來的」，而是因為

〔註12〕蔣光慈編：《俄羅斯文學》，第22頁。
〔註13〕蔣光慈：《少年漂泊者・自序》，北京：人民文學出版社，1998年，第3頁。
〔註14〕蔣光慈編：《俄羅斯文學》，第64頁。
〔註15〕蔣光慈編：《俄羅斯文學》，第59～60頁。

這兩位詩人及其作品具有熱愛自由和勇於革命的精神：「涅克拉索夫熱愛自由的意向，對蔣光慈來說是非常親近的：『到被凌辱的人間去，到受迫害的人間去——那裡需要你。』中國詩人就是這樣理解詩人的崇高職責的……在十月革命的思想、世界進步文化的思想、本國古典文學的優秀傳統薰陶下，這位中國詩人為中國新詩的人道主義傾向鬥爭，要使中國新詩為大眾服務，這就是為什麼布洛克的詩、他那獻給人——創造者的頌歌能如此吸引中國詩人注意，使他激動萬分」。〔註16〕引文中的「中國詩人」當然指的是蔣光慈，我們由此可以看出，涅克拉索夫熱愛自由及布洛克為勞苦大眾歌唱的風格成為蔣光慈選擇翻譯他們作品的關鍵原因。

蔣光慈重視對無產階級青年革命作家的翻譯和介紹。他注意到「十月革命後，除了這些革命前已經有點知名的詩人而外，出現了很多的，並且很能引人注目的，青年的無產階級詩人：亞歷山大洛夫斯基（Alexandarovsky），卡思節夫（Gastzev），阿布拉它維奇（Obradovilch），加晉（Kazin），山尼珂夫（Sannikov）……到這個時候，所謂無產階級詩人，不但能引人注目，而且在文壇上佔了一部分很大的勢力。」〔註17〕年輕的無產階革命詩人成為了新俄文壇的重要力量，他們一方面在情緒上、思想上和創作服務的對象上，均已達到革命的歌者之要求，他們保護革命，革命也需要他們；另一方面，他們在詩歌藝術上已有相當的成就，不似從前那般幼稚了。蔣光慈正是從思想和藝術的維度出發，向中國文壇詳細介紹了這些年輕的革命詩人，還翻譯了他們的作品，比如亞歷山大洛夫斯基的《在火中——紀念一個充當紅軍的姑娘》這首詩，便是在這樣的背景下被翻譯到中國詩壇的。被蔣光慈譽為在十月革命語境中成長起來的「三朵最有希望的花」指的是青年作家基抗諾夫、別則勉斯基和里別丁斯基，他在《十月的花》這篇文章中對他們三人的作品進行了詳細的介紹。其中《一周間》這部作品是里別丁斯基的成名作，其主要貢獻是首次在文學作品中深刻地塑造了共產主義者的形象：「自從里別丁斯基（Libeginsky）的《一周間》出版後，在革命的文學中，我們才真正地看見共產主義者的形象，共產主義者才真正地成了注意的中心點。」〔註18〕也正是《一周間》的出版，讓里別丁斯基這位名不見經傳的作家一夜間成為人

〔註16〕（前蘇聯）列·葉·契爾卡斯基：《中國詩人談文化遺產》，《蔣光慈研究資料》，方銘編，第534～535頁。

〔註17〕蔣光慈編：《俄羅斯文學》，第102～103頁。

〔註18〕蔣光慈編：《俄羅斯文學》，第95頁。

們談論的對象。

除情感內容和作家風格之外，蔣光慈翻譯選材的另一標準就是作品的語言特點。蔣光慈在 20 世紀二三十年代的文壇上可謂毀譽參半，批評他的人「不是說他的創作太粗俗，就是說他的創作太淺薄；不是說他的詩是標語口號，就是說他連句子都寫不通；不是說他的創作的技巧太魯莽，就是說他的詩歌太重理論」。〔註 19〕意外的是，儘管文壇內很多人否定他的創作，但民眾卻對他的作品喜愛有加，他成為青年人崇拜的偶像。蔣光慈作品接受的矛盾狀態，當然與接受者所處的階級立場不同有關：「他們的階級背景不同，所依傍的理論各異，他們是為文藝而文藝的高人雅士，光慈卻努力的要做一個民眾的文藝喇叭手。所以一般民眾，尤其是下層階級的民眾的行動和語言在他們看來，都是粗俗不堪，不古茂淵懿，不高深太魯莽，淺薄得異常，語句都沒有文法……，這是每個人都知道的事實。這樣，你叫他們怎能不罵光慈，不譏笑光慈，而他們又怎麼能夠承認光慈是一個作家呢？」〔註 20〕蔣光慈的翻譯實際上也具有這樣的「階級」眼光，在語言上具有「粗俗」和「標語口號」的特點，在內容上能夠表達民眾的情感，發出青年人的呼吼。比如他翻譯的《勞工歌》便採用了很多口語；而他翻譯的《人生的格言》《我要拼命地活著》等作品則帶有口號的性質，但「暴力」般的吶喊卻激發起了青年人的熱情。蔣光慈認為作家謝夫林娜的小說語言質樸，沒有女性作家固有的纖弱文風，且多書寫底層人的生活，這成為他翻譯謝芙林娜的主要原因，即原作既表現大眾生活，又在語言上適合大眾閱讀。在《信》這篇小說的譯後注釋中，蔣光慈寫道：「謝芙林娜女士成了現代俄國文壇的名家，其作風樸直可愛，無女性的缺點。她的中篇小說《糞土》使她成了名。這一篇雖然敘述一件很平凡的牧牛兒的故事，然而我們讀了之後，覺得有無限的回味。」〔註 21〕

（三）蔣光慈文學翻譯的影響

蔣光慈在莫斯科留學期間開始創作詩集《新夢》，他的文學翻譯以及對俄羅斯文學的接受也始於這個時期，故其翻譯與創作之間有密切的親緣關係，前

〔註 19〕錢杏邨：《蔣光慈與革命文學》，《現代中國文學作家》（第一卷），錢可村編，上海：泰東圖書局，1928 年，第 146 頁。

〔註 20〕錢杏邨：《蔣光慈與革命文學》，《現代中國文學作家》（第一卷），錢可村編，第 148 頁。

〔註 21〕蔣光慈：《信．譯者附志》，《海風週報》（第四期），1929 年 1 月 20 日。

者對後者產生了深刻的影響。

文學翻譯豐富了蔣光慈小說創作的敘事模式。蔣光慈曾翻譯過愛倫堡的《冬天的春笑》、羅曼諾夫的《愛的分野》和《語言的技術》等作品，其中關於革命與愛情關係的書寫，對蔣光慈創作「革命加戀愛」敘事模式的小說多有啟發。蔣光慈在《愛的分野》之「譯者小序」中評價羅曼諾夫「是一個寫實主義者，大部分還是繼承著俄羅斯『大文學』的傳習。他善於表現革命後的生活，尤其善於描寫革命後的男女關係。」〔註22〕鑒於羅曼諾夫具有善於刻寫革命時期男女關係的特點，因此翻譯他的作品自然是要啟發中國革命文學創作的，《愛的分野》這部譯作不但可以使讀者「瞭解革命後的男女關係，而且瞭解革命的傾向」，更是有助於中國作家反思當時戀愛小說的創作缺憾，從空虛無聊和淺薄卑微中汲取羅曼諾夫在作品中處理男女關係的技巧，進而給中國革命小說或戀愛小說的創作帶來「新的啟示」。蔣光慈通過翻譯羅曼諾夫等人的作品，一方面使自己習得了如何處理革命文學中的男女關係，另一方面也為中國現代小說創作引入了「革命加戀愛」的創作模式。與此同時，在詩歌翻譯和創作方面，蔣光慈翻譯了布洛克、別德內依等政治抒情詩人的作品，因此有人認為他正是接受了「十月革命後的政治抒情詩人勃洛克、別德內依的影響」，方才「開創了他的政治抒情詩中的反抗、鬥爭、革命的話語抒情方式」。〔註23〕

蔣光慈在翻譯介紹新俄文學的過程中，不但習得了豐富的創作經驗和技巧，更重要的是改變了自身文學創作的方向，開闢了中國現代文學之革命文學的歷史。蔣光慈最擅長詩歌和小說創作，他1925年1月在上海書店出版的第一部詩集《新夢》，被高語罕評價為最有思想性和藝術特色的新詩作品，而且散發著革命的理想主義色彩：「她的思想，是一個整個的無產階級革命的思想，有積極反抗精神的革命思想；她的情感是太陽般的熱烈的義俠的，代表無產階級的呼聲的情感。只有這種思想，才可以掃蕩中國青年委靡不振的苟偷心理，把衰弱的中華民族，從國際帝國主義的壓迫下面，舉起他的頭來；只有這種情感，才可以鼓蕩那困苦無告的無產階級的勇氣，從國外資本主義、國內蠻橫軍

〔註22〕蔣光慈：《愛的分野．譯者小序》，《蔣光慈研究資料》，方銘編，銀川：寧夏人民出版社，1983年，第294頁。

〔註23〕謝昭新：《論俄蘇文學對蔣光慈創作的影響》，《江淮論壇》2010年第2期，第153～160頁。

閥的重圍中殺出！」〔註 24〕蔣光慈自己也宣稱，他最佩服的詩人是那些具有革命精神的「惡魔」詩人，而不是一群吟風弄月的才子：「我以為詩人之偉大與否，以其如何表現人生及對於人類的同情心之如何而定。我們讀歌德、拜輪、海涅、惠德曼諸詩人的作品，總覺得他們有無限的偉大；但是一讀蘇東坡、袁子才諸詩人的作品，則除去吟風弄月和醇酒婦人而外，便沒有什麼偉大的感覺。」〔註 25〕《新夢》這部詩集是蔣光慈在俄國留學期間創作的作品，包括「紅笑」「新夢」「我的心靈」「昨夜裏夢入天國」和「勞動的武士」等五個部分，新文學史家唐弢先生認為這部詩集是「我國現代文學中第一部為十月革命和社會主義新生活放聲歌唱的詩集」，〔註 26〕錢杏邨評價說《新夢》是「中國的最先的一部革命的詩集」。〔註 27〕蔣光慈的詩歌之所以能開創這麼多的「第一」，與他受到翻譯俄蘇文學的影響密不可分，從某種程度上講，正是翻譯成就了他的創作，讓他成為革命文學的先行者。

蔣光慈的文學創作從一開始就具有鮮明的革命傾向，他在 1926 年 1 月亞東圖書館出版的《少年漂泊者》中曾表達了自己所愛慕的文學風格，那就是「熱烈的感情，反抗的精神，新穎的思想，不落於俗套」，〔註 28〕並立意做一個「反抗者」「不肖子」「自由的歌者」或「強暴的勁敵」。因此，蔣光慈要從人們習慣了的「軟香巢中」跳出來，拋棄「也許比別人更甚一點」的愛美之心，創作蘊含著反抗力量的「粗暴的東西」〔註 29〕。後來在 1927 年 1 月亞東圖書館出版的《鴨綠江上》之序詩中，蔣光慈甘願放棄「幻遊於美的國度裏」的想法，甘願離開「溫柔的迷夢」，面對中國社會「真實的悲景」，再次重申了自己做一個革命作家的心願：「一個粗暴的抱不平的歌者」，通過自己的詩作為廣大受難的群眾奏響「為光明而奮鬥的鼓號」。〔註 30〕蔣光慈 1927 年 11 月在泰東

〔註 24〕高語罕：《〈新夢〉詩集序》，《蔣光慈文集》（第 3 卷），上海：上海文藝出版社，1985 年，第 253 頁。

〔註 25〕蔣光慈：《新夢・自序》，《蔣光慈文集》（第 3 卷），1985 年，第 256 頁。

〔註 26〕唐弢主編：《中國現代文學史簡編》（增訂本），上海：復旦大學出版社，2008 年，第 182 頁。

〔註 27〕錢杏邨：《中國新興文學論》，《蔣光慈研究資料》，方銘編，銀川：寧夏人民出版社，1983 年，第 249 頁。

〔註 28〕蔣光慈：《少年漂泊者》，北京：人民文學出版社，1998 年，第 4 頁。

〔註 29〕蔣光慈：《少年漂泊者・自序》，第 3 頁。

〔註 30〕蔣光慈：《鴨綠江上・自序詩》，《蔣光慈文集》（第 1 卷），上海：上海文藝出版社，1983 年，第 86～87 頁。

圖書局出版的《短褲黨》是反映上海窮困的革命黨人生活的力作，他創作這部作品的原因並非是要展示自己的寫作才能，而是為了記錄「中國革命史的一個證據」，〔註 31〕無愧為「中國無產階級革命文學的最初成果。」〔註 32〕我們甚至可以說，蔣光慈一生的創作幾乎都是與革命聯繫在一起的，就算是在寫戀愛小說時，也不忘加入革命的主線，因此他 1927 年 10 月在創造社出版部出版的《野祭》可以視為中國現代文學史上「革命加戀愛」小說模式的「發軔之作」。不僅如此，蔣光慈還塑造了一批覺醒的知識女性形象，比如 1928 年 4 月現代書局出版的《菊芬》中的主要人物菊芬，就是一個走上革命道路的知識女性，只是她在迷茫中找不到革命的方向而製造了幼稚的個人暗殺行動，顯示出清末虛無黨小說的餘溫和影響。與此相似的還有《衝出雲圍的月亮》中的王曼英，她也是一位在革命浪潮中迷失方向的知識女性，最後淪落到通過出賣肉體來達到「革命」的目的。這些革命的知識女性形象的塑造，是蔣光慈對中國革命小說人物畫廊的獨特貢獻。

為什麼蔣光慈會成為中國革命文學的「開山始祖」，成為「革命加戀愛」小說創作模式的第一人？這完全取決於他對俄羅斯普羅文學的理解與翻譯，他從那些偉大的作家身上看到了思想的光芒，明白了作家應該為誰創作的道理。蔣光慈在《十月革命與俄羅斯文學》一文中，描寫了他從俄羅斯文學中所得到的創作啟示：「當群眾忍受不了壓迫，而起來呼喊，暴動，要求自由，高舉解放的紅旗，而你，詩人，站在旁邊形同無事，或竟旁觀也不觀一下，或向群眾說道：『這又何必呢？我們要嚴守美妙的和平，我們應當文明些……』在這時候，那怕你的詩做得怎樣好，你的話怎樣有音樂的價值，你相信你自身是如何的高尚，但是又有誰注意你，需要你，尊崇你，靜聽你呢？你將為群眾所忘記，或為群眾所咒罵，所唾棄」。〔註 33〕因此，蔣光慈特別推崇節木央・白德內宜（Demian Bedny，今通譯為傑米揚・別德內依）這種類型的作家和詩人，因為他們始終和群眾走在一起，他們提筆作詩或寫小說就如同農夫拿起鋤頭挖地，或如同鐵匠掄起鐵錘打鐵一樣，使用的完全是民眾的俗語，表達的也是民眾的喜怒哀樂，能夠鼓動民眾的戰鬥情緒，是俄羅斯工人、農人和士兵崇敬的作家。

〔註 31〕蔣光慈：《短褲黨・寫在本書的前面》，《蔣光慈文集》（第 1 卷），第 213 頁。
〔註 32〕編者：《蔣光慈文集・前言》，《蔣光慈文集》（第 1 卷），第 2 頁。
〔註 33〕蔣光慈編：《俄羅斯文學》，上海：創造社出版部，1927 年，第 4 頁。

正是在翻譯和介紹俄羅斯革命文學的過程中，蔣光慈逐漸接受了為大眾服務的文學創作宗旨，成為中國革命文學的先驅。

（四）蔣光慈文學翻譯的評價

從譯作質量的角度來講，蔣光慈的翻譯或許存在諸多訛錯和需要改進的地方；但從社會文化的角度來講，蔣光慈的翻譯為中國讀者引入了新俄文學的革命元素，可謂開時代風氣的先河，我們今天應該重新估量其翻譯活動的價值。

魯迅認為蔣光慈等精通俄語的人應該多翻譯俄羅斯文學，言下之意就是覺得他的翻譯不夠豐富。1930 年 1 月，魯迅先生在《「硬譯」與「文學的階級性」》一文中，曾就文學翻譯的質量問題發表了自己的看法，認為我們應該直接從俄文翻譯作品，減少轉譯或重譯帶來的錯漏和內容損耗。魯迅在這篇文章中專門引述了在日本養病的蔣光慈與藏原惟人之間的一段對話，說在新文學創作界早被讀者熟悉的「蔣光 Z」在東京療養時見到了藏原惟人，對他說「日本有許多翻譯太壞，簡直比原文還難讀」，而藏原惟人則說中國的翻譯界更是莫名其妙，他們有許多書籍都是譯自日文的，倘若日本人的翻譯帶有錯誤和刪改，那「從日文譯到中國去，試問這作品豈不是要變了一半相貌麼？」〔註 34〕藏原惟人從俄文直接翻譯過許多文藝理論和小說作品，他所說的中國翻譯界的情況，比較符合晚清時期所謂的「豪傑譯」〔註 35〕現象。魯迅因此希望中國也有像藏原惟人那樣誠實的俄文翻譯者，陸續譯出好書來豐富讀者的閱讀，而不是在無休止的論戰和罵聲中「就算盡了革命文學家的責任」。為了避免從第三方國家語言中轉譯俄文作品引發的內容和藝術上的折損，魯迅號召精通俄文的蔣光慈等人應該肩負起翻譯的責任：「學過俄文的蔣先生原是最為適宜的了，可惜養病之後，只出了一本《一周間》，而日本則早

〔註 34〕魯迅：《「硬譯」與「文學的階級性」》，《魯迅全集》（第 4 卷），北京：人民文學出版社，1981 年，第 211 頁。

〔註 35〕「豪傑譯」指清末時期為了思想啟蒙和政治改良的需要，譯者將作品的主題、結構、人物性格等都進行了改造，使其成為宣傳思想的有利「工具」。該稱謂來自於翻譯法國科學小說家凡爾納斯的《十五小豪傑》，英國人從法文翻譯成英文時「譯意不譯詞」，日本人從英文翻譯成日文時「易以日本格調」，梁啟超從日文翻譯成中文時「又純以中國說部體段代之」，「小豪傑」經過多次改譯已是具有不同性格的小英雄了。這種因為翻譯「豪傑」而引起的巨大變化，後來被用來指稱改動較大的翻譯類型。

已有了兩種的譯本。」〔註 36〕魯迅的話外之音無非是說，蔣光慈在翻譯方面還有廣闊的發展空間，而且需要通過自己的翻譯迅速地回應俄國文壇的新作，不能老是落後於日本翻譯界，從別人那裡轉譯俄羅斯文學。總體而言，魯迅對蔣光慈的翻譯是持批評態度的，至少從以下三個方面可以見出端倪：首先，他根本不願提及蔣光慈的全名，最後一個字乾脆用字母來代替；第二，他對蔣光慈當著藏原惟人的面批評日本人的翻譯之行為表示不滿，一則藏原惟人是他敬重的俄羅斯文學翻譯家，二則中國人自己不直接從俄語翻譯原文，反倒是從認為翻譯得差的日譯中轉譯，更加說明蔣光慈對日本翻譯界的評價是吹毛求疵；第三，他認為蔣光慈這樣的精通俄語的革命作家應該把精力放在翻譯上，而不是成天到處吵架「罵人」，要肩負起時代和民族文藝發展的重任。

魯迅曾直接評價蔣光慈的文學翻譯質量不高。1934 年 12 月 10 日，魯迅在給蕭軍和蕭紅的信中對蔣光慈的翻譯做出了直截了當的負面評價，中華書局曾計劃出版「世界文學名著」時擬定了一批譯者的名單，其中就有蔣光慈，而魯迅則說：「現在蔣死了，說本想託蔣譯，假如活著，也不會託他譯的，因為一託他，真的譯出來，豈不大糟？」〔註 37〕魯迅對蔣光慈翻譯的評價如此不堪，這與蔣光慈和創造社成仿吾等人在 1927 年擅自終止同魯迅的合作有關，與太陽社和創作社在論爭中共同攻擊魯迅相連，〔註 38〕當然也許真與其翻譯

〔註 36〕魯迅：《「硬譯」與「文學的階級性」》，《魯迅全集》（第 4 卷），第 211 頁。

〔註 37〕魯迅：《致蕭軍、蕭紅》，《魯迅全集》（第 12 卷），第 592 頁。

〔註 38〕1927 年 10 月，創造社帶頭人郭沫若希望聯合魯迅重塑文學運動的方向，於是鄭伯奇和蔣光慈曾兩次拜訪魯迅商討合作事宜。1927 年 12 月 3 日，上海《時事新報》上刊登了由魯迅、麥克昂（即郭沫若）和蔣光慈發起的「恢復《創造週刊》啟示」。但成仿吾覺得恢復《創造週刊》不足以滿足時代對文學的需求，便要求創造社自己創辦一份戰鬥性更強的文藝刊物。可廢除聯合魯迅恢復《創造週報》一事卻沒有告知魯迅，這是一種欠妥的行為。後來，蔣光慈和錢杏邨等共產黨人成立了太陽社，創辦《太陽月刊》，郭沫若和成仿吾等創辦了《文化批判》，前者高舉革命文學大旗，後者則提出了無產階革文學的方向，二者曾就革命文學的創作展開了激烈的論戰。令人意外的是，太陽社和創作社在論戰的過程中，都不約而同地詬病了魯迅的創作。比如蔣光慈在《太陽月刊》1928 年第 2 期上發表了《關於革命文學》一文，暗指魯迅先生是「非革命文學的勢力」；接著錢杏邨在《太陽月刊》1928 年第 3 期上發表了《死去了的阿Q 時代》，嚴密地指出魯迅「不是這個時代的代表者」。同時，創造社的馮乃超在《文化批判》第 1 期發表的《藝術與社會生活》一文直接點出魯迅的名字，攻擊他「常從幽暗的酒家的樓頭，醉眼陶然地眺望窗外的人生」，是「落伍者」的代表；郭沫若在 1928 年 1 月出刊的《創造月刊》上發文號召創造社同仁與魯迅等理念不一致的作家展開「理論鬥爭」。「躺槍」的魯迅於是在 1928 年 3

的能力脫不了干係。然而，不管魯迅對蔣光慈的翻譯評價是否客觀，都不影響我們今天重溫蔣光慈的翻譯作品，以及從他的翻譯詩歌、小說和文論中看出他革命文學創作及革命思想的某些端倪，更不能否認他在 20 世紀二三十年代俄羅斯文學翻譯史上散發出的光芒。針對魯迅的翻譯批評，蔣光慈給予了慎重的反駁，他借翻譯《此路不通》這篇小說發表了一則「篇末附記」，重申自己並不像魯迅所說的那樣反對重譯：「在《東京之旅》裏我表示過中國的翻譯有許多靠不住的，但這並不能證明我反對重譯。重譯究竟比不譯為好，這不但我明白這個道理，就是一個中學生未見得會說出：『不明白這個道理』的話來。魯迅先生武斷我反對重譯，這豈不是笑話？」〔註 39〕蔣光慈認為，造成中國翻譯界作品質量低劣的原因不在於重譯，而在於譯者對原作的理解和翻譯策略欠妥。當然，魯迅和蔣光慈所謂的「重譯」，本質上指的是轉譯，更具體而言，指的是中國人從日文轉譯俄羅斯文學的翻譯行為。至於魯迅和蔣光慈二人誰說得有理，興許他們倆都是正確的，只是站在自己的立場上各執一端，出現分歧也是在所難免。

實際上，蔣光慈具備翻譯俄語文學的能力。他 1920 年春天到上海之後，很快加入了上海社會主義青年團，並進入中國共產黨上海組發起創辦的「外國語學社」學習俄語，至 1921 年春末夏初啟程去俄羅斯之前的一年時間裏，他都把主要精力用在了俄語學習上。在莫斯科東方大學上學期間，蔣光慈也是俄語學習的佼佼者，據曾在俄羅斯留學的鄭超麟回憶說：「老蔣比我們去得早，他那時怕沒有那麼多的課目。他的學習成績大概不錯。我們上課靠翻譯，他那時有好幾次在我們班上當翻譯，他自己則是直接聽課。」〔註 40〕言下之意即是說蔣光慈上課很認真，去教室的時間比其他同學早，而且他那時候能夠直接聽懂俄語課，不僅自己不需要翻譯，而且還可以為其他同學翻譯。鄭超麟還提到蔣光慈在莫斯科學習期間，開始用俄文來創作詩歌，再次證明他那時的俄語水平其實已經很高了。回國之後，蔣光慈於 1925 年 5 月前往張家口擔任馮玉祥俄國顧問的翻譯，後來曾到上海法政大學講授俄語，表明他的俄語口譯和口語

月 12 日出版的《語絲》上發表了《「醉眼」中的朦朧》，批評馮乃超等人理論的模糊和與現實的脫節，以及懼怕與真正的敵人抗爭的勇氣。這也是為什麼他會在《「硬譯」與「文學的階級性」》一文中批評蔣光慈翻譯的原因之一。但後來，魯迅和蔣光慈的關係得到了緩和，二人成為了至交。

〔註 39〕蔣光慈：《此路不通．篇末附記》，《拓荒者》（第三期），1930 年 3 月 10 日。

〔註 40〕鄭超麟：《關於蔣光慈的點滴回憶》，《文教資料簡報》1982 年第 2 期，第 27 頁。

表達能力比較出眾。即使是批評過蔣光慈翻譯的魯迅，也對他的俄語能力持肯定的態度，認為他應該多花精力去翻譯俄羅斯文學，而不是把精力花在無用的論爭上。

蔣光慈不僅具備翻譯的語言能力，而且他對待翻譯的態度也十分嚴謹。在翻譯屠格涅夫《新時代》的過程中，當奧斯突羅杜摩夫走進涅暑大諾夫的寓室之後，郭沫若對接下來的情景是這樣翻譯的：「坐到一個椅子上，在抽屜裏抽出一隻快要壓扁了的香煙出來。」但蔣光慈當面指出郭沫若這句話翻譯的錯誤，說抽屜在原文是作荷包解釋，因為來客初進別人的房間也不會從抽屜中去找香煙抽。郭沫若曾把自己的譯作交給蔣光慈校閱，他去拜訪蔣光慈的時候，只見後者把「俄文原書和我的譯本一同攤放在桌子上」，〔註41〕將郭沫若的譯文和原文對照著閱讀，哪怕細小的錯誤也要逐一注明指出。郭沫若很佩服蔣光慈仔細認真的校讀態度，承認這句話是他翻譯錯了，並評價他有「北方式的體魄與南方式的神經」。〔註42〕郭沫若希望蔣光慈就《新時代》翻譯的錯漏寫一篇文章在《洪水》上發表，但此事不了了之。這樁翻譯往事不僅證明了蔣光慈與郭沫若的親密交往，更是他嚴謹認真地對待翻譯之態度的明證。由此觀之，蔣光慈對待自己的譯作也會一絲不苟，其譯作的質量想必應該有基本的保證，不會錯漏到不堪的地步。無怪乎有學者評論蔣光慈的翻譯是「直接從俄文翻譯了俄羅斯和蘇聯文學，譯筆流暢」〔註43〕，證明他的翻譯是直接從俄語原文而非日語或英語中轉譯俄蘇文學，更有利於保持原作的藝術風格和內容的完善；而且譯文的語言表達明白曉暢，易於讀者閱讀和接受，這也算是對其文學翻譯的高度肯定。

隨著中國革命運動的不斷發展，中國革命文學的創作也蔚然成風，演繹出中國現代文學史上一道成就突出且色彩鮮明的風景。當我們今天重新研讀中國革命文學的時候，除挖掘重要作家作品的思想和藝術特點，呈現其對中國革命和中國新文學發展的積極貢獻之外，還應該關注到那些先於創作而傳入中國的革命文學譯作，它們不僅率先發出了中國革命的呼聲，而且還對中國革命文學的發生和發展提供了思想和藝術資源。蔣光慈的文學翻譯僅是一例，相關的文學翻譯活動和譯作有待學界做更深入全面的探討。

〔註41〕郭沫若：《創造十年續編》，《郭沫若全集》（文學編第十二卷），北京：人民文學出版社，1992年，第267頁。

〔註42〕郭沫若：《創造十年續編》，《郭沫若全集》（文學編第十二卷），第268頁。

〔註43〕張大明：《踏青歸來》，天津：天津人民出版社，1981年，第36頁。

四、「媒誘」與朝聖：錢鍾書的文學翻譯

錢鍾書先生是著名的學者和作家，其豐富的學術思想和文學創作早已成為人們關注的重點；但錢先生在翻譯實踐和翻譯研究中也有獨到的建樹，學界對此多有涉獵卻很少專門論述。目前已有錢鍾書翻譯思想和翻譯美學的相關成果，談論他的翻譯境界和翻譯功用也不再是新鮮話題，不過對錢先生在提出較高翻譯標準的情況下卻對訛化的翻譯行為和走樣的譯本給予肯定的矛盾行為，至今沒有人給出合理的解答。有鑑於此，本文以錢鍾書談論翻譯的文章（《林紓的翻譯》《漢譯第一首英語詩〈人生頌〉》）為依託，論述他的文學翻譯境界之「化境說」和文學翻譯功用之「媒誘說」，以及二者如何圓滿和諧地構成了錢先生翻譯思想的主要元素。

（一）文學翻譯成就：朝聖路上的精妙花語

錢鍾書字默存，號槐聚，1910 年 11 月 21 日生於江蘇無錫，早年入東林小學，在蘇州桃塢中學、無錫輔仁中學接受中學教育，十九歲被清華大學破格錄取。1933 年於清華大學外國語文系畢業後，在上海光華大學任教。1935 年，赴英國倫敦留學，兩年後以《十七十八世紀英國文學中的中國》一文獲副博士學位，之後赴法國巴黎大學從事研究。1938 年回國後著述不斷，而其文學翻譯活動也得到了人們的肯定。

錢鍾書的文學翻譯具有「碎片化」的特點，若按常規的翻譯家來衡量，他根本就是不入流的譯者，但他通過獨特的翻譯方式贏得了譯家的稱號。錢鍾書

是中國現代翻譯文學史上獨特的存在，他是大家公認的翻譯家，但他卻沒有專門的譯作出版。我們今天所談錢鍾書的翻譯活動，主要體現在如下兩個方面：首先，錢鍾書參與了「毛選」的英譯工作並成為其中的骨幹譯者。1950 年 8 月，錢鍾書從清華大學奉調到中共中央毛澤東選集英譯委員會參加翻譯《毛澤東選集》，他翻譯的很多作品成為今天人們談論翻譯的佳例。1974 年，錢鍾書參加了以袁水柏為組長的毛澤東詩詞的英譯工作，他和葉君健兩人負責對詩詞的翻譯和潤色工作，在他們的努力下，《毛澤東詩詞》英譯本於 1976 年順利出版。第二，錢鍾書對外國文學作品的翻譯主要出現在他的論文中，即他所有的文學引文均出自本人翻譯。我們在閱讀《管錐編》《談藝錄》《七綴集》等著作中，會看見錢鍾書在中外古今文學作品中自由穿梭，對外國文學原文也是信手拈來。但他從不引用他人的翻譯，任何文學作品的引文皆為錢鍾書所譯：英語、法語，意大利語，德語，拉丁語等，錢鍾書的翻譯所涉及的外語種類之多，引用外國文學作品之頻繁，足以讓後輩譯者和學人自歎不如。僅以《管錐編》為例，「一部《管錐編》，洋洋百萬言，內容以文藝為主，涉及中外文史哲各方面，全書共徵引中外 4000 餘位的上萬種著作，可謂無一字無來歷，無一字無依據。」〔註 1〕該書徵引的 4000 餘位作家的上萬種著作，涉及外國作家和作品的至少也有幾千種，難怪今人每每談及西方文論術語，就會以錢鍾書的譯名示眾。錢鍾書對外國文學作品片段的翻譯或用白話文，或用文言文，他幾乎不受語言的限制，總能出神入化地傳遞原作的神韻。

錢鍾書對外國文學的翻譯雖限於隻言片語，但卻時常被人們提及或引用，從這個角度來講，其翻譯的影響和貢獻絲毫不亞於那些譯著等身的譯者，因此羅新璋說：「不懂錢鍾書，是國人的悲哀；同樣不識錢氏譯藝談，也是譯界的不幸。」〔註 2〕錢鍾書的文學翻譯澤被後世，而其文學翻譯思想同樣富有深意。

（二）文學翻譯境界：行走在朝聖的路上

「化境說」可視為錢鍾書關於文學翻譯標準的扼要概括，也可視為其給文學翻譯設置的最高境界，並相應提出了原文是評價譯文的最高標準。很多學者

〔註 1〕李伯和、佘燁主編：《譯論譯技與譯評譯介》，西安：陝西旅遊出版社，2006 年，第 69 頁。

〔註 2〕羅新璋：《錢鍾書的譯藝談》，《中國翻譯》，1990 年第 6 期。

包括錢先生本人認為要在翻譯過程中真正實現「化」是不可能的，他提出該標準的主要目的是希望譯者能夠像教徒一樣永遠行走在朝聖的路上，對翻譯行為和原作抱有虔誠的態度，盡可能使譯作因接近和忠實原文而趨於完美。

在我國翻譯理論的建設過程中，翻譯標準是學術界一再探討卻沒有定論的話題。從漢代的譯經活動算起，翻譯在我國業已有幾千年的歷史，而翻譯標準問題似乎也順應了劉勰「文變染乎世情」的思想，不同時期有不同的詮釋。拋開現代翻譯史上的直譯和意譯之爭，僅就當代翻譯文學理論而言，傅雷在1951年提出了文學翻譯的「傳神論」標準：「翻譯應當像臨畫一樣，所求的不在神似而在形似」。〔註3〕他把「意似」——譯文同原文在內容上的一致性——視為翻譯的最低標準，以為如果譯文能在形式和精神上同時一致，即達到了「神似」，才可能產生最佳譯作。傅雷提出的「傳神論」標準看似很好地解決了意譯和直譯的不足，但要真的實現譯文與原文的神似卻是不可能的，就連傅雷自己也說：「『神似』和『形似』不能同時兼顧，我們應大膽地擺脫原文形式，著意追求譯文與原文的『神似』」。〔註4〕從中不難看出，傅雷的翻譯標準在早先的直譯和意譯的天平上偏向了意譯，對譯文在形式上保持原作風格依然不利。20世紀60年代中期，錢鍾書提出了「化境說」，認為「文學翻譯的最高標準是『化』。把作品從一國文字轉變成另一國文字，既能不因語文習慣的差異而露出生硬牽強的痕跡，又能完全保存原有的風味，那就算得入於『化境』」。〔註5〕在針對翻譯過程提出「化境說」的基礎上，錢鍾書對理想譯文作出了界定：「譯本對原作應該忠實得以至於讀起來不像譯本，因為作品在原文裏決不會讀起來像經過翻譯似的。」〔註6〕有學者將傅雷和錢鍾書的文學翻譯標準進行了比較：「『化境』是比『傳神』更高的翻譯標準，或者說是翻譯的最高標準，因為『傳神』論要求的『神似』實際上是譯文與原作精神上的相似或近似，而『化境』則要求譯文與原作在除了文字形式以外的所有方面相等一致。這的確是翻譯的理想，是每一位翻譯工作者和學習翻譯的學生的努力方

〔註3〕傅雷：《〈高老頭〉重譯本序》，《翻譯論集》，羅新璋編，北京：商務印書館，1984年，第558頁。

〔註4〕傅雷：《〈高老頭〉重譯本序》，《翻譯論集》，羅新璋編，北京：商務印書館，1984年，第558頁。

〔註5〕錢鍾書：《林紓的翻譯》，《翻譯論集》，羅新璋編，北京：商務印書館，1984年，第696頁。

〔註6〕錢鍾書：《林紓的翻譯》，《翻譯論集》，羅新璋編，北京：商務印書館，1984年，第696～697頁。

向。」〔註7〕此話對錢鍾書翻譯思想的肯定並非人為拔高，錢先生自己非常贊同譯作是原文「投胎轉世」(the transmigration of souls) 的觀點，要求譯文除了書寫媒介（文字）的差異之外與原文幾乎如出一轍。

然而，結合翻譯過程中可能出現的各種外在干擾因素和跨語際交流中客觀存在的文化間的「不可規約性」，我們發現錢先生的「化境說」以及由此產生的理想譯本與其說是翻譯的最高標準，毋寧說是翻譯的一種「理想」和「方向」，除了化境說，還有哪種標準能使譯文達到如此高的境界呢？如同 19 世紀法國象徵主義代表詩人瓦雷里提出的純詩理論一樣，連瓦雷里自己也不得不承認：「我一向認為這是一個無法達到的目的，而且現在還是這樣看，詩永遠是為接近這個純理想境界所作的一種努力。」〔註 8〕也如本雅明（Walter Benjamin）在《譯者的任務》(*The Task of the Translator*) 中提出的純語言 (Pure language) 概念：翻譯語言「不再意指或表達任何東西，而是就像那不可表達的、創生性的太初之言，在所有語言中都有意義。」〔註9〕譯者總是為了接近這樣的語言而不斷努力著。同樣，錢先生也不得不承認：「徹底和全部的『化』是不可實現的理想」。〔註10〕化境說也是翻譯尤其是文學翻譯無限接近卻永遠達不到的標準，翻譯者無論怎樣努力也只能行走在「朝聖」的路上而無法躍上理想的峰巔。辜正坤先生對錢鍾書化境說的評價也許較為客觀：「把文學翻譯的最高標準定為化境有其極深刻的一面，但又要記住這是一種最不切實用的標準；若無具體的標準與之相輔而構成一標準系統，則它只是一種空論，無大補於具體的翻譯實踐。」〔註11〕事實上，中國佛經翻譯的「文、質」說，嚴復的「信、達、雅」說，魯迅等人的直譯法，趙景深等人的意譯法，郭沫若的「風韻譯」，傅雷的「傳神論」以及錢鍾書的「化境說」等翻譯標準或方法雖各有不足，但它們各自的合理性卻不容忽視，在不同的情況下譯者雖會側重於某一種翻譯標準，但理想的譯作總是各種翻譯方法和翻譯標準共同作用的結果。錢

〔註 7〕馮慶華：《實用翻譯教程》，上海：上海外語教育出版社，1997 年，第 3～4 頁。

〔註 8〕（法）瓦雷里：《純詩》，《現代西方文論選》，伍蠡甫主編，上海：上海譯文出版社，1983 年。

〔註 9〕（德）本雅明：《譯者的任務》，《翻譯與後現代性》，陳永國編，北京：中國人民大學出版社，2005 年，第 5 頁。

〔註10〕錢鍾書：《林紓的翻譯》，《翻譯論集》，羅新璋編，北京：商務印書館，1984 年，第 698 頁。

〔註11〕辜正坤：《中西詩比較鑒賞與翻譯理論》，北京：清華大學出版社，2003 年，第 381 頁。

鍾書提出「化境說」的目的不是要拋棄現實因素去追求絕對的忠實和對原作風味的完全契合，而是希望每一個譯者像朝聖者那樣仰望遠處的「神山」——原作而懷著一顆虔誠的心去從事翻譯，盡可能地到達那理想的「聖境」，翻譯出與原文相映成趣的譯文。

與翻譯的最高境界「化境」相應，錢鍾書提出評價譯文的最高標準應該是原文。錢先生在論述漢譯第一首英文詩《人生頌》的時候，引用了弗羅斯特（Hobert Frost）的名言「詩就是在翻譯中喪失掉的東西（What gets lost in translation）」和摩根斯特恩（Christian Morgenstern）的定論「詩歌翻譯只分壞的和次壞的兩種」（Es gibt nur schlechte Ubersetzungen und weniger schlechte），旨在說明任何翻譯文本（尤其是詩歌）相對於原文來說都顯得「蹩腳」而不夠貼切，由此他推導出這樣的結論：「一個譯本以詩而論，也許不失為好『詩』，但作為原詩的複製，它終不免是壞『詩』。」〔註 12〕在錢先生看來，翻譯活動是一項不折不扣的「複製」行為，評價譯作的最高標準不是譯文是否具有卓越的形式風格或附加的情思，而是看其究竟在多大程度上接近了原文。錢先生在此論證的只不過是一個近乎公理的關於翻譯應該忠實原文的言論，畢竟「所有的翻譯理論——無論是形式的，應用的，還是編年的——都僅僅是一個單一的、不可規避的問題的變體。怎樣才能或者說才應該做到忠實？」〔註 13〕中國自漢代以來的佛經翻譯以及西方自《七十子希臘文本》以來的《聖經》翻譯，包括在全球化語境下不斷升級的各領域的翻譯交流活動，其實人們對之作出的經驗總結或理論昇華都涉及到翻譯文本對原文的忠實性問題，錢鍾書先生的論述也不離其宗。

譯語與原語之間客觀上存在的差異決定了譯本不可能完全忠實於原文。無可否認，正是各種語言之間在隱喻意義上的對等關係為翻譯活動的開展提供了一種假想的未被經驗證明的可行性基礎，人們總是認為各種語言是相通的，而且在一種語言中自然而然地存在著另一種語言的對等詞彙。由此形成的跨文化比較的典型意圖就是儘量去證明「人們在形成有關其他民族的觀點時，或者是為其他文化同時（反過來）也是為自身文化整體的同一性設置各種話語的哲學基礎時，他們所依賴的正是那種來自雙語詞典的概念模式——

〔註 12〕錢鍾書：《漢譯第一首英語詩〈人生頌〉》，《新華文摘》，1982 年 4 期。

〔註 13〕引自劉禾：《跨語際實踐——文學，民族文化與被譯介的現代性》，宋偉傑譯，北京：三聯書店，2002 年，第 17 頁。

也就是說，A 語言中的一個詞一定對等於 B 語言中的一個詞或詞組，否則的話，一種語言就是有缺陷的。」〔註 14〕這在很多人看來是可以作為真理一樣存在的東西背後具有很大的欺騙性，它的產生並非實踐經驗的結果而是一種先入為主的假設，除了與歐洲語言所具有的權力相關外，也關係到西方語言哲學話語中關於翻譯和差異問題的某些由來已久的假設，即在非歐洲語言中一定能找到與歐洲語言對應的詞彙，否則非歐洲語言便是不完善的。這種假設對等關係的破綻很容易被識破，畢竟很難有兩種不同的語言所對應的詞彙能夠相似到可以充分描寫相同的社會現實和生活現實，不同的語言在各自建構起來的世界中所扮演的角色也不會只是表面形式的「獨特或者怪異」，而其本質也必然存在差異。就如葉公超所說：「嚴格說起來，任何翻譯沒有與原本絕對準確的。我們都知道，文字是思想與智慧的表現，有哪一種的文化便有哪一種的文字。若是要輸入一種異己的文化，自然非同時輸入那種文化的文字不可。……每個字都有它的特殊的歷史：有與它不能分離的字，與它有過一度或數度關係的字，以及與它相對的字。這可以說是每個字本身的聯想。因此，嚴格說來，譯一個字非但要譯那一個而已，而且要譯那個字的聲、色、味以及其一切的聯想。實際上，這些都是譯不出來的東西」。〔註 15〕後來季羨林先生也認為翻譯時要完全找到兩種語言的同義詞是不可能的，這同時也決定了譯詩很難具有原詩的排列美和音韻美：「翻譯一篇作品或者一段講話，必然涉及兩種語言：一種是原來那個作品或者講話的語言，德國學者稱之為 Ausgangssprache（源頭語），英美學者稱之為 Original 或 Source language；一種是譯成的語言，德國學者稱之為 Zielsprache（目的語言），英美學者稱之為 Target language。二者之間總會或多或少地存在著差距。因為，從嚴格的語言學原則上來講，絕對的同義詞是根本不存在的。」〔註 16〕因此，認為譯文是原文的「複製」或拋開語言文化的差異單純地追求譯本對原文的忠實都有悖常理。

文化研究和社會學研究範式的介入極大地拓展了翻譯研究的領域。美國

〔註 14〕劉禾：《跨語際實踐——文學，民族文化與被譯介的現代性》，宋偉傑譯，北京：三聯書店，2002 年，第 6 頁。

〔註 15〕葉公超：《論翻譯與文字的改造——答梁實秋論翻譯的一封信》，《新月》（第 4 卷第 6 期），1933 年 3 月 1 日。

〔註 16〕季羨林：《翻譯》，《季羨林談翻譯》，北京：當代中國出版社，2007 年，第 2 頁。

學者安德烈．勒菲弗爾（Andre Lefevere）認為當前的翻譯研究不再以語言學研究為主要方法，提出了翻譯研究的「文化轉向」，〔註 17〕從而引起了翻譯研究內容的革新，「文化研究對翻譯研究產生的最引人注目的影響，莫過於 70 年代歐洲『翻譯研究派』的興起。該學派主要探討譯文在什麼樣的文化背景下產生，以及譯文對譯入語文化中的文學規範和文化規範所產生的影響。近年來該派更加重視考察翻譯與政治、歷史、經濟與社會制度之間的關係。」〔註 18〕翻譯文化學派的觀點使人們開始對翻譯文學文本的外部環境產生了興趣，於是譯本在譯入語國語境中獲得了新的生命以及它對原文的背叛是否合理就進入了翻譯研究的視野。任何翻譯活動都會受到諸多社會現實的影響，澳大利亞著名學者皮姆（Anthony Pym）近年來致力於從社會學的角度去研究翻譯，他在《翻譯史研究方法》（*Method in Translation on History*）一書中所凸顯出來的一個重要理念就是「強調用社會學的方法來研究翻譯，突出翻譯與整個社會諸多因素之間的互動關係。」〔註 19〕從翻譯文化批評的角度出發，譯者的審美取向、譯語國的文化環境、「贊助者」以及接受者等等都會成為使譯本偏移原文的牽制力量，使譯本與原文的差異成為一種必然的常態，也即是說「在翻譯中，創造性叛逆幾乎是不可避免的。」〔註 20〕。法國著名學者福柯（Foucault）的權力／話語結構模式對研究譯文與原文的關係提供了更為開闊的研究思路和方法。福柯在他極具影響力的著作如《知識考古學》《瘋癲與文明》《規訓與懲罰》《權力與反抗》乃至《性史》中顯示出權力運作最明顯和最複雜的地方是其所強調的話語，因為在他看來，「在人文科學裏，所有門類的知識的發展都與權力的實施密不可分。」〔註 21〕翻譯實踐活動的展開必然受到一定社會歷史境遇的影響，尤其是發生在兩種文化之間的權利關係的影響，很多時候，由於譯者或譯語文化所處的中心和強勢地位決定了他們對翻譯的操控，譯文很難真正做到對原文的忠實。因此，如果我們有了對譯本「危險處境」的認識，就不會再以原文為標準去單純地要求譯文對原文的忠實，偏離甚或改寫原文

〔註 17〕郭建中：《當代美國翻譯理論》，武漢：湖北教育出版社，2000 年，第 160 頁。
〔註 18〕郭建中：《當代美國翻譯理論》，武漢：湖北教育出版社，2000 年，第 156 頁。
〔註 19〕李德超：《翻譯史研究方法．導讀》，北京：外語教學與研究出版社，2007 年，第 4 頁。
〔註 20〕（美）韋斯坦因：《比較文學與文學理論》，劉象愚譯，瀋陽：遼寧人民出版社，1987 年，第 36 頁。
〔註 21〕（法）米歇爾．福柯：《規訓與懲罰》，劉北成、楊遠嬰譯，北京：三聯書店，1999 年，第 18 頁。

的翻譯行為也可能成就上佳的譯品。

錢鍾書先生既然認為評價譯本的標準應該是原文，譯文不可能有好的或者更好的區分，而只有「壞的和次壞兩種」，這實際上是忽視了翻譯活動的特徵而單純地追求純粹的沒有現實羈絆的翻譯行為。根據前面的論述，錢先生所謂的理想譯本幾乎不可能在翻譯實踐中產生，就連他本人也不得不說：「一國文字和另一國文字之間必然有距離，譯者的理解和文風跟原作品的內容和形式之間也不會沒有距離，而且譯者的體會和他自己的表達能力之間還時常有距離。從一種文字出發，……安穩到達另一種文字裏，這是很艱辛的歷程，……不免有所遺失和受些損傷。因此，譯文總有失真和走樣的地方，在意義和口吻上違背或不盡貼合原文。」〔註 22〕既然如此，那錢先生為什麼還要提出原文是譯文的最高標準呢？針對中國現當代翻譯史上不斷出現的濫譯行為，很多譯本連原文最基本的內容都無法傳達，更別說在譯文中追求原文的形式和風格了，錢鍾書先生力圖提高翻譯質量的良苦用心再次得以呈現。他將原文作為譯文的最高標準，希望譯文像原文的「複製品」那樣忠實於原文，目的是要求譯者盡可能地以原文為目標，翻譯出盡可能忠實的譯文，而不至於頻頻出現「豪傑譯」的現象。從這個角度來講，錢鍾書看似不合理的翻譯標準對肅清譯壇的不良風氣大有裨益。

錢鍾書先生將「化境」作為翻譯活動所應達到的最高境界，將對原文的忠實度作為評價譯文的最高標準。根據前面的分析，我們分明發現錢先生追求的境界和提出的標準在具體的翻譯活動中是不可能實現的，他「明知不可為而為之」的目的是希望譯者永遠都像朝聖者那樣不斷提境界和修養，最終翻譯出相對理想的譯文。

（三）文學翻譯功用：締結文學的姻緣

錢鍾書先生沒有因為理想翻譯境界的難以到達和理想譯本的不可求而斷然懷疑文學翻譯存在的合法性，相反，他認為翻譯而且很多時候「訛」的翻譯對民族文學而言是必需的補足。這就出現了理想與現實、標準和實踐的矛盾，二者是如何在錢鍾書翻譯思想中得以統一的呢？除了前面論述的原因之外，也與錢先生對文學翻譯功用的認識分不開。

〔註 22〕錢鍾書：《林紓的翻譯》，《翻譯論集》，羅新璋編，北京：商務印書館，1984 年，第 696 頁。

一般人認為文學翻譯在民族文學步入黯淡和萎靡境地時，通過引入外國文化為民族文學的發展帶來清新之風；通過消除語言隔膜讓譯語國讀者領會異國文化風情和精髓，進而在宏大的文化比較視野中體認到本民族文化的發展路向。中外文學發展的歷史說明，要使一國文學朝著符合時代要求和民族審美的方向繼續前行而「長葆青春，萬應靈藥就是翻譯。」〔註23〕奧克泰維歐·派茨（Octavio Paz）曾這樣論述了翻譯詩歌對譯語國詩歌的促進作用：「西方詩歌最偉大的創作時期總是先有或伴有各個詩歌傳統之間的交織。有時，這種交織採取仿傚的形式，有時又採取翻譯的形式。」〔註24〕我國現代著名的翻譯家鄭振鐸先生把翻譯介紹外國文學和創作看成是文學家「兩重的重大責任」，並認為翻譯文學是民族新文學和新文體建立的基礎：「無論在哪一國的文學史上，沒有不顯示出受別國文學的影響的痕跡的。……威克利夫（Wyclif）的《聖經》譯本，是『英國散文之父』（Father of English Prose）；路德（Luther）的《聖經》譯本也是德國的一切文學的基礎。」〔註25〕以中國文學為例，正是翻譯文學將外國文學的形式、語言、表達方式和新思想等直觀地呈現給了國內讀者和不諳外語的創作者，才為新文學創作在民族傳統之外另闢蹊徑，走出了晚清以降詩歌創作舉步維艱的泥沼。

譯作在客觀上的確對民族文學的新變起到了推動作用，但事物的演變更多的取決於自身內在的演化。錢鍾書先生認為譯文更重要的作用是引導人們去認識並逐漸建立起對外國文學的興趣，翻譯是在為譯入語國讀者和外國文學之間締結文學姻緣。結合錢先生的論述，我們姑且將其翻譯功用觀概括為「媒誘說」。此翻譯功用觀的建立與錢鍾書認識到譯文本身存在著瑕疵有關，人們不能將閱讀譯文視為在閱讀外國文學，也不能通過譯文去建立對外國文學的認知，「做媒似的」譯文僅僅是讓我們建立起對外國文學的初步印象後再親自去閱讀原作，即他所說的譯文的「媒」的作用。就像人們在認識戀人的時候，不能單憑媒人的一面之辭就定格對方的形象，最重要的是通過媒人或真實或虛假的介紹後，我們有興趣和好奇心去和對方面對面的交談，從而領略到

〔註23〕季羨林：《我看翻譯》，載《翻譯思考錄》，許鈞主編，武漢：湖北教育出版社，1998年，第3頁。

〔註24〕引自王克非：《翻譯文化史論》，上海：上海外語教育出版社，1997年，第354頁。

〔註25〕鄭振鐸：《俄國文學史中的翻譯家》，《改造》雜誌（第3卷第11期），1921年7月15日。

「廬山真面目」。因此，錢鍾書先生說：譯文「是個居間者或聯絡員，介紹大家去認識外國作品，引誘大家去愛好外國作品，彷彿做媒似的，使國與國之間締結了『文學姻緣』。」〔註 26〕這與上世紀 20 年代郭沫若「翻譯是媒婆」的認識有一定的差異。1921 年前後，李石岑主編《學燈》的時候曾在同期刊物上發表了四篇文章：第一篇是周作人譯的日本短篇小說，第二篇是魯迅的《頭髮的故事》，第三篇是郭沫若的《棠棣之花》，第四篇是茅盾譯的愛爾蘭獨幕劇。在編排這四篇文章的時候，《頭髮的故事》被排在譯文之後，郭沫若對此感到不平，因而發出了「翻譯是媒婆，創作是處女，處女應該加以尊重」的言論。〔註 27〕無論是希望新文學界有更多的人從事創作，還是要抬高翻譯的中介作用，郭沫若的「媒婆」說都側重於翻譯的介紹和「引入」功能，翻譯建立的是民族文學和外國文學的關係。而錢鍾書的「媒」更側重於翻譯「誘」的功能，即誘使人們自己去閱讀外語原文，翻譯建立的是讀者與外國文學的關係，這即是錢先生關於翻譯功能的「媒誘說」。他舉例說自己曾因為讀了林紓的翻譯小說後「真覺得心癢難搔，恨不能知道原文」究竟是怎樣的，〔註 28〕於是林譯小說在無形中培養了他閱讀外國小說原文的興趣，也實現了翻譯文學應擔的「媒」和「誘」的責任。

因為錢鍾書先生認識到譯文的作用是誘導讀者去閱讀外國原文，只要能發揮「誘」的功效，譯文便在譯入語國語境下具有存在的必要性。正是如此，錢鍾書雖然對翻譯過程和譯文設置了幾乎難以企及的標準，但不能達到此標準卻可引起讀者對原文興趣的譯文依然值得肯定，哪怕是錯誤百出的翻譯。晚清的翻譯「其實包括了改述、重寫、縮譯、轉譯和重整文字風格等做法。嚴復（1853～1921）、梁啟超（1873～1929）和林紓（1852～1924）皆是個中高手。多年以前，史華茲（Benjamin Schwartz）、夏志清和李歐梵就曾分別以上述三人為例證，指出晚清的譯者通過其譯作所欲達到的目標，不論是在情感方面或者是意識形態方面，都不是原著作者所能想像得到的。」〔註 29〕但錢鍾書先生

〔註 26〕錢鍾書：《林紓的翻譯》，《翻譯論集》，羅新璋編，北京：商務印書館，1984 年，第 698 頁。

〔註 27〕郭沫若：《我的作詩的經過》，《質文》月刊（第 2 卷第 2 期），1936 年 11 月。

〔註 28〕錢鍾書：《林紓的翻譯》，《翻譯論集》，羅新璋編，北京：商務印書館，1984 年，第 700 頁。

〔註 29〕（美）王德威：《翻譯「現代性」：論晚清小說的翻譯》，《想像中國的方法》，北京：三聯書店，2003 年，第 102 頁。

在談林紓翻譯的時候，對林譯的「誤漏百出」、「加油加醋」、任意出現的「比喻」或「增補」等「訛」的現象不但沒有加以嚴厲的指責，反而羅列大量的譯例為其「不忠」的行為開脫，因為「恰恰是這部分的『訛』起了一些抗腐的作用，林譯多少因此而免於全被淘汰」。〔註30〕忠實與否對翻譯文學而言並不是其在譯入語國獲得生命力的主要原因，讀者才是衡量譯文的有力標尺，《域外小說集》的銷量說明了周氏兄弟忠實的譯本在反而沒有獲得成功。魯迅回憶說：「當初的計劃，是籌辦了連印兩冊的資本，待到賣回本錢，再印第三第四，以至第×冊的。……半年過去了，先在就近的東京寄售處結了帳。計第一冊賣去了二十一本，第二冊是二十本，以後可再也沒有人買了。……至於上海方面，是至今還沒有詳細知道。聽說也不過賣出二十冊上下，以後再沒有人買了，於是第三冊只好停板」。〔註31〕為什麼忠實的譯文反而比不上訛化的譯文傳播廣泛呢？魯迅為什麼沒有超越林紓譯本贏得更多的讀者，而且連「賣回本錢」的願望也落空了呢？這多少映證了錢先生所認為的「訛」可能激起讀者對外國文學興趣的觀點。五四以來的很多作家和翻譯家都受到了林譯小說的影響，從而對外國文學發生了興趣，這與林譯本所起的「媒」或「誘」的作用分不開，假如林紓在翻譯的過程中一味地注重忠實而忽略了譯文的可讀性，則很多人不會像周作人那樣發出「很受林琴南先生的影響」〔註32〕的感歎，也不會建立起閱讀外國文學的興趣。當然，錢鍾書贊同翻譯的「訛」是有限度的，是以能引起讀者興趣為原則的，如果譯文過於遠離原文甚至出現指鹿為馬的訛錯就不應得到寬恕了。

事實上，所有的文學翻譯非但沒有做到實在的「忠」，反而帶有虛假的「訛」，錢鍾書先生深諳此理卻提出了「化境說」和「媒誘說」，實則表明文學翻譯永遠行走在朝聖的路上，為讀者與外國文學締結姻緣。不過，許多看似邏輯嚴密甚至攻不可破的翻譯理論極易被「很不合學者們的理想和理論的事例」給瓦解，恰如錢先生所說：「在歷史過程裏，事物的發生和發展往往跟我們鬧彆扭，惡作劇，推翻了我們定下的鐵案，塗抹了我們畫出的藍圖，給我們的不

〔註30〕錢鍾書：《林紓的翻譯》，《翻譯論集》，羅新璋編，北京：商務印書館，1984年，第707頁。

〔註31〕魯迅：《域外小說集序》，《譯文序跋集》，北京：人民文學出版社，2006年，第14頁。

〔註32〕周作人：《〈點滴〉序》，《知堂序跋》，北京：中國人民大學出版社，2009年，第16頁。

透風、不漏水的嚴密理論系統捌上大大小小的窟窿。」〔註33〕萬倫萬理自有其道，唯實踐論之方得英華，錢鍾書的文學翻譯思想也不例外。

〔註33〕錢鍾書：《漢譯第一首英語詩〈人生頌〉》，《新華文摘》，1982 年第 4 期。

第二編：詩人翻譯與藝術創新

一、翻譯與創新：郭沫若的詩歌翻譯

郭沫若（1892～1978），原名郭開貞，是中國現代著名的學者、文學家和社會活動家，1914 年赴日本留學，先後接受了斯賓諾沙、泰戈爾、惠特曼、歌德等人的影響而決心棄醫從文，1921 年與成仿吾、郁達夫等組織成立了「創造社」，積極從事新文學運動。在中國新文學史上，郭沫若是繼魯迅之後文化戰線上的又一高大形象。他在文學創作（詩歌、戲劇、散文等）和學術研究（文學、藝術、哲學、歷史學、考古學及政治學等）等領域取得了廣泛而深刻的且得到學術界認同的成就，這在以往的郭沫若研究中均有完備充分的探討。除此之外，郭沫若還在翻譯實踐和翻譯理論上有獨到的建樹，本文力圖對郭沫若在文學、政治和自然科學等方面的翻譯實踐作一次全面的考察和論述，以便進一步廓清作為翻譯家的郭沫若的面貌。

（一）郭沫若的翻譯成就

郭沫若的翻譯成就以文學作品翻譯為代表，其中又以翻譯德國文學作品居多，這與他在日本學醫時對德語的熟練掌握相關。郭沫若的翻譯實踐最早起源於 1915 年他對德國詩人海勒《歸鄉集第十六首》的翻譯，1918 年初他又譯出了海勒的《悄靜的海濱》和《海勒詩選》。儘管這些作品在當時未能出版，但對郭沫若來說卻具有里程碑意義，為他以後的翻譯在興趣、技巧和方法上積累了經驗並作了很好的鋪墊，從此以後，郭沫若的翻譯大業便拉開了序幕。

1921 年，因為錢君胥〔註 1〕「對『五四』以後的中國的文體文沒有經驗」，他的《茵夢湖》因採用的是「舊時的平話小說體的筆調」，因此被郭沫若「全盤給他改譯了……把那茵夢湖的情趣再現了出來。」〔註 2〕在二人的共同努力下，德國小說家施篤漠（Theodor Storm）的《茵夢湖》終於在該年的 7 月由上海泰東書局初版，成為當時最受人們歡迎的外國悲劇愛情小說之一。《茵夢湖》的出版極大地鼓勵了郭沫若，1922 年他翻譯了歌德的名著《少年維特之煩惱》，在新文學歷史上引起了不小的「維特」熱，不少青年學生和知識分子都爭相購閱此書。在該書初譯出版四年後的《〈少年維特之煩惱〉增訂本後序》中，郭沫若談到了翻譯此書的心情：「自己的心血費來譯出了一部世界的名著，實在是愉快的事體，所以在我把全書譯完了，尤其是把舊序作完了的時候，我當時愉快得至少三天不知肉味的。」〔註 3〕從這些話中，我們可以看出郭沫若對翻譯的興趣非同一般。正是在這樣的興趣和熱情的驅使下，郭沫若又翻譯了歌德的代表作《浮士德》、長詩《少年維特之煩惱》和自傳《詩與真》。除海涅和歌德外，郭沫若還翻譯了德國作家霍普德曼的小說《異端》（1926 年，上海商務印書館初版），席勒的劇本《華倫斯太》（1936 年，上海生活書店初版），尼采的《查拉圖斯屈拉之獅子吼》（先連載於《創造週報》，後以《查拉圖斯屈拉鈔》為書名於 1928 年上海創造社出版部初版）；並和成仿吾合譯過一部《德國詩選》。在中國翻譯史上，郭沫若可以稱得上是德國文學翻譯的第一人和成就最高者。

英國文學也是郭沫若文學翻譯的重要構成。上世紀 20 年代在日本留學期間，郭沫若「結識」了英國浪漫派詩人雪萊（Shelley），並「和他結婚了」，郭沫若與雪萊的心靈靈犀讓人歎服，以至於他不得不說「我譯他的詩，便如像我自己在創作一樣。」〔註 4〕1926 年 3 月，《雪萊詩選》由上海泰東圖書局出版，

〔註 1〕錢君胥：名潮，字君胥（1895～？），浙江杭州人，在日本獲得醫學博士學位，1914 年起在日本第一高等學校和九州帝國大學醫學部與郭沫若同學。

〔註 2〕郭沫若：《〈茵夢湖〉六版改版的序》，《郭沫若集外序跋集》，成都：四川人民出版社，1982 年，第 224～225 頁。

〔註 3〕郭沫若：《〈少年維特之煩惱〉增訂本後序》，該文初載 1926 年 7 月 1 日《洪水》半月刊，後收入 1926 年 7 月上海創造社出版部出版的《少年維特之煩惱》增訂本，參見《郭沫若集外序跋集》，成都：四川人民出版社，1982 年，第 252 頁。

〔註 4〕郭沫若：《〈雪萊的詩〉小引》，該文初載於 1923 年上海創造社出版的《創造季刊》1 卷 4 期，後收入《雪萊詩選》，參見《郭沫若集外序跋集》，成都：四川人民出版社，1982 年，第 216 頁。

這是郭沫若翻譯的英國文學作品中最具影響力的一部著作，郭沫若連同雪萊一起被文學界給予了高度評價。隨後，郭沫若翻譯了現實主義作家戈斯華士（John Golsworthy，今譯為高爾斯華綏）的戲劇《爭鬥》（三幕四場劇，現譯為《鬥爭》，1926 年，上海商務印書館初版）、《法網》（1927 年，上海聯合書店初版）和《銀匣》（1927 年，上海創造社出版部初版）。建國前後一段時期內，由於忙於文化戰線上的公務和國家政務，郭沫若很少翻譯外國文學作品。但「文革」期間，郭沫若「重操舊業」，翻譯出版了《英詩譯稿》。這部作品係 1963 年 3 月至 5 月間，郭沫若根據日本學者山宮允編選的《英詩詳釋》一書篩選而成的，原書有英美詩人的短詩 60 餘首，而郭沫若只從中選譯了 50 首。經郭平英、郭庶英整理後於 1981 年 5 月由上海譯文出版社出版。《英詩譯稿》是郭沫若新中國成立後唯一的一本譯著，也是他最後的譯著。

人們習慣用「『十月革命』一聲炮響，為中國送來了馬克思主義」這樣的話來描述 20 世紀 20 年代以後中國社會對蘇俄社會的學習之風，翻譯界同樣如此。一時間，蘇聯（含俄羅斯）文學成了中國學人仰慕的對象，郭沫若對蘇俄文學的翻譯也正是在這樣的背景下開始的。1921 年，郭沫若在《〈屠爾格涅甫之散文〉序》中說：「屠氏文藝業已介紹於我國者已不少……此集最膾炙人口……余今即抱此野心，從事此詩集之迻譯。」〔註 5〕郭沫若翻譯的第一部俄國長篇小說是屠格涅夫（1818～1883）的《新時代》（現通譯為《處女地》，1925 年，上海商務印書館初版），該譯著是根據德國譯本轉譯過來的，反映了俄國 19 世紀 70 年代「民粹派」的革命運動，因為文中的主要人物涅屠大諾的遭遇與中國革命者的遭遇相似，而且文章中的情景與當時中國的社會現實也有些相似，因此，郭沫若站在「實用」和「革命」的立場上翻譯了這部作品，希望它能給中國的社會革命有所啟發。之後，郭沫若與李一氓〔註 6〕合譯了《新俄詩選》（1929 年，上海光華書局初版），其中選譯了布洛克等 15 位詩人的 24 首詩，由於這些詩只是「十月革命」後四五年間的作品，「嚴格說來，這些詩都不足以代表蘇聯的精神……不過我們從這兒總可以看出一個時代的大潮和這潮流所推動著前進的方向。」〔註 7〕這些詩歌為我們瞭解當時蘇聯的革命大潮和社會發展方向提供了參考。郭沫若上世紀 30 年代開始翻譯的托爾斯泰的

〔註 5〕郭沫若：《〈屠爾格涅甫之散文〉序》，《時事新報．學燈》，1921 年 2 月 16 日。

〔註 6〕李一氓：原名李明治，號德謨（1903～？），四川成都人，曾留學日本，創造社後期成員，社聯負責人之一。主編過《流沙》《巴爾底山》。

〔註 7〕郭沫若：《新俄詩選．序》，《新俄詩選》，上海：光華書局初版，1929 年。

長篇小說《戰爭與和平》，由於國內形勢的變化只翻譯了前面部分內容，後來與高植地〔註 8〕翻譯的《戰爭與和平》和而為一，於 1942 年由五十年代出版社初版，該書前半部分多採用了郭沫若的譯文。在歐洲，郭沫若還翻譯了愛爾蘭作家約翰．沁孤（John Millington Synge）（1871～1909）的《悲哀之戴黛兒》《西域的健兒》《補鍋匠的婚禮》《聖泉》《谷中的暗影》和《騎馬下海的人》等六個劇本，結集為《約翰沁孤的戲曲集》，1926 年由上海商務印書館初版。

由於諳熟英語，郭沫若對美國文學的翻譯也顯示出極大的興趣。在所有的外國詩人中，對郭沫若的詩歌創作產生較大影響的除了德國的歌德外恐怕要算美國的惠特曼（Whiteman）（1819～1892）了。如果說中國新詩在郭沫若那裡完成了「第一次整合」並標示出自由體新詩在文體特徵上的成熟的話，〔註 9〕那惠特曼無疑對其自由詩風的形成起到了「推波助瀾」的作用。郭沫若自己曾說：「由於在大學二年紀時買了日本作家有島武郎的《判逆者》後，便認識了惠特曼，他那豪放的詩調使我開了閘的作詩欲又受了一陣暴風雨的煽動。我的《鳳凰涅槃》……等詩，便是在他的影響下作成的。」〔註 10〕準確地說，郭沫若對美國文學的翻譯開始於他對惠特曼的興趣，他曾翻譯過惠特曼的詩歌，但由於種種原因沒能出版。郭沫若美國文學翻譯的成就體現在他對美國作家辛克萊爾（Upton Sinclair）（1878～1968）的《碳王》（1928 年，上海樂群書店初版）、《屠場》（1929 年，上海南強書店初版）和《煤油》（1930 年，上海光華書局初版）等三部作品的翻譯上。郭沫若翻譯辛克萊爾的作品的出發點與翻譯屠格涅夫的《新時代》一樣，都是因為思想轉變以後，他站在了「革命」的立場上翻譯了這三部「反資本主義」和「反帝國主義」的現實主義作品。

最後我們將考察的目光收回到亞洲，郭沫若翻譯的亞洲文學作品主要來自日本和印度。早在他開始實踐詩歌翻譯的 1917 年，他就在泰戈爾清新恬淡的表現「梵的現實」的《新月集》《園丁集》和《吉檀迦利》等作品中選譯了一些詩歌，和集為《泰戈爾詩選》。由於一些現實的客觀原因，郭沫若最早的這批詩歌譯品未能出版，但通過對泰戈爾作品的翻譯，他所受的影響和啟示卻是深刻的，難怪郭沫若後來回憶總結自己作詩經歷時總是這樣說：「我短短的

〔註 8〕高植地：（1910～1960），安徽人，翻譯工作者。

〔註 9〕龍泉明：《中國新詩流變論》，北京：人民文學出版社，1999 年，參見第 175～179 頁。

〔註 10〕郭沫若：《創造十年》，《革命春秋》，上海：新文藝出版社，1951 年，第 64 頁。

作詩經過，本有三四段的變化。第一段是泰戈爾式，這段時期是在五四以前做的詩是崇尚清淡，簡短……」〔註11〕郭沫若在日本接觸並翻譯了大量的外國文學作品，但對當時他自己所居住的日本國的文學翻譯得並不多。他總共翻譯了芥川龍之介、志賀直哉、葛西善藏15作家的19篇短篇小說，後結集為《日本短篇小說集》，於1935年上海商務印書館初版。

對文藝理論和美學著作的翻譯同樣彰顯了郭沫若翻譯實踐的成就。1926年，郭沫若為《西洋美術史提要》所作的「序」和「書後」〔註12〕考察了歐洲大陸的史前藝術，並對西歐美術的基本要素作了大體的勾畫，這兩篇文章在今天看來仍然屬於有較高學術價值的美學作品。1928 年，郭沫若在日本認識了對東方古典音樂有很高造詣的日本學者林謙三氏（原名長屋謙三）（1899～1976），此人透闢地研究了我國的音樂歷史，撰寫了《隋唐燕樂調研究》，郭沫若翻譯了林謙三氏的這部作品並於1936年由上海商務印書館初版。該書的翻譯出版對我國音樂藝術的研究是一種豐富和補充。建國後，郭沫若在考古學方面取得了令人歎服的成績，這大概也應該部分地歸功於他早年對有關考古知識方面的書籍的翻譯。1931年，郭沫若翻譯了《美術考古學發現史》（德國亞多爾夫·半海里著），該書於1939年由上海樂群書店初版。這本書不但敘述了19世紀歐洲在考古學發掘中取得的成就，而且啟示人們要注重對歷史的發現，要實事求是地對歷史作科學的考察。《美術考古學發現史》一書為人們如何進行考古提供了方法上的藍本。此外，郭沫若為一些譯著所寫的「序言」和「小引」在一定程度上也反映了他的翻譯成就，並顯示了其在該學科領域的學術價值。比如他在1950年為北京六下圖書公司翻譯的《蘇聯歷史》所寫的序為我們瞭解蘇聯的歷史提供了思路，並闡明了《蘇聯歷史》一書的社會現實指導意義。

作為一名「文學革命者」，一名文化戰線上的作家，對社會現實主義作品和具有進步思想意識的馬克思主義著作等社會政治學著作的翻譯是郭沫若必然的選擇，也是當時具有愛國精神的進步的翻譯工作者必然的歷史抉擇。前面提及了郭沫若翻譯一些文學作品的原因是配合當時中國「革命」的現實，為了進一步促進中國社會的變革，郭沫若還直接翻譯了一些具有革命性的理論文

〔註11〕郭沫若：《創造十年》，《革命春秋》，上海：新文藝出版社，1951年，第73頁。
〔註12〕指《〈西洋美術史提要〉序》和《〈西洋美術史提要〉書後》兩篇文章，收入《西洋美術史提要》，上海商務印書館初版，1926年。

章。有「日本文化革命的最偉大的戰士、先導者、父親」〔註 13〕之稱的河上肇（1879～1946）的馬克思主義著作《社會組織與社會革命》一書「於社會革命之道途上非常重要」〔註 14〕，於是郭沫若選擇翻譯了這部作品。這部譯作在當時的青年人中產生了廣泛而深遠的影響，許多青年學生正是在該書的引導下轉向馬克思主義和社會革命的，連郭沫若自己也不得不承認：「我自己的轉向馬克思主義和固定下來，這部書（指《社會組織與社會革命》——引者加）的譯出是起了很大的作用的……翻譯的結果，確切地使我從文藝陣營裏轉進到革命運動的戰線裏來了。」〔註 15〕1931 年，郭沫若翻譯的《政治經濟學批判》一書由上海神州國光社初版，該書主要對馬克思主義經濟學中的商品分析和貨幣理論作了論述和介紹，並涉及到了馬克思主義的精髓——辯證唯物論和歷史唯物論，為馬克思主義在中國的傳播作出了積極的貢獻。接下來，郭沫若翻譯了馬克思主義形成時期的重要著作《德意志意識形態》，1938 年由言行出版社初版，後收入 1947 年上海群益出版社出版的《郭沫若文集》之五。這部譯作在中國第一全面地論述了科學共產主義理論的哲學基礎——唯物史觀，進一步深化了馬克思主義在中國的傳播。這些社會政治學翻譯著作使郭沫若成了中國馬克思主義傳播的先行者和傑出代表。

除了社會科學外，郭沫若還翻譯了一些自然科學著作。他曾翻譯了由威爾士父子（H・G Wells & G・P Wells）和鳩良・赫胥黎（Julian Huxley）三人合著的《生命之科學》。全書分為三冊譯出，第一冊於 1934 年在上海商務印書館初版，郭沫若署名為石沱；第二冊於 1935 年初版；第三冊（上、下）於 1949 年初版。其中，郭沫若將第三冊第九編單獨譯出並另名為《人類的展望》，於 1937 年由上海開明書店出版。這一系列譯著為我們瞭解西方近代的生物學研究以及與生物學有關聯的各種有價值的著作提供了信息，對於自然科學極度匱乏的中國社會來說，該類譯著是對中國自然科學研究的一種豐富和必要補充，其對中國自然科學的影響可想而知，這也充分證明了其價值之所在。

總之，良好的傳統文化修養、對外國文學的濃厚興趣以及熟練地運用多種

〔註 13〕郭沫若：《社會組織與社會革命・序》，《郭沫若集外序跋集》，成都：四川人民出版社，1982 年，第 235 頁。

〔註 14〕郭沫若：《社會組織與社會革命・附白》，《郭沫若集外序跋集》，成都：四川人民出版社，1982 年，第 232 頁。

〔註 15〕郭沫若：《社會組織與社會革命・序》，《郭沫若集外序跋集》，成都：四川人民出版社，1982 年，第 235 頁。

外國語言的能力使郭沫若具備了翻譯的基本素質，加上「革命」和「現實」所致，最終讓郭沫若走上了翻譯的道路，並在中國現代文學、現代文藝理論、政治學、經濟學和自然科學等學科領域對翻譯作出了卓有成效的貢獻。恰如鄧小平所說，郭沫若在「馬克思主義理論著作和外國進步文藝的翻譯介紹等方面，都有重要建樹。」〔註16〕郭沫若及其翻譯成就是中國翻譯史上一道永恆且亮麗的風景線，值得我們去回望和研究。

（二）郭沫若的詩歌翻譯

作為中國現代歷史上的偉大詩人、學者以及政治家，郭沫若的各種成就早已見慣於世。近年來，隨著譯介學在中國的發展，郭沫若的翻譯成就越來越受到學界的重視，但他在中國現代詩歌翻譯史上屢開風氣之先，卻未必眾人皆知。事實上，郭沫若在詩歌翻譯領域中保持著數個「第一」的稱號，他是當之無愧的翻譯大家。從 2014 年始，中國社會科學院郭沫若紀念館開始著手編輯郭沫若的翻譯全集，故而有必要對郭老的翻譯經歷做一次歷史的鉤沉和回顧。

郭沫若是第一個將泰戈爾詩歌翻譯成集的中國人。1917 年，郭沫若輯成《泰戈爾詩選》漢英對照本，此選本應該是中國最早的泰戈爾詩歌漢譯集。我們今天普遍認為，文學研究會的鄭振鐸為泰戈爾翻譯第一人，但他到 1922 年 10 月才出版《飛鳥集》，遲至 1923 年 9 月才又推出《新月集》。相較而言，郭沫若的譯詩集比之至少早了五年。

1915 年前後，郭沫若開始接觸泰戈爾詩歌。郭沫若 1936 年在和蒲風談詩時說：「最先對泰戈爾接近的，在中國恐怕我是第一個，當民國四年左右即已看過他的東西，而且什麼作品都看：如像 *Crescent moon*（《新月》），*Gardener*（《園丁集・戀歌》），*Gitanjali*（《頌歌》），*The Gifts of Lover*（《愛人的贈品》），*One Hundred poems of Kabir*（《伽彼詩一百首》），*The King of Black Chamber*（《暗室王》——劇本）都已讀過」。〔註17〕郭沫若在 1915 年前後大量閱讀了泰戈爾的詩歌，算是較早接觸泰戈爾的中國人，但卻難以斷定他是所謂的「最先」或「第一個」。因為早在 1915 年 10 月 15 日，《青年雜誌》（即後來的《新青年》）上發表了陳獨秀翻譯的泰戈爾詩歌四首，陳自擬題目為《讚歌》，由此

〔註16〕鄧小平：《在郭沫若同志追悼會上的悼詞》，《人民日報》，1978 年 6 月 19 日。
〔註17〕郭沫若：《與蒲風談作詩》，《郭沫若佚文集》（上），王錦厚等編，成都：四川大學出版社，1988 年，第 252～253 頁。

拉開了中國翻譯泰戈爾詩歌的序幕。

1917 年，郭沫若迫於生計開始翻譯泰戈爾詩歌。我們往往從時代需要和民族情結等角度出發，去考證詩人的翻譯動因，但其實很多翻譯源於非常私人化和世俗化的目的。郭沫若對泰戈爾詩歌的翻譯便是因為經濟的短缺：「在民六的下半年因為我的第一個兒子要出生，沒有錢，我便輯了一部《泰戈爾詩選》，用漢英對照，更可以解釋。寫信向國內的兩大書店求售，但當時我在中國沒有人知道固不用說，就連太戈爾也是沒有人知道的，因此在兩家大書店的門上便碰了釘子。」〔註 18〕郭沫若說是「輯了一部《泰戈爾詩選》」，表明其中很多譯詩是在 1917 年前完成的，而其所說的當時國內還沒有人知道泰戈爾明顯有誤。泰戈爾 1913 年因《吉檀迦利》獲得諾貝爾文學獎，成為首位獲此殊榮的亞洲詩人，其在中國的知名度也迅速躍升，隨後有很多中國人開始閱讀並翻譯這位印度詩人的作品。不管郭沫若是否在 1917 年印刷出版了泰戈爾的譯詩集，不管他是否是最早走近泰戈爾的中國人，其作為早期中國泰戈爾譯介先行者的事實是不容否定的。

郭沫若對泰戈爾的喜愛和崇拜之情不僅溢於言表，流於翻譯，而且還體現在詩歌創作中。郭沫若在日本留學期間，墜入泰戈爾詩歌藝術境界中難以自拔，他曾回憶說：「我記得大約是民國五年秋天，我在岡山圖書館突然尋出了他這幾本書（指泰戈爾的《吉檀迦利》《園丁集》《暗王室》等——引者）時，我真好像探得了我『生命的生命』，探得了我『生命的泉水一樣』。每天學校一下課後，便跑到一間很幽暗的閱書室去，坐在室隅，面壁捧書而默誦，時而流著感謝的眼淚而暗記，一種恬淡的悲調蕩漾在我的身之內外。我享受著涅槃的快樂。」〔註 19〕郭沫若名詩《鳳凰涅槃》受泰戈爾詩歌的影響是明顯的，他創作《岸上》時直接引用了《吉檀迦利》中的四行詩；而且其名作《天上的市街》也與泰戈爾戲劇《春之循環》中的一首詩歌相似。通過對泰戈爾作品的翻譯，郭沫若所受的影響和啟示是深刻的，他回憶自己作詩經歷時總是這樣說：「我短短的作詩經過，本有三四段的變化。第一段是泰戈爾式」。〔註 20〕

在喜愛泰戈爾的基礎上翻譯他的作品，進而主動在創作中接受翻譯的影響，這是五四前後那輩學人固守的審美精神。聯想到 2015 年 8 月浙江文藝出

〔註 18〕郭沫若：《我的作詩的經過》，《質文》月刊（第 2 卷第 2 期），1936 年 11 月。
〔註 19〕郭沫若：《我的作詩的經過》，《質文》月刊（第 2 卷第 2 期），1936 年 11 月。
〔註 20〕郭沫若：《創造十年》，《革命春秋》，上海：新文藝出版社，1951 年，第 73 頁。

版社出版的《飛鳥集》，雖然譯者宣稱詩歌翻譯沒有「金標準」，但其譯作被人指責「充斥荷爾蒙味道」也並非言過其實，相較於流行的鄭振鐸譯本，其翻譯語言的流俗傾向十分明顯。本文在此無意於對這些譯作進行價值評判，單就翻譯的選材和譯本的審美呈現等層面而言，讀者普遍還是會接受雅致雋永的詩篇，譯作也不例外。歷史不容假設，但我們在此不妨逆流而動，作如下設想和推斷：如若郭沫若當年具有出版的資本和門徑，且國人當時對泰氏有充分的認識和瞭解，那中國的泰戈爾翻譯歷史將會是另一種面貌。

郭沫若是第一個完整翻譯並出版《魯拜集》的中國譯者。魯拜詩在中國的翻譯開始於五四初期。胡適 1919 年 2 月 28 日翻譯了兩首魯拜詩，收在我國第一本新詩集《嘗試集》中，並作注如下：「八年二月二十八日譯英人 Fitzgerald 所譯波斯詩人 Omar Khayyam（？～1123 A.D）的 Rubaiyat（絕句）詩第一百零八首。」〔註 21〕胡適於是成為第一位翻譯莪默伽亞謨作品的中國詩人。1924 年 11 月，徐志摩重譯了這首詩並發表在《晨報副刊》上，這也是中國現代譯詩史上首次就一首詩的翻譯出現多個譯本的現象。徐志摩之所以會重譯魯拜詩，原因並不在於他懷疑胡適的翻譯能力，而在於他對詩歌翻譯的獨特理解，即詩歌翻譯只是翻譯原詩的內容，至於譯詩的形式和表現方式則因人而異，同一首詩歌的不同譯本反映的並不是譯者能力的高低之別，僅僅是譯者藝術風格的個性化差異。

20 世紀 30 年代初期，「新月派」詩人朱湘選譯了《魯拜集》的部分篇章，據羅念生整理的《朱湘譯詩集》（湖南人民出版社，1986 年）介紹，朱湘從英國詩人菲茨傑拉德的《魯拜集》英譯本中選譯了其中的第 59～73 首，共計 15 首魯拜詩。朱湘的譯詩嚴格遵守「魯拜詩體」〔註 22〕的形式要求，第一、二、四行押韻，第三行可以相對自由而不押韻，是五四前後中國現代譯詩中形式感最強的譯作，體現出了這位新格律體詩人在詩歌翻譯方面的形式自覺意識。

郭沫若譯文的出現標誌著《魯拜集》的翻譯開始走向成熟。郭沫若於 1922 年完整地譯出了《魯拜集》中的 101 首詩，以《莪默伽亞墨的詩》為名發表在 1922 年 10 月的《創造季刊》上，他根據的版本是英國人菲茨傑拉德英譯的《魯拜集》第四版。1924 年，郭沫若以《魯拜集》為名，在上海泰東書局出版了單行本。聞一多讀了郭沫若翻譯的魯拜詩之後寫了《莪默伽亞謨之絕句》，發表

〔註 21〕胡適：《嘗試集》，北京：人民文學出版社，2007 年，第 44 頁。
〔註 22〕朱湘：《朱湘譯詩集》，長沙：湖南人民出版社，1986 年，第 13 頁。

在 1923 年 5 月《創造季刊》第 2 卷第 1 號上，該文肯定了菲茨傑拉德的譯詩因為語言具有詩性而在英國文學史上享有盛譽；同理，他希望中國的譯者在譯詩語言上同樣應該符合中國詩歌的審美特質，以保證譯文的文學性。《魯拜集》不僅是全世界翻譯版本最多的詩集，而且也是翻譯持續時間最長的作品。直到 21 世紀的今天，中國仍然有詩人在翻譯這部不朽的古波斯作品。但無可否認，郭譯《魯拜集》既是我國現代翻譯史上第一本完整的譯詩集，也是第一本以新詩形式譯出的詩集，更是中國眾多《魯拜集》譯本中具有劃時代意義的第一本集子。

郭沫若是第一個出版雪萊詩歌漢譯集的譯者。在西潮湧動的五四時期，中國出現了譯介西書的繁盛局面，以郭沫若為首的創造社在翻譯領域彰顯出鮮明的特色。20 世紀 20 年代前後，新青年社、文學研究會、創造社、未名社等新文學社團相繼成立，積聚在這些文學團體中的作家大都在創作詩歌、研究理論、編輯刊物的同時翻譯外國文學。比如文學研究會的鄭振鋒翻譯了泰戈爾的《新月集》《飛鳥集》等詩集，傅東華翻譯了《奧德賽》《伊利亞特》等敘事長詩。創造社在翻譯介紹外國文學方面也不遺餘力，如果說文學研究會重視「為人生」的現實主義作家作品的翻譯介紹，那創造社則重視「為藝術」的浪漫主義作家作品的翻譯。由留日學生組成的創造社在思想上具有浪漫主義激進色彩，他們以《創造》季刊、《創造月刊》和《創造週報》為陣地，對世界文學中的新思潮和流派「情有獨鍾」，比如浪漫主義、象徵主義、未來派、表現派等。他們的譯詩是五四詩歌翻譯熱潮中綻放出的綺麗之花，他們喜愛歌德、海涅、拜倫、雪萊、濟慈、雨果、惠特曼等人的詩歌，創造社編輯的《創造季刊》還曾刊出過「雪萊紀念號」。

作為創造社的領軍人物，郭沫若對雪萊的詩歌情有獨鍾。我們將創造社刊物發表的譯詩統計如下〔註 23〕：郭沫若和張聞天翻譯了波斯詩人莪默伽亞謨的 103 首詩歌；郭沫若和成仿吾翻譯了英國詩人雪萊和葛雷的 10 首詩歌；郭沫若翻譯了德國詩人歌德的 3 首詩歌〔註 24〕；穆木天翻譯了法國詩人 Alfred

〔註23〕根據《創造季刊》（上海：上海書店，1983 年 9 月影印本），《創造月刊》（上海：上海書店，1985 年 3 月影印本），《創造週報》（上海：上海書店，1983 年 9 月影印本），《創造日》（上海：上海書店，1983 年 6 月影印本）統計出相關數據和內容。

〔註24〕該數據是根據筆者整理得出的，歌德的這 3 首詩除了《迷娘歌》是專門以詩的名義發表的之外，其餘兩首均是在書信中的得到的。

de Vigny 和維勒得拉克的 3 首詩歌；N.C 翻譯了日本詩人上野壯夫和森山啟的 2 首詩歌；穆木天翻譯了比利時詩人萬雪白的 2 首詩歌；此外還有郭沫若翻譯的 1 首沒有注明國別的詩歌。單從數量上看，除去郭沫若翻譯的波斯詩人莪默伽亞謨的 100 首短詩外，就算雪萊的 9 首詩歌作品居多了，明顯地表現出對雪萊的偏愛。

1926 年 3 月，郭沫若翻譯的《雪萊詩選》由上海泰東圖書局出版。《雪萊詩選》不僅是郭沫若翻譯文學作品中最具影響力的著作，而且也是中國現代詩歌翻譯史上最早的雪萊詩歌漢譯集，郭沫若連同雪萊一起被文學界給予了高度評價。這部劃時代的譯作除書前的《小序》和書尾的《雪萊年譜》外，包括《西風歌》《歡樂的精靈》《拿波里灣畔書懷》《招「不幸」辭》《轉徙》《死》《雲鳥曲》和《哀歌》等 8 首詩歌，基本上是郭沫若當年發表在各刊物上的譯詩合集。

上世紀 20 年代，郭沫若在日本留學期間「結識」了英國浪漫派詩人雪萊，他與雪萊的情感靈犀讓人歎服。1923 年，郭沫若翻譯雪萊詩歌後寫下了如下感言：「男女結婚是先要有戀愛，先有共鳴，先有心聲的交感。我愛雪萊，我能感聽得他的心聲，我能和他共鳴，我和他結婚了——我和他合而為一了。他的詩便如像我自己的詩。我譯他的詩，便如像我自己在創作一樣。」〔註 25〕若不是郭沫若對雪萊詩歌的強烈認同，便不會有如此「濃情蜜意」的譯後感。

如果說郭沫若翻譯泰戈爾詩集是為了渡過經濟難關，出於現實生活的壓迫所致；那他翻譯雪萊的詩歌則是超於現世的審美需求，也正是二人精神和情感的契合成就了《雪萊詩選》，成就了中國現代詩歌翻譯史上的第一部雪萊詩歌漢譯集。

除以上論述的內容外，郭沫若還在日語文學、德語文學和俄語文學翻譯上取得了突出成就，有些譯作至今依然無可取代。從翻譯的角度去審視郭沫若的文學成就，我們自然會看到他鮮為人知的文學面貌，也易於從時代語境出發去探視特殊時代的文學風氣和思想動態。總之，郭沫若的翻譯成就，不僅體現在他翻譯了如此眾多的經典文學作品，更體現在他與同輩學人們開創的優秀翻譯傳統，後者也算是郭老留給我們的精神財富。

〔註 25〕郭沫若：《雪萊的詩．小序》，《創造季刊》（第 1 卷第 4 號），1923 年 9 月 10 日。

（三）翻譯對郭沫若創作的影響

作為開創一代詩風的偉大詩人，郭沫若的詩歌創作與他對外國詩歌的接受密切相關，我們甚至可以說，正是外國翻譯詩歌的影響成就了郭沫若在中國新詩史上的地位。郭沫若在自傳、回憶錄或文藝論文中談到了一系列外國詩人和他們的作品對其詩歌創作的影響。

民國二年，郭沫若閱讀了翻譯詩歌《箭與歌》，這是美國詩人朗費羅的作品，郭沫若「詩的覺醒期」完全得益於這首譯詩在形式和詩歌審美觀念上的啟示，他後來在《我的作詩的經過》一文中回憶說：「就這樣一個簡單的對仗式的反覆，使我悟到了詩歌的真實的精神。」〔註26〕這首譯詩還影響了郭沫若對譯詩原作的選擇，1922 年，他根據朗費羅的英譯本翻譯了歌德的《放浪者的夜歌》，刊登在《創造季刊》第 1 卷 1 號（1922 年 5 月 1 日）的《海外歸鴻》中。郭沫若曾翻譯了德國詩人歌德的《放浪者的夜歌》《對月》《迷娘歌》等詩歌作品，歌德「狂飆突進」的文學革命思想更是契合了郭沫若創作的時代語境。歌德對郭沫若的詩歌創作尤其是詩歌觀念產生了深刻的影響，中國最早的新詩理論著作《三葉集》便「大體以歌德為中心」，〔註27〕從這部書信集中，我們可以明確地看到歌德對郭沫若詩歌觀念產生的影響。郭沫若《女神之再生》以《浮士德》中的詩句作為序詩，留下了明顯的譯詩影響的痕跡。汪靜之在描述湖畔詩人的創作背景時說：「《女神》裏有一句詩：『新詩人還在吃奶』。郭沫若是吃飽了惠特曼、拜倫、雪萊、歌德、海涅、莪默·伽亞謨的奶。」〔註28〕這句話充分說明了郭沫若受到了其翻譯的外國詩人的影響是深刻的，沒有他對這些外國詩人作品的翻譯，郭沫若的創作就會因為斷「奶」而不能發育生長，其在新詩創作道理上也不會取得歷史性的突破。

閱讀和翻譯外國詩歌影響了郭沫若詩行的排列。郭沫若在日本留學期間接觸到了很多外國詩人的作品，「不期然而然地與歐美文學發生了關係」。〔註29〕郭沫若《女神》中的很多作品受惠於惠特曼的《草葉集》，日本的惠特曼熱

〔註26〕郭沫若：《我的作詩的經過》，載《郭沫若論創作》，上海：上海文藝出版社，1983 年，第 204 頁。

〔註27〕田漢：《三葉集·田序》《宗白華全集》（第 1 卷），合肥：安徽教育出版社，2008 年，第 211 頁。

〔註28〕汪靜之：《回憶湖畔詩社》，《詩刊》，1979 年第 7 期。

〔註29〕郭沫若：《我的學生時代》，《學生時代》，北京：人民文學出版社，1979 年，第 13 頁。

促進了郭沫若對惠特曼及其詩歌的接觸和瞭解。「在大學二年，正當我向《學燈》投稿的時候，我無心地買了一本有島武郎的《叛逆者》。所介紹的三位藝術家，是法國雕塑家的羅丹（Rodan）、畫家米勒（Millet）、美國的詩人惠特曼（Whitman）。因此又使我和惠特曼的《草葉集》接近了。他那豪放的自由詩使我開了閘的作詩欲又受到了一陣暴風雨般的煽動。我的《鳳凰涅槃》、《晨安》、《地球，我的母親！》、《匪徒頌》等，便是在他的影響之下做成的。」〔註30〕如果說郭沫若詩歌的覺醒得益於朗費羅《箭與歌》這首譯詩，那他詩歌的爆發則得益於惠特曼詩歌譯品的影響。郭沫若開創了中國新詩的自由風格，這不能不說是惠特曼「豪放的自由詩」的啟示。五四時期的文學革命精神使郭沫若的詩歌在形式上能夠比較強烈地趨向於接受惠特曼的自由風格，郭沫若自己也承認：「惠特曼的那種把一切的舊套擺脫乾淨了的詩風和五四時代的狂飆突進的精神十分合拍，我是徹底地為他那雄渾的豪放的宏朗的調子所動盪了。」〔註31〕正是惠特曼的詩歌影響了郭沫若詩歌創作的句式，使新詩不再以完整的意義作為劃分詩行的標準，情感主導了詩歌的節奏。葉維廉先生在《中國詩學》中講到「中國舊詩沒有跨句（enjambment）；每一行的意義都是完整的」，〔註32〕即便胡適寫出的新詩也是這樣。但是到了郭沫若的筆下，詩行就變得異常自由和靈活，郭沫若的「主情說」讓他的詩句靈動而跳躍，詩的分行不再是根據意義，而是為著節奏或情感表達的需要。比如：

> ……
> 低頭我問地，
> 地已死了，莫有點兒呼吸。
> ……
> 我們這縹緲的浮生
> 到底要向哪兒安宿？
> ……
> ——郭沫若：《鳳凰涅槃》

〔註30〕郭沫若：《我的作詩的經過》，《郭沫若論創作》，上海：上海文藝出版社，1983年，第205頁。

〔註31〕郭沫若：《我的作詩的經過》，《郭沫若論創作》，上海：上海文藝出版社，1983年，第205頁。

〔註32〕葉維廉：《中國現代詩的語言問題》，《中國詩學》，北京：人民文學出版社，2006年，第330頁。

由此例可以看出，一行詩中可能有兩句話，而一句話可能劃分為兩個詩行。郭沫若詩風的變化受到了多位外國詩人作品的影響，因此我們可以說是外國詩歌或翻譯詩歌左右了郭沫若乃至其後中國詩歌句法的自由化走向。譯詩改變了中國新詩的句法結構，儘管這種改變帶有一些歐化色彩，但卻鑄就了新詩自己的語言和句法傳統：「譯詩中必然遺存的某些歐化句式、複雜結構、思辨色彩，一直在潛移默化地通過被閱讀而影響著中國人。遺憾也就在此：從古典格律詩一下子跨入到白話漢詩，這裡面有譯詩過於強大或粗暴的一種橫向切入；這一切都造成了古典格律詩緩慢流程中的某種斷裂。斷裂給漢詩本身帶來了痛楚。痛楚之中，某種變異產生了，而且一直延續至今，成為一份只能接受而無法送還的遺產。」〔註 33〕的確，我們不得不承認中國新詩語言表達的特點是在外國詩歌影響下形成的，其中的「變異」即是新詩相對於傳統詩歌而言的新變，當然這種新變積澱起了中國新詩自己的新傳統。

郭沫若的詩歌翻譯影響了其詩歌創作的語言，使後者染上了歐化的色彩。歐化「指模仿歐洲的風俗習慣、語言文字等」，〔註 34〕語言的歐化是文化歐化的重要內容。中國新詩的歐化主要體現在文體形式、句法和詞彙等方面。胡適說「歐化的白話文就是充分吸收西洋語言的細密的結構，使我們的文字能夠傳達複雜的思想，曲折的理論。」〔註 35〕傅斯年認為，歐化的白話文「就是直用西洋文的款式，方法，詞法，句法，章法，詞枝，（Figure of Speech）……一切修辭學上的方法，造成一種超於現在的國語，歐化的國語，因而成就一種歐化國語的文學。」〔註 36〕20 世紀 20 年代，魯迅、茅盾、鄭振鐸等都對中國新詩語言的歐化持肯定態度，鄭振鐸認為：「為求文學藝術的精進起見，我極贊成語體的歐化。」〔註 37〕不管是胡適還是文學研究會諸君，甚至包括全盤西化論者傅斯年等人，他們關於中國新文學語言的歐化的闡述都有一個共同點，那便是認為歐化的語言更細密，更能傳達複雜的、變化的、曲折的思想感情，語言

〔註 33〕樹才：《譯詩：不可能的可能——關於詩歌翻譯的幾點思考》，《翻譯思考錄》，許鈞主編，武漢：湖北教育出版社，1998 年，第 397 頁。

〔註 34〕《現代漢語詞典》，北京：商務印書館，1996 年，第 941 頁。

〔註 35〕胡適：《中國新文學大系·建設理論集·導言》，《中國新文學大系·建設理論集》，胡適選編，上海：上海良友圖書印刷公司印行，1935 年，第 24 頁。

〔註 36〕傅斯年：《怎樣做白話文》，《中國新文學大系·建設理論集》，胡適選編，上海：上海良友圖書印刷公司印行，1935 年，第 223 頁。

〔註 37〕鄭振鐸：《語體文歐化之我觀》，《小說月報》（第 12 卷第 6 號），1921 年 6 月 10 日。

的歐化指的是詞彙的豐富化和句法的嚴密化。就中國新詩而言，歐化還包括詩歌形式的變化，詩歌語言排列順序的變化等。比如郭沫若承認他的《女神》是在惠特曼詩歌語言風格的影響下產生的，在強調精神革命的五四時期，人們多是從時代精神的角度來肯定這部詩集，稱其「不愧為時代底一個肖子。」〔註38〕但也有人從詩歌語言藝術的角度對郭沫若的這部詩集作了很高的評價，認為郭沫若「在胡適之時代過後，以更豪放的聲音，唱出力的英雄的調子」。〔註39〕20 世紀 20 年代初，新詩界普遍認為它在突破早期白話新詩直白特點的同時帶有明顯的歐化色彩：「《女神》為新詩集中較早出的作品，亦為新詩集中不可多得的作品，蓋其天才橫溢，又能於中國古詩詞及西洋各家作品頗用工夫，故其詩尚不至於『記帳式』『愛人式』的白話詩的笑語。……鎔鑄舊詩詞，而又參加了不少西洋詩的意境。」〔註40〕可見，正是《女神》中所滲透出的歐化色彩（外國詩歌的痕跡）使新詩在其發展史上實現了一次大的語言形式的突破，但郭沫若詩中有很多語言直接採用了英語，「過於歐化」〔註41〕也就成了它的瑕疵。

郭沫若留日期間翻譯了日本左派的詩歌，加上在日本遭遇的民族歧視，大量的軍事用語和革命用語出現在詩歌作品中，使部分詩歌充滿了革命和政治色彩。李澤厚在《試談馬克思主義在中國》一文中用了「兩軍對戰」的思維模式來概括了留日學生的「革命思維」。〔註42〕這種說法切合了當時留日學生的思維本相。民族主義觀念中的占統治地位的民族與被壓迫階級的「對戰」，留日學生由於在日本深刻地體驗到了中國人和日本人的「對戰」關係，這些對立乃至「對戰」觀念的形成以及異域親歷的生活感受必然使留日學生形成李澤厚所說的「兩軍對戰」的思維模式。這一思維模式反映到文學中，部分留日學生便會用一些軍事用語和革命用語來談論文學問題。比如留學美國的胡適站在學術的立場上提出《文學改良芻議》，而留學日本的陳獨秀卻用了革命性話語來論述文學變革的必要性，1917 年 2 月，他在《新青年》上發表了《文學革命論》，並在《新青年》的「通信」欄目中發文以革命的堅定性和強制性維護

〔註38〕聞一多：《〈女神〉之地方色彩》，《創造週報》（第 5 號），1923 年 6 月 10 日。
〔註39〕沈從文：《論聞一多的〈死水〉》，《新月》（第 3 卷第 2 期），1930 年 7 月 29 日。
〔註40〕記者：《評〈女神〉》，《清華文藝》（第 1 卷第 1 號），1925 年 9 月。
〔註41〕聞一多：《〈女神〉之地方色彩》，《創造週報》（第 5 號），1923 年 6 月 10 日。
〔註42〕李澤厚：《中國現代思想史論》，合肥：安徽教育出版社，1997 年，第 287 頁。

了胡適的觀點：「改良中國文學，當以白話為文學正宗之說，其是非甚明，必不容反對者有討論之餘地，必以吾輩所主張者為絕對之是，而不容他人之匡正也」〔註 43〕。像魯迅、郭沫若等人在文學作品中也常常使用革命的軍事化術語，試以郭沫若的部分作品為例：

我是個無產階級者：
因為我除個赤條條的我外，
什麼私有財產都沒有。
《女神》是我自己產生出來的，
或許可以說是我的私有，
但是我願意成個共產主義者，
所以我把她公開了。
——《女神・序詩》

郭沫若在這節詩中要表達的意思是：《女神》是他的獨創，他希望和讀者一起分享該詩集的成功。但郭沫若卻用了政治性較強的術語：「無產階級」「私有財產」「共產主義」等來表達他的這種思想。再以其名詩《鳳凰涅槃》中的詩句為例：

宇宙呀！宇宙！
我要努力地把你詛咒！
你濃血污穢著的屠場呀！
你悲哀充塞著的囚牢呀！
你群鬼叫號著的墳墓呀！
你群魔跳梁著的地域呀！
你到底為什麼存在？
——《鳳凰涅槃》

郭沫若在這節詩中主要是想表達現實社會的苦難，但他卻用了「屠場」「囚牢」等革命性色彩濃厚的詞語，而且「詛咒」、「地域」等詞也帶有明顯的歐化色彩。可以說，日語中介作用造成的中國新詩語言的革命性和政治性色彩在部分詩人的作品中體現得相當明顯。21 世紀的今天，我們的許多文學作品和文論作品還有人大量地使用革命和政治術語來討論文學問題，學術界對此也展開了研究，比如陳思和在《文學觀念中的戰爭文化心理》一文中著重探討了

〔註 43〕陳獨秀：《通信》，《新青年》（第 3 卷第 3 號），1917 年 5 月 15 日。

當代文學中的戰爭文化心理，〔註 44〕這不能不說與早期中國留日學生翻譯借鑒日本文學和文論中的術語相關，與他們自身的社會文化觀念的轉變有關，與他們思維模式的轉變有關。當然，對郭沫若為首的創造社而言，其詩歌中的革命色彩與他們早年關注並翻譯無產階級左派的詩歌有不可迴避的關係。日本詩歌在創造社的譯詩數量同樣舉足輕重，他們所譯的兩首詩歌風格獨特，成為中國無產階級詩歌的先聲，比如在《讀壁報的人們》一詩的《譯者附記》中有這樣的話：「上野壯夫是日本的新詩人又是全日本無產者藝術聯盟的一員。我們的詩人怎樣地喜我們的歡喜，悲我們的悲哀；我們的同情現在國際地交通起來。這就是使我翻譯這篇作品的動機，同時缺乏表現形式，我們的年輕的詩人們也可以拿它來參考一下。」〔註 45〕此話表明了譯者希望中國也有人來做這種無產階級的詩歌，說明了譯詩可能形成一種模範和帶頭作用。從譯詩的內容來看，該詩是針對勞動者和工人而作的，他們在世界人民的關懷中使生活有了「光輝」：

啊，什麼使你們光輝
什麼祝福你們今天的生活
晴徹的太陽及空氣　一定的勞動／詩歌　戲劇及書籍
還有你們的兄弟的普羅列搭利亞寄給你們的信
啊，你們齊集起來
從給你們解放的各地方
在那這世界的被虐待的人們寄來的信札之前
在那廣場的那地方你們齊集起來
——《讀壁報的人們》

《創造月刊》第 2 卷 5 期上發表的 N·C 翻譯的日本詩人森山啟的詩歌《河》，表現了工人生活的黑暗和艱苦：

工廠區域塗上煤煙和恥辱；
擁擠的不幸的人群中，
桐葉枯落的公園內，
精力疲憊的身體之群集裏，

〔註 44〕陳思和：《當代文學觀念中的戰爭文化心理》，《中國當代文學關鍵詞十講》，上海：復旦大學出版社，2002 年，參見第 1～29 頁。

〔註 45〕N. C：《讀壁報的人們 · 譯者附記》，《創造月刊》（第 2 卷第 3 期），1928 年 10 月 10 日。

和尚和吹牛皮的人敲著他們的鐘！

哦，的確！

現在的工廠區域

——魔藪和貧民窟所在的我們的地方，

太陽依然還沒有照到

——《河》

《創造月刊》上的這兩首譯詩有明顯的「普羅文學」的特點，這是社會變革期帶來的文學藝術上的變化，革命詩歌正是在這些譯詩的影響下逐漸登上了中國文壇。所以，創造社的譯詩在總體上帶有積極的浪漫主義氣息和革命精神。

從具體的詩歌創作來看，郭沫若的部分詩思直接來源於閱讀或翻譯外國詩歌。作為一位東方詩人，泰戈爾對郭沫若的影響同樣是通過翻譯詩歌來實現的，郭沫若在日本留學期間接觸到了泰戈爾的作品並隨之墜入其詩歌藝術境界中難以自拔。他回憶說：「我記得大約是民國五年秋天，我在岡山圖書館突然尋出了他這幾本書（指泰戈爾的《吉檀迦利》《園丁集》《暗王室》等——引者）時，我真好像探得了我『生命的生命』，探得了我『生命的泉水一樣』。每天學校一下課後，便跑到一間很幽暗的閱書室去，坐在室隅，面壁捧書而默誦，時而流著感謝的眼淚而暗記，一種恬淡的悲調蕩漾在我的身之內外。我享受著涅槃的快樂。」〔註46〕郭沫若《鳳凰涅槃》受到了泰戈爾詩歌意境的影響是明顯的，而《岸上》直接引用了泰戈爾長詩《吉檀迦利》中的四行詩：

無窮世界的海邊群兒相遇。

無際的青天靜臨，

不靜的海水喧豗。

無窮世界的海邊群兒相遇，叫著，跳著。〔註47〕

泰戈爾的詩句被翻譯成中文並直接應用到詩歌創作中，足以見出郭沫若詩歌創作中的譯詩痕跡。

郭沫若在作品中還留下了自己所翻譯的詩歌的痕跡。郭沫若在創作《女

〔註46〕郭沫若：《我的作詩的經過》，《郭沫若全集》（文學編）（第16卷），北京：人民文學出版社，1989年，第209頁。

〔註47〕這四行詩原本為泰戈爾《吉檀迦利》中的詩句，郭沫若將其用於自己的詩歌中。引詩參見《女神》，郭沫若著，北京：人民文學出版社，1953年，第142頁。

神之再生》時，郁達夫曾贈送給他一首德文詩，郭沫若後來將其翻譯成中文：〔註 48〕

他在遠方，他在遠方，
青而柔的春之空，
晨鐘遠遠一聲揚！
不知來和從。

只有一聲，確是只有一聲，
響往令我心深疼，
煩悶，煩心，
我在十分思慕君！
——《百無聊賴者之歌》

再看郭沫若《女神之再生》中的詩句：

太陽雖還在遠方，
太陽雖還在遠方，
海水中早聽著晨鐘在響：
丁當，丁當，丁當。

萬千金箭射天狼，
天狼已在暗悲哀，
海水中早聽著葬鐘在響：
丁當，丁當，丁當。

我們欲飲葡萄觥，
祝願新陽壽無疆，
海水中早聽著酒鍾在響：
丁當，丁當，丁當。

兩首詩的主要意象都是「晨鐘」，而且兩首詩中的「晨鐘」都象徵著一種美好的境界：前者是對愛人的思念和懷想，後者是對新世界的渴望。更重要的是，郭沫若詩歌的頭兩行與《百無聊賴者之歌》的第一行如出一轍，顯示出譯詩影響的痕跡。

〔註 48〕此例證參見《中國現代文學關係史》，唐四貴編著，廣州：廣東花城出版社，1998 年，第 545～546 頁。

卞之琳說：「胡適和他的同道初步『嘗試成功』，特別是胡適自己借一首譯詩的順利，為白話『新詩』開了路，但還是由郭沫若初期詩創作基本上完成了這個突破。郭沫若的第一部詩集《女神》的出版（1921）。特別以其中接受惠特曼影響而寫的一些詩，終於和舊詩劃清了界線：它們既擺脫了舊詩傳統（特別是其中平直一路）構思的老套，又並不失諸平板、拖沓，語言節奏與語體散文有鮮明的不同，跨入了胡適等人還沒有登堂入室的道地自由詩的新領域。」〔註 49〕這在肯定郭沫若詩歌成就的同時，也充分肯定了譯詩對郭沫若詩歌創作的影響。

〔註 49〕卞之琳：《五四以來翻譯對於中國新詩的功過》，《譯林》，1989 年第 4 期。

二、為藝術形式而譯：鄧均吾的詩歌翻譯

鄧均吾（1898～1969）是 20 世紀 20～30 年代創造社和淺草社的重要川籍作家，他的詩歌和散文創作成就逐漸得到了學術界的認同，但對其文學翻譯的認識還基本處於「盲區」。〔註 1〕僅就詩歌的翻譯而論，鄧均吾先生從上世紀 20 年代初翻譯海涅的詩歌開始，先後翻譯了莎士比亞、華茲華斯、鄧桑尼勳爵以及莪默・伽亞謨等眾多詩人的作品，其嚴謹的翻譯作風、上乘的譯品以及由此對中國現代詩歌產生的影響等業已成為鄧均吾研究乃至現代譯詩研究不可或缺且亟待展開的課題。為此，本文決定從不同階段的時代語境出發展開對鄧均吾先生譯詩成就及其譯詩形式觀念的討論。

〔註 1〕目前，關於鄧均吾譯詩研究的文章僅有 2 篇：第一篇是吳曉樵先生撰寫的《領略那心聲的幽遠——鄧均吾的海涅譯詩》（《博覽群書》，2001 年 5 期），該文介紹性地勾勒了鄧均吾所譯的海涅詩歌在國內的譯介歷程，以及鄧均吾譯詩的優點和不足，遺憾的是沒有結合時代語境來展開論述。而且海涅詩歌占鄧均吾譯詩的比重也十分有限，該文在鄧均吾譯詩研究中雖有開創之功，卻難以把握鄧均吾譯詩的全貌。第二篇是鄧穎和鄧立群撰寫的《新發現的鄧均吾譯詩 41 首》（《中外詩歌研究》，中國新詩研究所編，2007 年 1 期），該文介紹了鄧均吾先生翻譯古波斯詩人莪默・伽亞謨的 41 首魯拜詩的背景及經過，肯定了鄧均吾先生翻譯的嚴謹態度。此外，呂進和蔣登科撰寫的《一個不應被忽略的創造社詩人——鄧均吾》（《中國現代文學研究叢刊》，1999 年 3 期）中也論述到了鄧均吾先生早期的文學翻譯成就。

（一）鄧均吾翻譯的第一階段

鄧均吾先生的譯詩活動主要集中在三個階段：20 世紀 20 年代上半期、20 世紀 30～40 年代及 20 世紀 60 年代後期。鄧均吾第一階段的譯詩活動主要受到了郭沫若等人的影響，在翻譯選材上趨向於德國詩人海涅的作品；同時，由於良好的古典詩歌修養，加上受創造社譯詩形式批評觀念的啟示，他的詩歌翻譯具有非常明顯的形式自覺意識，是中國現代譯詩史上較早注重譯作形式的先行者。

鄧均吾詩歌翻譯的第一階段是 20 世紀 20 年代，有論者認為該時期他的文學成就「主要是文學翻譯和新詩創作」〔註 2〕，其翻譯成就堪與創作媲美。上世紀 20 年代，鄧均吾發表在文學期刊上的譯作主要有：《希臘與羅馬神話略述》連載於 1923 年 8 月 3 日至 1923 年 10 月 17 日的《創造日》第 12 期到 85 期；《歌德傳》（布爾．卡恩斯著）連載於 1923 年 10 月 19 日至 11 月 2 日的《創造日》第 87 期到 101 期，因《創造日》停刊未能繼續，但譯者卻表示要堅持譯完該書以饗讀者：「創造日停刊了，本譯稿只得在此中止，此後將繼續譯出，出一單行本以就正於讀者。」〔註 3〕《藝術》（高爾斯華綏著）刊於《國民日報．文藝旬刊》1923 年 10 月 16 日第 11 期。鄧均吾早期的譯作主要發表在《創造日》上，有學者統計：「《創造日》時期是鄧均吾最勞累和發表作品最多最集中的時期，在總共 101 期中（第 23 期期號重複，所以終刊號標為 100 期），有 87 期刊發了他的新詩和翻譯作品。」〔註 4〕鄧均吾早期結集出版的譯作主要有：《貧民》（俄國陀斯妥耶夫斯基著）、《虛無鄉消息》（英國毛列斯著）列入創造社世界名家小說集，由上海泰東圖書局於 1922 年 8 月出版；《希臘神話》列入創造社叢書，由創造社出版部於 1928 年 5 月出版。這些譯著大多是第一次被介紹到中國，受到了創造社同人郭沫若、成仿吾、鄭伯奇等人的一致好評。

單就譯詩來講，鄧均吾在第一階段主要翻譯了德國詩人海涅的作品。1921 年 7 月，創造社主持者郭沫若在離開上海的時候曾送了英譯本《海涅詩集》給鄧均吾，後者在熟讀該詩集後逐首進行了翻譯，遺憾的是譯稿被 1930 年重慶

〔註 2〕呂進、蔣登科：《一個不應被忽略的創造社詩人——鄧均吾》，《中國現代文學研究叢刊》，1999 年第 3 期。

〔註 3〕鄧均吾：《歌德傳．譯者附白》，《創造日》（停刊號），1923 年 11 月 2 日。

〔註 4〕呂進、蔣登科：《一個不應被忽略的創造社詩人——鄧均吾》，《中國現代文學研究叢刊》，1999 年第 3 期。

家中的一場大火燒為灰燼，目前僅存其中的兩首。之前人們一直認為鄧均吾翻譯的海涅詩歌僅留下了一首《松》，〔註 5〕因為該詩 1923 年 8 月 3 日在《創造日》第 12 期發表的時候著明了原作者。但吳曉樵先生經過考證認為，1923 年 7 月 27 日發表在《創造日》第 6 期上的《綠淚萊 Lorolei 歌》「實際上它就是海涅著名的詩作《羅累萊》。也就是說今天我們見到的鄧均吾翻譯的海涅詩歌實際上有兩首，而不僅僅是《松》這一首。」〔註 6〕有充足的證據表明鄧均吾先生曾翻譯了郭沫若送給他的這本英文版《海涅詩集》：首先，鄧均吾具有較高的英語水平和詩歌素養，完全有能力翻譯該詩集。鄭伯奇在創造社回憶錄中對鄧均吾的翻譯能力作過高度評價：「在馬霍路和我同住的有鄧均吾同志。我第一次來泰東時就和他同住一個房間，這一次就更熟了。均吾是四川人，從語言相貌上，就具有四川人的特點。不過他很文靜，喜歡沉默，給人一種憂鬱的感覺。他寫了不少清新流麗的詩，受到沫若的稱讚。他擅長英文，正從英文翻譯希臘神話。我們住在一起，談話的機會自然很多，一同遊玩的時候也不少。」〔註 7〕其次，鄧均吾熟讀了《海涅詩集》，在翻譯該詩集的過程中逐漸走上了新詩創作的道路。郭沫若在創造社回憶錄中這樣寫道：「回到上海最感受著驚異的是鄧均吾的進步。去年在上海同住時，只覺得他是一位有趣的人，他的英文還好，對於舊式的詩詞也有些教養。我走的時候曾經把我所有的一本英譯的《海涅詩集》送給他。隔了一年回來，他已經把那《海涅詩集》讀得爛熟。他自己還寫了一冊新詩稿，交給我看時，他那詩品的清醇是舉世無匹的。」〔註 8〕鄧均吾早期正是在海涅詩歌的影響下創作的新詩代表作《心潮篇》和《白鷗》被郭沫若看中，推薦發表在季刊《創造》第一卷第二期和第二卷第一期上。第三，鄧均吾閱讀外國詩歌的習慣決定了他在反覆閱讀《海涅詩集》的時候肯定逐一翻譯了其中的作品。鄧均吾先生的大兒子鄧穎在與筆者的交流中談到了他父親讀書的一大習慣：「父親常常喜歡在閱讀外國詩歌的時候，把它翻譯成

〔註 5〕比如呂進和蔣登科在《一個不應被忽略的創造社詩人——鄧均吾》(《中國現代文學研究叢刊》，1999 年 3 期）中認為：鄧均吾「曾把郭沫若送給他的《海涅詩集》英譯本全部翻譯成中文，目前僅見一首《松》(1923 年 8 月 3 日《創造日》第 12 期)。」這主要由於研究資料的限制和相關研究的薄弱所致。

〔註 6〕吳曉樵：《領略那心聲的幽遠——鄧均吾的海涅譯詩》，《博覽群書》，2001 年第 5 期。

〔註 7〕鄭伯奇：《憶創造社》，《文藝月報》，1959 年第 6 期。

〔註 8〕郭沫若：《創造十年》，《郭沫若全集·文學編》(第 12 卷)，北京：人民文學出版社，1992 年，第 157 頁。

中文，而且通常是抄寫在日記或草稿紙上，這是他讀書的一大習慣。要不是因為這個習慣，我們今天也難以從他的日記中找到他翻譯莎士比亞的兩首佚作，也難以從夾雜在書中的草稿紙中找到他翻譯的魯拜詩。」〔註 9〕根據鄧均吾的讀書習慣，如果他把《海涅詩集》都讀得像郭沫若所說的「爛熟」的話，肯定也會把它翻譯成中文，只是由於意外事故我們今天只能找到其中已經發表的兩首。根據鄭伯奇和郭沫若兩位創造社同人的回憶錄、零星地散發在各刊物上的譯詩作品以及鄧均吾閱讀外國詩歌的習慣等，我們可以推斷鄧均吾曾翻譯了《海涅詩集》，他應該是那個時期海涅詩翻譯成就最高的譯者。

從目前留下來的幾首譯詩來看，鄧均吾在 20 世紀 20 年代的翻譯過程中已經考慮到了詩歌的文體特徵，其譯詩大都講求形式的勻稱和「有規律的押韻」。以他翻譯的《綠淚萊 Lorolei 歌》為例，全詩共分為 6 節，每節 4 行，偶數行縮進兩個字符，每行詩控制在 6～8 個字數，而且每節詩的 2、4 行基本上都押韻。因此，這首譯詩不僅看起來具有形式美，讀起來具有音韻美，而且仔細鑒賞起來還具有情感美。《松》這首譯詩則是標準的現代格律詩，全詩 2 節，每節 4 行，每行 7 個字，韻式均為 ab-ab。這些譯詩充分顯示出鄧均吾自覺的詩歌形式意識，在白話新詩剛剛取得文壇地位不久的 1923 年，他能夠採用這種整齊的格律體白話詩去翻譯外國詩歌，足以見出他對譯詩形式和藝術的重視。鄧均吾在翻譯中採用的現代格律詩形式比 1926 年新月派詩人孫大雨發表的格律詩《愛》以及聞一多發表的《死水》等還要早 3 年。〔註 10〕也許正是出於對譯詩形式的看重，鄧均吾在發表以散文詩形式翻譯的鄧桑尼勳爵的《幹陸之上》時沒有採用真名而署上了「默聲」。

為什麼鄧均吾早期在翻譯詩歌的時候會具有近於超前的形式意識呢？除了他本人良好的古典詩歌修養之外，更重要的還是與創造社的譯詩價值取向有關。五四前後，泰戈爾作品翻譯成漢語時很多人又不注重形式，導致譯詩與泰戈爾原詩在形式和音韻節奏上有很大的差異。鄭伯奇對此翻譯現狀表示不

〔註 9〕鄧穎：訪談記錄，2010 年 1 月 18 日。

〔註 10〕關於中國新詩史上第一首現代格律詩的說法，人們普遍認為是聞一多 1926 年 4 月 15 日發表的《死水》。但是孫大雨卻認為：「我寫得了新詩里第一首有意識的格律詩，並且是一首貝曲拉克體的商乃詩。翌年 1926 年 4 月 10 日發表在北京《晨報・詩鐫》上。而聞一多在 4 月 15 日的《晨報・詩鐫》上發表了他的第一首格律詩《死水》是在五天之後，……事實上還是我在前。」（孫大雨：《我與詩》，載《新民晚報》，1989 年 2 月 21 日。）

滿，認為如果把這種不準確或者說質量不高的詩歌當作新詩創作的模板加以模仿，那寫出來的作品在藝術的隸屬度上就會大打折扣。正是基於這樣的認識，鄭伯奇 1923 年撰文指責道：「這兩年來，流行所謂『小詩』，其形式好像在（再——引者）來的絕句，小令，而沒有一點音調之美。至於內容，又非常簡陋，大都是唱幾句人生無常的單調，而又沒有悲切動人的感情。在方生未久的新詩國中，不意乃有這種沈靡簡單的『小詩』流行，真可算是『咄咄怪事』！聽說這流行是由翻譯太戈爾和介紹日本的和歌俳句而促成的；那麼更令人莫名其妙了。太戈爾詩的中國譯本，本沒有好的，又都是由英文間接譯來的，更與原文相左，遑論音節之妙。太戈爾的詩，讀英文譯本，往往不能領略它的音調之美，這正如讀海涅詩的法文譯本，不能感受它那娓娓動人的音調是一樣的。……就這樣講來，模仿中國惡劣譯本去學太戈爾作詩，不僅是大錯，實在是笑話了。和歌與俳句固然不講押韻，但也很講音節，並且字數的限制，很是一種特色。……形式上的種種限制，都是形式美的要素，新文學的責任，不過在打破不合理的制限，完成合理的制限而已。就詩而言，絕律試帖之類不合理的制限，是應該打破的，流動的 melodie，鏗鏘的 rithme，乃至相當調和整齊的 forme，都是應該更使之完美的限制。」〔註 11〕創造社同人反對那些不注重形式的譯詩，認為形式的限制會使詩歌創作更趨完美。作為創造社的重要成員，鄧均吾的譯詩不但會受到相應的規約，而且還會在翻譯過程中儘量踐行本社同人的詩歌形式觀念，盡可能地使自己的譯詩在形式上趨於完美。

此外，20 世紀 20 年代鄧均吾還翻譯了《幹陸之上》（英國鄧桑尼勳爵〔註 12〕著），於 1923 年 12 月 16 日發表在《國民日報・文藝旬刊》第 16 期上，這是他翻譯的第一位英國詩人的作品，該譯詩在形式上採用散文詩的體式，顯示出鄧均吾先生在譯詩形式方面的多種嘗試。

（二）鄧均吾翻譯的第二階段

鄧均吾詩歌翻譯的第二個階段是 20 世紀 30～40 年代，相對於第一階段和第三階段而言，這是鄧均吾譯詩成就最薄弱的時期。這一時期他的詩歌翻譯

〔註 11〕鄭伯奇：《新文學之警鐘》，《創造週報》（第 31 號），1923 年 12 月 9 日。

〔註 12〕鄧桑尼勳爵（Lord Dunsany）（現通譯為「鄧薩尼勳爵」）（1878～1957），愛爾蘭世襲貴族，20 世紀奇幻小說的開山始祖之一，他以優美文字和奇妙想像影響了後代眾多幻想作家。他參加過一戰，還在雅典大學擔任英國文學教授，在半個世紀裏，他創作了 60 餘部作品，其中包括評論、詩歌、小說和戲劇。

重點從德國轉向了英國，同時依然保持了較強的譯詩形式意識。鄧均吾詩歌翻譯的第三個階段是 20 世紀 60 年代後期，主要成就集中體現在對古波斯詩人莪默·伽亞謨的四行體短詩的翻譯上，在臨近生命終點的最後幾年時間裏翻譯了 41 首魯拜詩。

從上世紀 20 年代末期開始，鄧均吾逐漸翻譯了大量莎士比亞的十四行詩，但由於 1930 年的那場火災，目前從他的日記中可以查證的僅有 1932 年 2 月 27 日翻譯的第 71 首和同年 3 月 23 日翻譯的第 73 首。對莎士比亞十四行詩的翻譯介紹表明中國現代譯詩在選材上的進步，譯者從翻譯外國二三流作家的作品開始過渡到翻譯外國文學的經典之作。莎士比亞創作十四行詩的背景與中國新文化運動有很多相似之處，說明中國與英國在民族文化大變動時對外國詩歌形式的借鑒採取了相似的發展路徑。英國詩歌的復興是從 16 世紀開始的，因為英國社會在這一時期出現了大變動，政治上都鐸王朝鞏固了中央政權；經濟上，資本主義加快了資本積累；宗教上，新舊教派的鬥爭加劇；文學藝術上，從意大利、法蘭西傳來了詩歌的新形式和新格律。這是一個思想活躍的時期，詩人們歡迎新形式、新格律，因為英國 15 世紀的詩歌格律陷入了呆板之中，擺脫不了舊習，這在無形中限制了新思想和新感情的表達。英國詩人在吸納外國詩歌形式的同時又將之進行改造，比如十四行詩。懷亞特（Thomas Wyatt）是英國文藝復興前期著名的詩人，他對英國詩歌最大的貢獻在於引進了意大利格律體詩十四行（sonnet）。十四行詩在史詩盛行的外國詩歌中算比較短小的詩體，整首詩一共十四行，意大利十四行的韻式原型為 abba-abba cde-cde，前八行的韻式基本上是固定的，後面六行的韻式除了採用 cde-cde 外，也可以採用 cdcdcd 的方式。此種詩體是用來陳述一件事情的兩個方面，或者是前面八行陳述，後面六行抒情議論。懷亞特則對意大利式的十四行進行了改進，主要是對後面六行進行了變動，將之分為兩節，最後以雙韻體結束。懷亞特的十四行經過塞萊（Henry Howard Surrey）的運用，又經過斯賓塞（Edmund Spenser）和莎士比亞（William Shakespeare）的改進，發展成為一種典型的英國十四行詩：每行有十個音節，五個抑揚格音步，韻式為 abab，cdcd，efef，gg，這樣就形成了四節，前面三節多為陳述，最後一節的兩行結題。作為一種形式嚴格的格律詩，「十四行詩的輸入與運用給了英國詩的一大好處是：紀律。以前的英國詩雖有眾多優點，卻有一個相當普遍的毛病，即散漫，無章法。現在來了十四行體，作者就必須考慮如何在短小的篇幅內組織好各個部分，調動各種手段來突出一個中心意思，但又要有點引申和發展，音韻也要節奏分明。」〔註 13〕鄧均吾對莎士比亞十四行詩的翻譯說明了他保持了一貫的譯詩形式意識，畢竟十四行體有較為嚴謹的格律形式，而他在翻譯的過程中又能基本保持原詩的排列形式和音韻效果，比同一時期很多主張自由體譯詩的譯者更有翻譯的責任感。另外，鄧均吾翻譯的英國浪漫主義詩人華茲華斯的《露晞詞》在形式上更是趨於「豆腐乾」似的整齊，而且有極強的音樂感，比如第一節：

露晞家住鴿泉旁，
幽徑人稀蔓草荒。
寂寞孤芳誰讚美，
好將情愛自珍藏。

（三）鄧均吾翻譯的第三階段

鄧均吾第三階段的譯詩成就鮮為人知，研究者通常以為譯者在「文革」不自由的語境中難能有文學成就。但 2005 年春天，鄧均吾的兒子鄧穎和鄧立群「在翻閱父親鄧均吾『文革』後殘存的遺書時，從一本英文詩集中發現夾在其中的父親譯詩 41 首，經我們核查確證，這本英文詩集是由倫敦厄勒斯特．本有限公司出版，英國愛德華．費茲吉拉德（1809～1883）翻譯的波斯詩人莪默．伽亞謨（1048～1123）的《魯拜集》(《四行詩集》)。父親書寫的 41 首詩稿正是從此英文詩集轉譯成中文的《魯拜集》41 首。」〔註 14〕

《魯拜集》五四前後在中國形成了翻譯熱潮，但為什麼鄧均吾會在上世紀 60 年代後期轉而翻譯魯拜詩呢？這首先與英譯本《魯拜集》在世界範圍內的廣泛影響有關。英國人愛德華．菲茨傑拉德（Edward Fitzgerald）於 1859 年自費出版了他翻譯的波斯詩人莪默．伽亞謨（Omar Khayyam）的《魯拜集》（Rubaiyat），由此在全球引發了魯拜詩的翻譯熱潮，有幾十種語言從菲氏英語譯文中轉譯了該詩集。這股翻譯熱潮帶動了中國五四時期翻譯界的《魯拜集》熱，從 1919 年 2 月 28 日胡適選譯了兩首魯拜詩起，中國現代新詩史上很多著名詩人如郭沫若、徐志摩、聞一多、成仿吾、朱湘等都曾翻譯或介紹過魯拜

〔註 13〕王佐良：《英國詩史》，上海：譯林出版社，1997 年，第 57 頁。
〔註 14〕鄧穎、鄧立群：《新發現的鄧均吾譯詩 41 首》，《中外詩歌研究》，2007 年第 1 期。

詩，《魯拜集》的翻譯在五四時期掀起了高潮。「直到二十世紀初，《魯拜集》仍受歡迎，尤其是1901年譯者版權終止，各種翻版如潮水湧來，至1929年，七十年中出了一百二十八版。」〔註15〕據統計，到20世紀上半葉為止，莪默·伽亞謨的詩集有32種英文譯本，16種法文譯本，12種德文譯本，11種烏爾都文譯本，8種阿拉伯文譯本，5種意大利文譯本，4種土耳其及俄文譯本，此外還有其他亞非各種語言的譯本。並且據硬朗學者統計，到1929年為止，關於莪默·伽亞謨及其作品的論文和專著在歐美各國就有1500多種。〔註16〕這股熱潮的餘溫自然會延續到中國20世紀60年代的文壇，鄧均吾選譯此詩就證明了《魯拜集》影響餘波的存在。

其次，魯拜詩的情感特質符合「文革」期間鄧均吾對生活乃至生命的思考。莪默·伽亞謨的四行詩除了在形式上與中國古詩具有相似性之外，其內容也有顯著特色——富含哲理性和反抗精神。莪默·伽亞謨本是一位偉大的科學家，在天文、曆法和數學等方面具有創新，其作品不在於通過描寫自然事物的季節更迭以襯托出感人的意境，也不在於通過對社會生活現象的「鏡像」反映以揭示出深刻的生活體悟，而是通過對生命、宗教、自然、現實和未來的觀照凸顯出深刻的人生哲理，充滿了對世俗社會和現實境遇的強烈反叛情緒，從而引發讀者無限的思考和想像。從內容上來講，莪默·伽亞謨的詩作「表達了他對神學理論、宗教的懷疑，否認有天堂、地域的存在；對統治階級的暴行和社會罪惡採取批判揭露的態度；表現了他的先進社會思想和對人生意義的沉思與探求。」〔註17〕這種情感內容正好符合該時期身心遭受壓迫的鄧均吾對生命的冷靜思考以及內心不屈的反抗訴求，在失去寫作自由的情況下，譯者於是在譯作中找到了情感抒發的突破口，翻譯了41首魯拜詩來表達自己內心的苦悶和對生命淡泊的體驗。比如他翻譯的其中一首是：「『是』與『非』雖有公理準繩，／『上』與『下』也可從邏輯規定，／這一切隨人去加以測量，／除酒外無一物使我醉心。」該詩表明譯者在失去價值判斷標準的混亂年代裏，只能默默地忍受一切不公正的待遇，在酒精的麻醉中去尋找心靈的慰藉，雖是譯詩，卻較好地表達了鄧均吾等一代人的苦悶心情。

〔註15〕趙毅衡：《詩神遠遊——中國如何改變了美國現代詩》，上海：上海譯文出版社，2003年，第173頁。

〔註16〕黃杲炘：《從柔巴伊到坎特伯雷——英語詩漢譯研究》，武漢：湖北教育出版社，1999年，參見第203～205頁。

〔註17〕朱湘：《朱湘譯詩集》，長沙：湖南人民出版社，1986年，第13頁。

第三，對《魯拜集》的翻譯再次表明了鄧均吾先生在翻譯外國詩歌的時候具有很強的形式意識。魯拜詩與之前鄧均吾翻譯的莎士比亞十四行詩一樣，原詩都屬於格律體，而且他在翻譯的時候又盡可能地保持了原詩的形式要素，因此其譯詩多是格律體詩。對於《魯拜集》形式的認識，郭沫若 1923 年 7 月翻譯了波斯詩人莪默．伽亞謨的 101 首詩，並在譯詩前加了很長的引言，主要闡明了他所翻譯的是中國的絕句一樣的詩歌：「Rubaiyat 本是 Rubai 的複數。Rubai 的詩形，一首四行，第一第二第四行押韻，第三行大抵不押韻，與我國的絕句詩頗相類。我記得胡適之的《嘗試集》裏面好像介紹過兩首，譯名也好像是《絕句》兩字。」〔註 18〕後來在《創造季刊》2 卷 1 號上，聞一多也把莪默．伽亞謨的詩看作「絕句」，其介紹文章的題名為《莪默．伽亞謨之絕句》，並且肯定了郭沫若翻譯的《魯拜集》的語言是詩性的語言，形式是「絕句」的形式。鄧均吾先生翻譯的 41 首魯拜詩在形式上嚴格遵守了原詩的形式和音韻的要求，以其中的一首為例：「願沙漠一瞬間暫出清泉——／縱然隱約，只求真個實現，／暈倒者將為它一躍而起，／如野草踐踏後躍起田間。」整首詩由 4 行構成，而且也做到了一二四行押韻。

總之，鄧均吾先生的譯詩成就體現在他翻譯了大量的詩歌作品，還體現為其譯詩推進了中國新詩的格律建設。鄧均吾在有生之年翻譯了很多詩歌作品，他是中國現代譯詩史上最早具有形式自覺意識的譯者，其譯作不僅具有聞一多先生要求中國現代格律詩所應達到的「建築美」和「音樂美」，而且還能很好地化合中國古典詩歌和西方原詩的形式美學要素，致使他的譯詩在形式上既不同於西方詩歌的格律而又與中國古詩的格律拉開了距離，從而為中國新詩的格律建設提供了可資借鑒的方向。因此，鄧均吾的譯詩成就不容忽視。

〔註 18〕郭沫若：《莪默．伽亞謨詩的詩．小引》，《創造季刊》（第 1 卷第 3 號），1922 年 11 月。

三、詩歌翻譯與朱湘的創作

朱湘（1904～1933）是上世紀 20 年代清華園著名的學生詩人，與饒孟侃（字子離）、孫大雨（字子潛）和楊世恩（字子惠）並稱為「清華四子」，他們後來均成為閃耀中國詩壇的明星。從 1921 年在清華學習期間開始新詩創作到 1933 年投海自盡，朱湘出版了《夏天》《草莽集》以及朋友整理的《石門集》等 3 部詩集，並專門出版了譯詩集《番石榴集》，成為中國現代新詩史上著名的詩人和詩歌翻譯者。朱湘的譯詩滲透出沉穩的形式風格，在借鑒西方和學習古典的基礎上創造性地形成了自己的文體觀念。隨著翻譯文學研究的興起，朱湘的譯詩研究也逐漸進入人們的研究視野，但從文體學的角度來探討朱湘譯詩的研究成果卻並不多，〔註 1〕因此本文決定從語言和形式兩個維度出發來探討朱湘的譯詩文體觀念。

（一）朱湘的翻譯觀念

朱湘的詩歌翻譯成就在新文學早期很難有人與之媲美，他的譯詩集《番石榴集》是自蘇曼殊等人翻譯外國詩歌以來「沒有一本譯詩趕得上這部集子選擇的有系統，廣博，翻譯的忠實」。〔註 2〕大量一絲不苟的翻譯實踐必然會使朱湘對譯詩語言有十分貼切而客觀的認識，他認為譯詩語言在語體上的外化現

〔註 1〕張旭先生的新著《視界的融合：朱湘譯詩新探》（北京：清華大學出版社，2008 年）是目前研究朱湘譯詩的唯一專著，其中的部分章節對朱湘譯詩的文體形式做了較為詳細的論述，與本文所探討的朱湘的譯詩文體觀念各有側重。

〔註 2〕常風：《〈番石榴集〉書評》，《棄餘集》，北京：新民印書館，1944 年，第 141～142 頁。

象是不可避免的，同時譯詩語言的二重文化屬性決定了它必然會給中國文學語言的發展輸入新質，從而促進後者的完善。

朱湘認為譯詩語言的外化是不可避免的。歐化或外化是所有的文學翻譯語言都不可避免的「宿命」走向，是中國新文學語言自身發展的內在需求。通過翻譯引起的中國文學語言的變化並不是五四新文化運動以後才出現的現象，早在漢唐開始的佛經翻譯就拉開了中國語言外化的序幕。「佛學大盛於唐代，是玄奘等的功績；那些佛經的譯本，在中國文化上引起了莫大的變化的，豈不是『詰屈聱牙』，完全的印度化了的麼？為了文字的內身的需要，當時的印度化是必然的現象，——歐化，在新文學內，也是一個道理。……有許多的時候，不必歐化，或是歐化得不好；至於歐化的本身，現代的中國人卻沒有一個能以非議」。〔註 3〕中國語體文的歐化是五四前後很多新文學作家極力贊成的主張，《小說月報》曾專門刊登了茅盾、鄭振鐸等人的文章來說明歐化對中國現代漢語和現代文學發展的積極作用。朱湘從線性的歷史的角度來論述了中國文字在翻譯引進外國文學作品的進程中因受到外來影響而發生「外化」的現象，從而說明了新文學語言發生歐化現象的歷史必然性和合理性。

朱湘認為譯詩語言相對於中國語言所具有的陌生化成分可以為中國現代漢語寫作輸入新鮮的語言元素，使中國文學語言變得更加完善。朱湘在給趙景深的信中高度讚揚了他翻譯的意大利童話《蓋留梭》，並且相信趙景深即將脫稿的譯作《柴霍甫短篇小說全集》「一定能在文壇上放一異彩。創造一種新的白話，讓它能適用於我們所處的新環境中，這種白話比《水滸》、《紅樓夢》、《儒林外史》的那種更豐富，柔韌，但同時要不失去中文的語氣：這便是我們這班人的天職。你這篇譯文所取的途徑我看來是康莊大道，做到神化之時，便與古文中的《左傳》，英文中的《旁觀者》能夠一樣。」〔註4〕在朱湘看來，當時的白話文運動雖然取得了決定性的勝利，但白話文本身卻並不成熟。現代白話文不同於中國古代文學中的白話文，它應該「能適用於我們所處的新環境中」，是在新的文化語境中產生的。朱湘認為避免了歐化之弊的翻譯文學語言恰好是現代白話文發展的方向，翻譯可以創造中國文學的新體，翻譯語言因為顧及了原文的表達和意義而具備了嚴密的邏輯性，彌補了中國文學語言自身

〔註 3〕朱湘：《翻譯》，《朱湘作品選》，北京：中央民族大學出版社，2005 年，第 188～189 頁。

〔註 4〕朱湘：《寄趙景深（三）》，《朱湘書信集》，羅念生編，上海：上海書店，1983 年，第 47 頁。

的不足。譯詩語言雖然在語體形式上採用的是譯語，但由於它要顧及原文的語言思維風格，所以語言的翻譯體相對於原民族語言來說肯定會增添一些異質成分，而該異質成分逐漸融合到民族語言中，潛移默化地給民族語言帶來了新變化。因此，中國現代漢語的發展路徑之一就是借鑒翻譯文學的語言。

關於翻譯可以為中國文學語言創造新體並促進中國現代漢語發展的觀點，不僅在語言層面上適用於中國新詩與譯詩之間，在形式層面上同樣也不乏例證。劉半農 1918 年在翻譯《我行雪中》的譯後記中闡述了翻譯可以造成新體的觀點：「兩年前，余得此稿於美國 Vanity Fair 月刊，嘗以詩詞歌賦各體試譯，均為格調所限，不能竟事，今略師前人譯經筆法寫成之，取其曲折微妙處易於直達，然亦未能盡愜於懷。意中頗欲製造一完全直譯之文體，以其事甚難，容緩緩嘗試之。」〔註 5〕當然，劉半農此處所說的「新體」可能包括語體和詩歌形式兩個方面，說明用中國傳統的詩歌文體難以翻譯外國的詩歌作品，只有以直譯的方法進行嘗試，借助原文的文體，才可能將外國詩歌翻譯得更好，於是，便產生了散文詩和其他的諸種外國詩歌文體，這些詩歌形式對中國而言是陌生而新鮮的。「劉半農率先把在翻譯中學到的詩體形式，運用於創作中，竟創出了新路」，〔註 6〕使他成為最早的散文詩人之一。劉半農在翻譯閱讀中創造詩歌新體的另外一例是他創作《愛它？害它？成功》受到了英國詩人皮考克《橡樹和山毛櫸》的啟示：「我這首詩，是看了英國 T．L．Peacock（1785～1866）所作的一首『The Oak and the Beech』做的。我的第一節，幾乎完全是抄他；不過入後的用意不同，似乎有些『反其意而為之』（他的用意也很好）。」〔註 7〕

朱湘認為譯詩語言可以為中國新詩乃至新文學語言輸入新鮮血液的看法是五四前後新文學作家所持的普遍觀點。朱自清認為譯詩的語言「可以給我們新的語感，新的詩體，新的句式，新的隱喻。」〔註 8〕任何民族的語言在同其他民族語言的交流過程中都會受到影響，而翻譯在引入外國詩歌時也自然地

〔註 5〕劉半農：《〈我行雪中〉譯後記》，《新青年》（第 4 卷第 5 號），1918 年 5 月 15 日。

〔註 6〕沈用大：《中國新詩史》，福州：福建人民出版社，2006 年，第 49 頁。

〔註 7〕趙景深：《半農詩歌集評》，楊揚輯補，北京：書目文獻出版社，1984 年，第 33 頁。

〔註 8〕朱自清：《譯詩》，《新詩雜話》，北京：生活．讀書．新知三聯書店，1984 年，第 72 頁。

會豐富我國新詩語言的詞彙，這些詞彙不完全是音譯外來語，其中也有根據本國語言意譯外國新思想新觀念而產生的新詞彙。20 世紀初在翻譯詩歌中引入或產生的詞彙幾乎是伴著中國現代漢語的產生而同時出現在中國新詩中，它已經成了中國新詩語言的有機組成部分，我們今天的詩歌創作離開了這些詞彙就難以為繼。翻譯外國詩歌不僅為中國新詩帶來了大量的新詞彙，而且由於翻譯表達的需要和原語構詞的特點，中國新詩語言的構詞方法也相應地發生了一些變化，當然這種變化也是中國新詩語言歐化或外化的表現。中國新詩詩行的變化一方面是由詩歌節奏和詩歌情感的變化引起的，另一方面也與句子表達方式的變化有關。外化在中國新詩語言上的體現除了詞彙、詞法之外，句法可以說又是一個非常明顯的表徵。五四時期，使用外化的文法句式成了詩歌創作的時尚潮流：「現在白話詩起來了，然而做詩的人似乎還不曾曉得俗歌裏有許多可以供我們取法的風格與方法，所以他們寧可學那不容易讀又不容易懂的生硬文句，卻不屑研究那自然流利的民歌風格。」〔註 9〕為此，我們必須在借鑒譯詩語言的同時認識到中國新詩語言自身不可更改的特性，才能夠使中國新詩在借鑒譯詩的基礎上煥發民族光彩。

朱湘的譯詩語言觀產生於五四前後的時代語境，必然會無意中受到新文學初期語言觀念的影響，不自覺地或有意識地走上借鑒西方語言的道路，並反過來影響中國新文學語言的建構。

（二）翻譯與創作中的形式意識

在中國現代新詩史和現代譯詩史上，朱湘都因其強烈的形式意識而備受矚目。朱湘的創作和翻譯作品都「認真地實踐了新月派『理性節制情感』的美學原則」，他認為詩歌創作和翻譯應該選擇合適的文體去表現情思，譯詩形式應該講求格律和音韻，在此基礎上為中國新詩文體形式的建設積累經驗，在自由詩泛濫的時期促進中國新詩形式的創格。

詩歌創作應該選擇合適的文體。朱湘在評論徐志摩的詩歌時曾說過下面一段富含深意的話：「一個作家發現了一種工具的用途以後，自然是極其高興，並且極其喜歡把它常拿出來使用；不過一種工具並非萬能的，有些題材用得到它，但其他的題材則非用它來所可奏效的：正像一個小孩子發見了小刀有削梨

〔註 9〕胡適：《北京的平民文學》，參見《新詩雜話》，朱自清著，北京：生活．讀書．新知三聯書店，1984 年，第 78 頁。

的功用以後，快活的了不得，碰到鉛筆也削，碰到紙也裁，碰到了自己的手指頭，一刀劃去，血出來了，自己也哭出來了。」〔註 10〕朱湘此處所說的工具當然是指詩歌的創作形式，根據他的這段話，我們可以看出其中的主旨是詩歌創作應該根據情感內容的需要而選擇不同的詩體形式，倘若詩人掌握了一種詩體形式而將之用於所有情感的抒發，那最後無疑會使自己的情感受到折損。所以詩人應該具備多種詩體形式的創作素質，才能在更好地表達自己情感的基礎上做到「文質彬彬」，創作出形式和內容俱佳的作品。詩歌翻譯者同樣應該選取合適的形式去表達原詩的情感內容，或者按照原詩的形式去翻譯原作，而不應該根據詩人自己對某種詩體形式的偏重而一味地使用同種形式去翻譯不同的作品。

朱湘的譯詩對其創作的影響主要體現在形式上。創作於 1925 到 1926 年間的《草莽集》是朱湘的扛鼎之作，該集子中的詩歌「對於形式極其講究」，羅念生在《評〈草莽集〉》一文中認為朱湘「對於西洋古典文學極喜歡，而且極有研究，但那種精神沒有明白顯現在他的作品裏」，〔註 11〕這並不表明朱湘的作品中沒有譯詩的痕跡，羅念生先生所說的僅僅是詩歌精神而非詩歌形式。卞之琳先生認為朱湘譯詩和創作都很注重形式：「朱湘譯西方格律詩，在認真的場合，能做到：原詩每節安排怎樣，各行長短怎樣，行間押韻怎樣（例如換韻，押交韻、抱韻之類），在中文裏都嚴格遵循。……像朱湘一樣，有意識地在中文裏用相應的格律體譯詩（和寫詩）而後走一條音律道路，既有實踐也有理論，較為人注意的，早期有聞一多（他在實踐中也沒有嚴格做到）、孫大雨，後期有何其芳（他晚年試譯詩未及加工定稿）。作為詩行長短衡量單位，聞沿用英詩律而稱『英尺』（或『音步』），孫首稱『音組』，何稱『頓』，三者實際上是一回事。陸志韋講『拍』，就是一行裏有幾個間隔的重音。」〔註 12〕當然，朱湘的譯詩形式和創作形式之間的影響關係並不是單向的，二者實際上互為目的，彼此促進，很難證明孰先孰後。

朱湘認為譯詩正確的文體形式可以幫助中國新詩形式創格。中國新詩自

〔註 10〕朱湘：《評徐君志摩的詩》，《中書集》，北京：中國文聯出版公司，2001 年，第 157 頁。

〔註 11〕羅念生：《評〈草莽集〉》，《新月派評論資料選》，方仁念選編，上海：上海華東師範大學出版社，1993 年，第 186 頁。

〔註 12〕卞之琳：《人與詩：憶舊說新》，北京：生活・讀書・新知三聯書店，1984 年，第 196～197 頁。

誕生之日起就忽視了詩歌形式的創格，很多人憑藉對外國詩歌的一知半解或錯誤的翻譯形式認為外國詩歌發展的趨勢是拋棄音韻和形式的束縛，因此我們的新詩應該效法西方創作自由詩。朱湘認為這樣的詩歌形式觀念是錯誤的，而要糾正這種偏頗的詩歌形式觀念，路徑之一就是借助翻譯詩歌的形式來刺激和啟示人們重新認識詩歌節奏和音韻的重要性：「我國如今尤其需要譯詩。因為自從新文化運動發生以來，只有些對於西方文學一知半解的人憑藉著先鋒的幌子在那裡提倡自由詩，說是用韻猶如裹腳，西方的詩如今都解放成自由詩了，我們也改趕緊效法，殊不知音韻是組成詩之節奏的最重要的份子，不說西方的詩如今並未承認自由體為最高的短詩體裁，就說是承認了，我們也不可一味盲從，不運用自己獨立的判斷。我國的詩所以退化到這種地步，並不是為了韻的束縛，而是為了缺乏新的感興，新的節奏——舊體詩詞便是因此木乃伊化，成了一些僵硬的活輕薄的韻文。倘如我們能將西方的真詩介紹過來，使新詩人在感興上節奏上得到鮮穎的刺激與暗示，並且可以拿來同祖國古代詩學昌明時代的佳作參照研究，因之悟出我國舊詩中那一部分是蕪曼的，可以剷除避去，那一部分是菁華的，可以培植光大，西方的詩中又有些什麼為我國的詩不曾走過的路，值得新詩的開闢。」〔註13〕朱湘的這段話給中國新詩形式的發展提供了如下啟示：首先是自由詩並不是外國詩歌「最高的短詩體裁」，因此即便外國流行自由詩，也不能將之作為主要效法的詩體；第二是中國新詩形式的發展應該有自己的道路和特色，不應該跟隨西方詩歌的發展腳步；第三是只有翻譯優秀的外國詩歌，並且將其形式翻譯準確才能為中國新詩的創格提供有益的參考。

正是由於對詩歌形式的忠實，朱湘認為詩人更有語言和形式素養去翻譯詩歌。詩人才能更好地使用詩性語言和詩歌的形式藝術去從事詩歌翻譯活動，因此詩人最適合從事詩歌翻譯：「有人以為詩人是不應該譯詩的，這話不對。我們只需把英國詩人的集子翻開看看，便可知道最古的如麼爾屯（Milton），最近的如羅則諦（D・G・Rossetti），他們都譯了許多的詩。唯有詩人才能瞭解詩人，唯有詩人才能解釋詩人。他不但應該譯詩，並且是有他才能譯詩。」〔註14〕朱湘認為詩人最能夠運用詩歌的思維去理解原詩的情感意蘊，並運用自己在創作中習得的語言和藝術素養去翻譯外國詩歌，這就是為什麼越是優秀的

〔註13〕朱湘：《說譯詩》，《文學》（第290號），1927年11月13日。
〔註14〕朱湘：《說譯詩》，《文學》（第290號），1927年11月13日。

詩人越能翻譯出優秀的詩篇，那些平淡的詩人或者不作詩的譯者翻譯的詩歌往往陷入平庸的原因。詩歌是藝術性最強的文體，詩歌在語言和形式上給作者設置了較高的「門檻」，沒有嫻熟的語言能力和形式藝術積澱是不可能創作出好詩的，詩歌翻譯同樣如此，因此不是詩人的譯者由於對詩歌語言和形式的隔膜而不可能翻譯出好詩的。

對詩歌某個方面的重視必然導致其他「部件」的削減。朱湘過於追求譯詩整齊的形式，反而使很多譯詩作品陷入了生硬的境地。比如羅念生在評價朱湘的譯詩時曾說：「朱湘講究『形體美』，為求整齊起見，把每行的字數嚴格限定。這是一個錯誤，因為詩是時間的藝術，與空間無關，詩是拿來朗讀或默讀的，而不是拿來看的。……限定了字數，往往會拉掉一些字或塞進一些字以求整齊，這就會破壞詩的意義或音韻。朱湘的譯詩有些生硬，原因就在這裡。」〔註 15〕羅念生對朱湘譯詩形式的批判並不是完全正確，比如認為詩歌「與空間無關」等便顯偏頗。但是他指出的朱湘譯詩形式的僵硬之弊卻是切中要害的，朱湘的很多譯詩為了顧及形式的整齊而「因形害意」的不在少數。

（三）詩歌翻譯對民族詩歌的促進

朱湘翻譯了很多外國詩歌作品，認為譯詩的語言和形式都有助於中國新詩文體的建構，並且在新詩創作初期依然選擇了創作白話新詩，但這並不表明朱湘是一個完全西化的詩人。我們從朱湘對中國古典詩歌傳統的偏愛和譯詩形式的民族化主張等方面就可以看出，朱湘是的譯詩文體觀念其實具有很多中國元素。

朱湘的譯詩和創作作品兼顧了傳統和西方的優點，他認為借鑒西方和學習傳統是新詩發展的兩條道路。朱湘自幼學習中國古典詩詞，對之有濃厚的興趣；到了美國後，由於受到種族歧視〔註 16〕而產生了很強的民族文化認同感。為了讓西方人瞭解中國文化的豐厚，他決定把中國古詩翻譯到國外去，朱湘在

〔註 15〕羅念生：《朱湘譯詩集・序》，長沙：湖南人民出版社，1986 年，第 6 頁。

〔註 16〕關於朱湘在美國受到歧視的描述，參閱《漂泊的生命・朱湘》之第三部分《異國苦旅與文學夢的破滅》（孫基林著，濟南：山東畫報出版社，1998 年）；朱湘自己在給趙景深的信中曾說：「我決計就回國了，緣故你也知道了。推源西人鄙蔑我們華族的道理，不過是他們以為天生得比我們好，比我們進化，我們受蹂躪侮辱是應該的，合於自然的定則。」（朱湘：《寄趙景深（二）》，《朱湘書信集》，羅念生編，上海：上海書店，1983 年，第 45 頁。）

美國時給趙景深寫信說：「我如今忙著譯詩，尤其是從我國詩歌譯成英詩的這種工作」。〔註 17〕朱湘認為中國人除了翻譯介紹西方文學之外，也應該很好地吸納中國古代文學的精粹，他經常舉的例子是歐洲的文藝復興是對古希臘文學的吸納，英國浪漫主義的復興也是源於對古代文學的介紹：「不是憑希臘文學的介紹，文藝復興一定不會誕生，不是憑復古，英國的浪漫詩人一定不會產生。」〔註 18〕因此他認為中國文學的復興有兩條道路——「不是介紹他國文學，便是復真正的古以求真正的新」。〔註 19〕因此，有學者對朱湘的詩歌觀念做了這樣的評價：「朱湘以詩為終生事業，他孜孜不倦地進行新詩形式的探求和創造，既注重借鑒西方的詩律學，學習西方詩歌整飭而多變的格律體的長處，又積極主張吸收古典詞曲和民歌鼓詞的優良傳統，從而創造出整齊、統一、和諧而多變的詩歌新形式。」〔註 20〕在五四新詩的變革期，朱湘作為一個有志於探討新詩形式的詩人，他不可能不到外國詩歌中去尋找借鑒詩體形式來發展中國新詩，他與聞一多一樣，在文學上通曉古今中外，而且對中國固有的詩歌傳統懷有深厚的情感，所以朱湘的作品在形式上既有譯詩的痕跡，又有古典詞曲的背影。

翻譯外國詩歌最好採用本國的語言和詩歌形式。譯詩是對原詩的創造，原詩是譯詩的材料，譯詩可以根據本國語言和審美習慣對原詩進行改動。柳無忌在《我所認識的子沅》一文中曾對朱湘的譯詩經過做了這樣的回憶：「最使我欽佩的，是他譯詩的方法。他讀書與翻譯時從不用字典，真的，他去美國讀書時連一本字典都沒有帶去；遇有疑難的地方，他才借我的字典來應用，但是這些次數並不多。他翻譯時不打草稿，他先把全段的詩意讀熟了，腹譯好了，然後再一口氣的寫成他的定稿。他的詩稿上很少有塗抹的地方，就是他給友人的信，也是全篇整潔不苟。」〔註 21〕這說明朱湘翻譯詩歌時只是注重翻譯了原詩

〔註 17〕朱湘：《寄趙景深（十）》，《朱湘書信集》，羅念生編，上海：上海書店，1983 年，第 66 頁。

〔註 18〕朱湘：《寄孫大雨（五）》，《朱湘書信集》，羅念生編，上海：上海書店，1983 年，第 210 頁。

〔註 19〕朱湘：《寄孫大雨（五）》，《朱湘書信集》，羅念生編，上海：上海書店，1983 年，第 210 頁。

〔註 20〕徐榮街：《二十世紀中國詩歌理論》，濟南：山東教育出版社，2000 年，第 232 頁。

〔註 21〕柳無忌：《我所認識的子沅》，引自《朱湘譯詩集．序》，長沙：湖南人民出版社，1986 年，第 4～5 頁。

的詩意，而對於原詩是否使用了別致的語言和獨特的形式則顧及不多，而且一旦用自己的思維習慣組織好了語言之後，朱湘很少再去改動自己的譯詩。朱湘認為翻譯詩歌主要是翻譯原詩的意境和情趣，除此之外的形式和語言則屬於「枝節」問題，是可以有所改動的，而且為著更好地傳達原詩的情感內容所發生的詩歌形式的「更動」是翻譯過程中必需的正常行為。很多時候，為了能夠更好地賦予譯作在譯語國的生命力，譯者應盡可能地採用本國的語言和詩歌形式，譯者的翻譯是自由而不受原作形式束縛的。朱湘說：「我們對於譯者的要求，便是他將原作的意境整體的傳達出來，而不顧問枝節上的更動，『只要這種更動是為了增加效力。』我們應當給予他以充分的自由，使他的想像有迴旋的餘地。我們應當承認：在譯詩者的手中，原詩只能算著原料，譯者如其覺到有另一種原料更好似原詩的材料，能將原詩的意境達出，或是譯者覺得原詩的材料好雖是好，然而不合國情，本國卻有一種土產，能代替著用入譯文，將原詩的意境更深刻的嵌入國人的想像中；在這兩種情況之下，譯詩者是可以應用創作者的自由的。《茹貝雅忒》（英國詩人費茲基洛（Fitz Gerald）翻譯的波斯詩人莪默迦亞謨的作品。——引者加）的原文經人一絲不走的譯出後，拿來與費茲基洛的譯文比照的時候，簡直成了兩篇詩，便是一個好例。」〔註22〕這充分反映出在朱湘的眼中，對原文的語言和形式沒有加以任何改變的譯詩與有所變動的譯詩比較起來有很大的差異，而「忠實」的前者在藝術審美上反而比不上「變動」的後者。這種事實說明了翻譯外國詩歌時，在語言和形式乃至情趣上的部分「變動」反而會增加譯詩的藝術性，使外國詩歌在異質文化語境中獲得更強大的生命力。

優秀的譯詩應該在民族詩歌語言形式的向度上體現出創造性特質。朱湘認為優秀的譯詩必須具有創造性品格。譯詩的所謂創造性品格主要體現在詩體形式、語體或詩歌情感等諸多方面。詩歌翻譯應該傳達出原詩的情感或者在原詩的基礎上有所創造，才會使譯詩成為民族詩歌中的閃光部分。他在評論胡適的《嘗試集》時專就其中的譯詩《老洛伯》發表了自己的看法，認為該詩有很多翻譯得不夠準確乃至錯誤的地方。《嘗試集》「收入了幾首譯詩，但是它們不但沒有什麼出色的地方，可以與西方文學中有創造性的譯詩相提並論，並且《老洛伯》一首當中，還有兩處大的謬誤。……胡君沒有將此中

〔註22〕朱湘：《說譯詩》，《文學》（第290號），1927年11月13日。

的曲折看懂，含糊譯過去，……所以胡君的譯詩，我們也應當一筆勾銷，不再去談。」〔註 23〕由此可見，朱湘否定胡適譯詩有兩重原因：一是胡適的翻譯在語義轉換的層面上出現了錯誤，譯詩沒有達到準確地傳達出原詩內容的翻譯的基本要求；二是胡適的譯詩根本就沒有創造性，因此就不可能像西方人如菲茨傑拉德翻譯古波斯的《魯拜集》和龐德翻譯東方詩歌的《神州集》那樣具有很高的藝術價值。朱湘在另外一篇專門談翻譯詩歌的文章中論及了能夠在一國詩歌歷史上留下痕跡的譯詩必然是具有創造性的，譯詩只有具備了創造性品格才能進入民族詩歌的各種選本：「英國詩人班章生（Ben Jonson）有一篇膾炙人口的短詩《情歌》（*Drink to Me Only with Thine Eyes*），它是無論哪一種的英詩選本都選入的——其實，它不過是班氏自希臘詩中譯出的一個歌。還有近世的費茲基洛（Fitz Gerald）譯波斯詩人莪默迦亞謨的《茹貝雅忒》，在英國詩壇上留下了廣大的影響，有許多的英國詩選都將它採錄入集。由此可見譯詩這種工作是含有多份的創作意味在內的。」〔註 24〕從這個角度來講，朱湘認為優秀的譯詩應該在傳達出原詩精神意蘊的同時結合譯語國的文化語境有創造性地融入新質，並根據一時代語言和詩體形式的需要對原詩有所「變形」，才能賦予原作在譯語國的二度生命並使譯詩進入到民族詩歌的發展序列中。朱湘自己的譯詩則富有創造性特徵，難怪羅念生曾說：「朱湘的翻譯手法有時近於創作」，〔註 25〕比如他翻譯瓊生的《給西利亞》中的兩行：「On leave a kiss but in the cup/ And I'll not look for wine」，大意是「你在杯子上留下了一個吻，然後我就不再找酒喝」。朱湘將之翻譯成：「我要抱著空杯狂吸，／倘若你曾吹起輕呵」，兩相比較，朱湘的翻譯確實帶有濃厚的創作色彩。

正是由於建構民族文學的需要，轉譯往往成為一種必要的翻譯活動。文學作品的轉譯是必須的，中國詩歌很需要翻譯：「我覺得國內的文壇如今各方面都需要人才，不單是創作這一方面：說介紹，試問西方的名著現在有幾本譯成了中文？詩，戲劇，小說，批評，散文，不說好的譯本，就是壞的譯本都沒有一個影子！我們正是一個需要翻譯的時期：你知道的，也不用我講。歐洲文藝

〔註 23〕朱湘：《「嘗試集」》，《中書集》，北京：中國文聯出版公司，2001 年，第 180～181 頁。

〔註 24〕朱湘：《說譯詩》，《文學》（第 290 號），1927 年 11 月 13 日。

〔註 25〕羅念生：《朱湘譯詩集·序》，《朱湘譯詩集》，長沙：湖南人民出版社，1986 年，第 5 頁。

復興的原動力中希臘文學的介紹佔了很重要的位置」。〔註26〕如果沒有翻譯介紹希臘文學，歐洲的文藝復興也許就不會發生，因此，我國新文學必須翻譯介紹西方的文學名著來促進自身的發展新變。文學作品的轉譯是不可避免的現象，是一種供應迫切需要的過渡的辦法。朱湘認為「重譯」「是翻譯初期所必有的現象」，〔註27〕朱湘所說的重譯實際上指的是轉譯，即從第三種語言中翻譯某國的文學。詩歌的轉譯會造成原詩語言和形式的第二度折損，但這種翻譯在很多時候尤其是一種新型的文學類型興起的時候卻是必需的，因為要使新興的文學在短時間內獲得更為開闊的視野以及更加豐富的營養，譯者不得不根據自己熟悉的語言去翻譯第三國的文學。比如意大利文藝復興是對古希臘文學的發現，而創作《神曲》的但丁卻不通希臘語，其中關於希臘文化的部分是根據拉丁文的譯本或轉述本寫成的。因此中國新詩草創時期轉譯外國詩歌也屬正常現象，比如五四時期為了應和西方的東方熱潮，陳獨秀、鄭振鐸等人根據英文譯本轉譯了印度詩人泰戈爾的詩歌。為什麼在新的文學類型興起的時候轉譯的現象就會顯得比較普遍呢？拿中國新詩的轉譯來說，由於譯者所具備的外語能力所翻譯出的詩歌難以滿足國內對外國詩歌的需求，譯者很多時候就只有通過另外一種他所熟悉的語言的譯本去翻譯他國文學，因此出現轉譯的現象實乃文學作品的供不應求所造成的。因此，朱湘說：「由文學史來觀察，拿重譯（實際上是轉譯——引者）來作為一種供應迫切的需要的過渡辦法，中國的新文學本不是發難者」，〔註28〕外國文學的發展亦然。

總之，朱湘認為譯詩是促進中國新詩發展繁榮的力量之一，對於一國文學的創新具有非常重要的意義：「從前意大利的裴特拉（Pet·Rach）介紹希臘的詩到本國，釀成文藝復興；英國的索雷伯爵（Earl of Surrey）翻譯羅馬詩人維基爾（Virgil），始創無韻體詩（Blank Verse）。可見譯詩在一國的詩學復興之上是占著多麼重要的位置了。」〔註29〕和其他的譯者只注重借鑒外國詩歌形式相比，朱湘的譯詩文體觀念由於具備了外國詩歌和古典詩歌的形式要素而在現

〔註26〕朱湘：《寄孫大雨（五）》，《朱湘書信集》，羅念生編，上海：上海書店，1983年，第210頁。

〔註27〕朱湘：《翻譯》，《朱湘作品選》，北京：中央民族大學出版社，2005年，第187頁。

〔註28〕朱湘：《翻譯》，《朱湘作品選》，北京：中央民族大學出版社，2005年，第188頁。

〔註29〕朱湘：《說譯詩》，《文學》（第290號），1927年11月13日。

代譯詩史上顯示出獨特的價值，對中國新詩文體建構所起的促進作用也更顯著。

（四）詩歌翻譯對創作的影響

朱湘是20世紀20年代《小說月報》上發表英詩譯作最多的詩人，他翻譯的詩歌在形式上大都採用了整齊的格律體，其譯詩的形式風格滲透進了創作中，使朱湘成為新格律派詩歌的先行者。

朱湘1924到1926年間翻譯了丁尼生的《夏夜》、白朗寧的《異域思鄉》、濟慈的《無情的女郎》和《秋曲》、黎理（Lyly）的《賭牌》、雪萊的《懇求》、朗德爾（Landor）的《多西》和《終》、莎士比亞的十四行詩《歸來》和《海輓歌》，此外，他還從英文中轉譯了歐洲中古時代的詩《行樂》等10餘首詩歌。朱湘的譯詩在形式上很有特色，基本上保留了原詩的形式因素，是現代詩歌翻譯史上最早具有形式自覺意識的先行者之一。1926年6月，朱湘翻譯了莎士比亞的十四行詩《歸來》，譯詩是典型的十四行詩，每行有十個音節，韻式為abab-cdcd-efef-gg，這樣就形成了四節，前面三節多為陳述，最後一節的兩行結題：

請不要埋怨我變過心腸，
別離雖似乎冷去點溫情，
要知道我寧願身軀滅亡，
也不願拋開你我的靈魂；
你是我的家，我雖曾遠遊，
不過如今我又回了家園，
我未在他鄉的花下淹留，
我帶回了聖水，洗滌前愆；
我雖然無異於一班的人，
有時候受點外來的誘惑，
但我希望我們這次離分，
更能增加復會時的親熱。
我如今知道了，宇宙皆空，
除非有你的情充實其中。

除了譯詩外，朱湘還寫過專門的論譯詩的文章，認為譯詩可以幫助中國新詩創格，他反對五四時期那種一味地將外國詩歌翻譯成自由詩體的譯風：「我國如今尤其需要譯詩。因為自從新文化運動發生以來，只有些對於西方文學一知半解的人憑藉著先鋒的幌子在那裡提倡自由詩，說是用韻猶如裹腳，西方的詩如今都解放成自由詩了，我們也改趕緊效法，殊不知音韻是組成詩之節奏的最重要的份子，不說西方的詩如今並未承認自由體為最高的短詩體裁，就說是承認了，我們也不可一味盲從，不運用自己獨立的判斷。」充分說明了朱湘十分重視譯詩的形式。同時，他認為譯詩可以促進一國文學的創新：「從前意大利的裴特拉（Pet · Rach）介紹希臘的詩到本國，釀成文藝復興；英國的索雷伯爵（Earl of Surrey）翻譯羅馬詩人維基爾（Virgil），始創無韻體詩（Blank Verse）。可見譯詩在一國的詩學復興之上是占著多麼重要的位置了。」〔註 30〕

朱湘的譯詩對其創作的影響主要體現在形式上。創作於 1925 到 1926 年間的《草莽集》是朱湘的扛鼎之作，該集子中的詩歌「對於形式極其講究」，羅念生在《評〈草莽集〉》一文中認為朱湘「對於西洋古典文學極喜歡，而且極有研究，但那種精神沒有明白顯現在他的作品裏」，〔註 31〕這並不表明朱湘的作品中沒有譯詩的痕跡，羅念生先生所說的僅僅是詩歌精神而非詩歌形式。事實上，朱湘的作品兼顧了傳統和西方的優點，「朱湘以詩為終生事業，他孜孜不倦地進行新詩形式的探求和創造，既注重借鑒西方的詩律學，學習西方詩歌整飭而多變的格律體的長處，又積極主張吸收古典詞曲和民歌鼓詞的優良傳統，從而創造出整齊、統一、和諧而多變的詩歌新形式。」〔註 32〕在五四新詩的變革期，朱湘作為一個有志於探討新詩形式的詩人，他不可能不到外國詩歌中去尋找借鑒詩體形式來發展中國新詩，他與聞一多一樣，在文學上通曉古今中外，而且對中國固有的詩歌傳統懷有深厚的情感，所以朱湘的在形式上既有譯詩的痕跡，又有古典詞曲的背影。張秀亞先生在《新月派詩人朱湘》一文中對朱湘的詩歌形式作了這樣的概括：

> 朱湘的詩，受舊詩的影響頗深，同時，也吸收了西洋詩的精髓，在他的集子中，就出現了兩種迥不相侔的作品：有我國民謠形式的

〔註 30〕朱湘：《說譯詩》，《文學》（第 290 號），1927 年 11 月 13 日。

〔註 31〕羅念生：《評〈草莽集〉》，《新月派評論資料選》，方仁念選編，上海：上海華東師範大學出版社，1993 年，第 186 頁。

〔註 32〕徐榮街：《二十世紀中國詩歌理論》，濟南：山東教育出版社，2000 年，第 232 頁。

詩歌，也有隔行押韻的極接近西洋詩體的作品。〔註 33〕

卞之琳先生認為朱湘譯詩和創作都很注重形式：

> 朱湘譯西方格律詩，在認真的場合，能做到：原詩每節安排怎樣，各行長短怎樣，行間押韻怎樣（例如換韻，押交韻、抱韻之類），在中文裏都嚴格遵循。……
>
> 像朱湘一樣，有意識地在中文裏用相應的格律體譯詩（和寫詩）而後走一條音律道路，既有實踐也有理論，較為人注意的，早期有聞一多（他在實踐中也沒有嚴格做到）、孫大雨，後期有何其芳（他晚年試譯詩未及加工定稿）。作為詩行長短衡量單位，聞沿用英詩律而稱「英尺」（或「音步」），孫首稱「音組」，何稱「頓」，三者實際上是一回事。陸志韋講「拍」，就是一行裏有幾個間隔的重音。〔註 34〕

比如《有一座墳墓》一詩，全詩共 4 節，採用英國格律詩中常用的四行體，整首詩在音步數和音步類型上都做到了均衡有致，而且講究韻律，是典型的四行詩格律體。下面以前兩節為例：

> 有一座-墳墓，
> 墳墓前-野草-叢生，
> 有一座-墳墓，
> 風過草-像蛇-爬行。
>
> 有一點-螢火，
> 黑暗-從四面-包圍，
> 有一點-螢火，
> 映著-如豆的-光輝。

所引的第一節中，音步在詩行中的類型為：32-322-32-322，韻式大體為：abab；第二節中詩行的音步類型為：32-232-32-232，韻式為：cdcd。而且，該詩每節的一、三行基本上採用了相同的詩句，有助於造成節奏的平衡和迴環，增強了整首詩的音樂性效果。當然，朱湘也運用中國民謠形式創作了《採蓮曲》

〔註 33〕張秀亞：《新月派詩人朱湘》，《新月派評論資料選》，方仁念選編，上海：上海華東師範大學出版社，1993 年，第 200 頁。

〔註 34〕卞之琳：《人與詩：憶舊說新》，北京：生活·讀書·新知三聯書店，1984 年，第 196～197 頁。

等諸多優秀的詩篇。

由此可見，朱湘對詩歌形式的探求很多時候是以西洋詩為圭臬的，而且匠心獨具，吻合了他在《說譯詩》中認為「譯詩在一國的詩學復興之上是占著多麼重要的位置」的精神。

四、簡述穆旦的詩歌翻譯

穆旦（1918～1977），原名查良錚，著名愛國主義詩人、翻譯家。出生於天津，祖籍浙江省海寧市袁花鎮。1929 年入南開中學讀書，開始創作和發表詩歌，1935 年考入清華大學地質系，半年後轉入外文系，曾在《清華學刊》上發表作品。1937 年抗戰爆發後，穆旦隨清華大學南遷長沙國立長沙臨時大學，後又徒步遠行至設在昆明的西南聯大，期間發表了很多有影響力的詩歌。1939 年開始系統接觸西方現代派詩歌和理論，創作日趨成熟。1940 年畢業於西南聯大外文系，留校擔任助教，1942 年 2 月投筆從戎，以助教的身份報名參加中國入緬遠征軍，在副總司令杜聿明兼任軍長的第 5 軍司令部，以中校翻譯官的身份隨軍進入緬甸抗日戰場。1949 年 8 月自費赴美留學，入芝加哥大學攻讀英美文學、俄羅斯文學，1952 年 6 月 30 日獲芝加哥大學文學碩士學位。1953 年初自美國回到天津，任南開大學外文系副教授，致力於俄、英詩歌翻譯。「文革」期間受到不公正待遇，但穆旦堅持詩歌翻譯和創作，在中國現當代文學史上留下了輝煌的詩篇。

（一）穆旦的詩歌翻譯成就

穆旦不僅創作了許多藝術性較強的詩歌作品，而且也翻譯了大量優秀的外國詩歌。穆旦讀大學期間開始接觸到外國詩歌，到了西南聯大後更是系統地閱讀了現代派詩歌作品和詩論文章，從而對外國詩歌有比較深刻的認識。但穆旦的詩歌翻譯始於 1957 年，在 20 年左右的時間裏他翻譯了以普希金為主的俄蘇詩歌、以雪萊為主的英國浪漫主義詩歌及以奧登和艾略特為主的現代主義詩歌，成為中國現代詩歌翻譯史上閃亮的明星。

穆旦在西南聯大外文系學習的時候，就開始系統的接觸到了英美現代派詩歌，如葉芝、艾略特、奧登、狄蘭・托馬斯等人的作品。在美國留學期間，穆旦除了進一步廣泛地學習了英美文學之外，還選修了俄國文學，據其夫人周與良女士介紹：「在美國讀書時，良錚除了讀英國文學方面的課程，還選了俄國文學課程，每天背俄語單詞」，〔註1〕「準備回國後，介紹俄國文學作品給中國讀者。」〔註2〕可以說，美國留學生活奠定了穆旦對英語和俄語詩歌翻譯的語言基礎。本文接下來按照時間順序簡單疏離一下穆旦的詩歌翻譯作品：1953年，穆旦回國，在巴金夫婦的鼓勵下就開始著手翻譯，最初所翻譯的作品並不是詩歌，而是季摩菲耶夫的《文學原理》。到了1954年，穆旦開始翻譯普希金的詩歌《波爾塔瓦》《青銅騎士》《高加索的俘虜》《歐根・奧涅金》《普希金抒情詩集》，均由上海平明出版社出版。緊接著，1955年穆旦翻譯了普希金的《加甫利頌》《拜倫抒情詩選》，由上海平明出版社出版。1956年穆旦重譯《歐根・奧涅金》，由上海文化生活出版社出版。1957年詩人翻譯了《朗費羅詩十首》發表在《譯文》（1957年第2期）上；《波爾塔瓦》《歐根・奧涅金》《普希金抒情詩集》《普希金詩情詩二集》《拜倫抒情詩選》，由上海新文藝出版社出版；同時與袁可嘉等合譯的《布萊克詩選》由人民文學出版社出版。1958年，穆旦翻譯的《濟慈詩選》和雪萊詩集《雲雀》由人民文學出版社出版；《高加索的俘虜》《加甫利頌》由上海新文藝出版社出版；《雪萊抒情詩選》由人民文學出版社出版。1954年到1958年「是良錚譯詩的黃金時代。當時他年富力強，精力過人，早起晚睡，白天上課，參加各種會議，晚上和所有業餘時間都用於埋頭譯詩。」〔註3〕

1963年，穆旦在惡劣的環境和抑鬱的心情下，開始夜以繼日地翻譯拜倫的長詩《唐璜》，並翻譯了俄國象徵派詩人丘特切夫〔註4〕的《丘特切夫詩選》，至1965年翻譯完成了拜倫的代表作《唐璜》。1972年，穆旦「埋頭於補譯丟

〔註1〕周與良：《永恆的思念》，《穆旦詩文集》（1），北京：人民文學出版社，2006年，第4頁。

〔註2〕周與良：《懷念良錚》，《一個民族已經起來》，杜運燮、袁可嘉、周與良編，南京：江蘇人民出版社，1987年，第132頁。

〔註3〕周與良：《懷念良錚》，《一個民族已經起來》，杜運燮、袁可嘉、周與良編，南京：江蘇人民出版社，1987年，第132頁。

〔註4〕丘特切夫（Tyutchev 1803～1873）是俄國19世紀極有才華的詩人，他以歌詠自然、抒發感情見長。詩人一生僅留下三百多首短詩，他的詩歌形式短小簡練，內涵豐富，既有深刻的思想，充沛的感情。

失的《唐璜》章節和注釋，修改了其他的章節。他又修訂《拜倫抒情詩選》，並增譯拜倫的其他長詩。」〔註 5〕1973 年，穆旦在圖書館勞動完後還要接受「牛鬼蛇神」的勞動，往往很晚才回到家，吃過晚飯之後就直接在整理乾淨了的黑木飯桌上伴著昏暗的燭光繼續翻譯完善《唐璜》，經常工做到凌晨，終於把《唐璜》全部整理、修改、注釋完畢。同年，穆旦得到了周鈺良贈送的《西方當代詩選》，開始有選擇的翻譯英美現代派詩歌，其中有艾略特、奧登等人的作品。1975 年底，穆旦對英美現代派詩歌的翻譯暫時停了下來，轉向對普希金抒情長詩《歐根・奧涅金》等譯作的修改、補譯和重抄。1976 年，穆旦「從四月初到現在……投入了一種工作，每天校改普希金抒情詩，因為我覺得過去弄得草率，現在又條件精益求精；至今我已重抄改好的詩，大約 500 首（有印的，有未印的），以備將來有用的一天。……這裡的確有許多藝術和細緻的味道。」〔註 6〕到 1977 年，穆旦將已經重新修改過的長詩《歐根・奧涅金》抄寫了一遍，穆旦的翻譯是到了「該譯的詩都譯完了」的時候，〔註 7〕而他的生命也走到了盡頭。1980 年 7 月，穆旦去世 3 年後其翻譯的拜倫長詩《唐璜》由人民文學出版社出版，算是對詩人生前辛勞的回報。

穆旦的翻譯詩歌作品可以統計如下：〔註 8〕

被譯詩人	國　別	譯詩數量	備　註
普希金（Александр Сергеевич Пушкин）	俄國	500	其中抒情詩 490 首，敘事詩 9 首，長詩 1 首
丘特切夫（Tyutchev）	俄國	128	
布萊克（William Black）	英國	21	
彭斯（Robert Burns）	英國	7	
雪萊（Percy Bysshe Shelley）	英國	79	全是抒情詩
拜倫（George Gordon Byron）	英國	72	其中短詩 43 首，長詩選段 24 首，長詩 5 首
濟慈（*John Keats*）	英國	65	
W・B・葉芝（W・B・Yeats）	英國	2	

〔註 5〕周與良：《懷念良錚》，《一個民族已經起來》，杜運燮、袁可嘉、周與良編，南京：江蘇人民出版社，1987 年，第 133 頁。
〔註 6〕穆旦：《穆旦詩文集》（2），北京：人民文學出版社，2006 年，第 200 頁。
〔註 7〕穆旦：《穆旦詩文集》（2），北京：人民文學出版社，2006 年，第 385 頁。
〔註 8〕本表格中的數據根據 2006 年人民文學出版社出版的《穆旦譯文集》統計出。

艾略特（Thomas Stearns Eliot）	英國	12	其中 11 首短詩，1 首長詩《荒原》
C · D · 路易斯（C · D · Lewis）	英國	3	
路易斯 · 麥克尼斯（Louis MacNeice）	英國	3	
奧登（W · H · Auden）	美國	28	
朗費羅（Henry Wadsworth Longfellow）	美國	10	

從以上表格中我們可以看出，穆旦的詩歌翻譯只涉及到兩種語言三個國家，這與之前很多譯者的翻譯涉及到多個國家和多種語言不同，穆旦的翻譯都是直接閱讀外國詩歌原文，不再轉譯它國作品，因為減少了轉譯的耗損而保證了譯文的質量。穆旦的譯作按照原作風格可以分為三類：一是俄國普希金和丘特切夫的抒情詩；二是以英國詩人為主的浪漫主義詩歌；三是以美國詩人為主的現代主義詩歌。為什麼穆旦會翻譯這三類詩歌呢？

（二）穆旦的翻譯選材

在整個現代新詩的發展進程中，翻譯外國詩歌的目的不外乎抒情的需要和建構中國新詩文體的需要兩種情況，而抒情的需要又涉及到抒個人之情和抒全社會民眾所需之情，比如抗戰時期的詩歌翻譯就是為了抒情的需要，且其所抒之情又是鼓舞中國人抗戰的「大我」之情。「從事文學翻譯應該有明確的目的性。我們花費了許多心血把異域的果實移植到中國來，到底為的是什麼？我們為什麼要譯這一部而不譯另一部書？我們為什麼要介紹這一位作家而不介紹另一位作家？這些都是應該經過認真的思考，從而逐漸消除盲亂譯的現象。」〔註 9〕

介紹外國文學名著以增強民族文學的願望引導了穆旦的翻譯選擇。穆旦之所以強烈地向中國人翻譯介紹外國文學，主要基於他的愛國情懷。從少年時期一直到「文革」前後都懷有一顆愛國之心，他深愛著這片土地以及在這片土地上生活的人民。我們從詩人的《讚美》一詩中就可以領略到他赤誠的愛國愛民情懷：「我有太多的話語，太悠久的感情，／我要以荒涼的沙漠，坎坷的小路，騾子車，／我要以草籽船，漫山的野花，陰雨的天氣，／我要以一切擁抱你，你，／我到處看見的人民呵，／在恥辱裏生活的人民，佝僂的人民，／我

〔註 9〕巴金：《當代文學翻譯百家談》，北京：北京出版社，1989 年，第 321 頁。

要以帶血的手和你們一一擁抱，／因為一個民族已經起來。」新中國成立以後，當時在美國的許多華人對新社會持隔岸觀火態度，並且在穆旦夫婦準備回國的時候勸告道：「何必如此匆忙！你們夫妻二人都在美國，最好等一等，看一看，不是更好嗎？」〔註10〕但強烈的愛國情感使他們毅然放棄了在美國的優越生活，穆旦夫婦急迫地回到了新生的國家，並且準備為這裡的人民貢獻自己的力量。回國後穆旦就著手翻譯季摩菲耶夫的《文學原理》，這本與詩歌差別很大的理論著作是當時蘇聯高等教育部准許用作大學文學系和師範學院語言及文學系的文學理論教材，是新中國最迫切需要的大學文科教本，所以他不辭辛勞地將之很快翻譯成中文，憑藉微薄之力支持了新中國高等教育的發展。為了讓處於封閉狀態的中國人民能夠讀到更多優秀的外國詩篇，於是他幾乎停止了創作而將大部分精力投入到翻譯之中，難怪有人這樣評價穆旦的詩歌翻譯活動：「查的譯詩，多有注釋，或附有『前記』、『譯後記』、『詩人小傳』、『評論家（如別林斯基）或文學史教科書中的有關評論』等，『為了譯詩，他常跑遍天津各大學圖書館，或直接到北京圖書館，去查閱有關資料』，反映出向新中國讀者介紹世界文學名著的熱切願望」。〔註11〕以上論述了穆旦從事翻譯工作緣於愛國的主觀原因，而穆旦翻譯的作品很多也抒發了愛國的情感，或至少是積極向上的進步思想，比如他在譯介拜倫詩歌的時候說：「我相信他的詩對我國新詩應發生影響；他有些很好的現實主義詩歌，可又是浪漫主義的大師，兩者都兼，很有可學習之處，而且有進步的一面。」〔註12〕在譯介普希金的《寄西伯利亞》時認為該詩「是一篇精彩的、動人的詩。它充滿革命的熱情、美好的思想，而且音調鏗鏘。」〔註13〕由此可見，正是強烈的愛國熱情使穆旦急切地回到了新中國並走上了建構中國文學繁榮圖景的翻譯之路，其譯作在情感內容上也多有「進步的一面」。

時代語境在一定程度上規定了穆旦翻譯的選材。新中國成立以後，文學活動被納入社會主義建設和改造的範圍，詩歌翻譯活動自然也應為社會主義建

〔註10〕周與良：《懷念良錚》，《一個民族已經起來》，杜運燮、袁可嘉、周與良編，南京：江蘇人民出版社，1987年，第131頁。

〔註11〕李方：《穆旦（查良錚）年譜》，《穆旦詩文集》（2），北京：人民文學出版社，2006年，第368～369頁。

〔註12〕穆旦：《致郭保衛》，《穆旦詩文集》（2），北京：人民文學出版社，2006年，第223頁。

〔註13〕穆旦：《普希金的〈寄西伯利亞〉》，《穆旦詩文集》（2），北京：人民文學出版社，2006年，第90頁。

設服務。茅盾在第一屆全國文學翻譯工作會議上強調：「文學翻譯必須在黨和政府的領導下由主管機關和各有關方面，統一擬定計劃，組織力量，有方法、有步驟的來進行。」〔註14〕中國文藝界為了謀求發展並鞏固革命的勝利果實，對文學藝術提出了新的規範和要求，僅就翻譯文學而論，政府對翻譯出版機構進行了調整，指定翻譯文學作品只能由新成立的人民文學出版社、上海文藝聯合出版社（後改為上海新文藝出版社、上海文藝出版社）、中國戲劇出版社等少數出版社出版，這樣就使翻譯活動的「贊助者」〔註15〕完全掌控在國家手裏。作為社會主義國家，在與資本主義的「冷戰」中自然會站在蘇聯陣營中，於是蘇聯文學及俄國文學成為了中國文學熱捧的對象，是當時最符合翻譯要求的文學。在外文局和官方所劃定的譯介標準下，符合主流意識形態的是俄蘇文學、歐洲古典文學、社會主義國家和為民族獨立而戰鬥的亞非拉美洲的受壓迫民族的文學作品。比如 1954 年中國作家協會主席團第七次擴大會議通過的「文藝工作者政治理論和古典文學的參考書目」〔註16〕中，文學名著的「俄羅斯和蘇聯部分」共列出了 17 位作家的著作 34 種，其中自然包括普希金；「其他各國」部分共列出了 67 種，而得到文學界充分肯定的「革命的、積極的浪漫主義代表」拜倫和雪萊的作品自然也在其中。我們從前面這個表格所列舉的穆旦譯詩中可以很清晰地看出，他所譯介的外國詩歌並不是他自身創作中最擅長的現代主義詩歌，其主要的選材來自於俄國詩人普希金和丘特切夫，以及浪漫主義詩人布萊克、彭斯、雪萊、拜倫和濟慈等人的作品，而我們細心對照就可以發現，這些詩人和作品均被列入了中國作家協會主席團第七次擴大會議通過的「文藝工作者政治理論和古典文學的參考書目」範圍內，其數量（500＋128＋21＋7＋79＋72＋65）多達 872 首，而沒有列入該範圍的現代主義詩人如奧登、艾略特等的作品只翻譯了 58 首，穆旦生前的譯詩（包括長詩和短詩在內）數量大約是 930 首。因此，被主流意識形態所接納的譯詩佔了穆旦譯詩總量的近 94%，他自己所鍾愛的現代主義詩歌所佔比重僅為 6%左右。很顯然，穆旦的譯詩在選材上極大地受到了時代語境的制約，我們由此也

〔註14〕茅盾：《為發展文學翻譯事業和提高翻譯質量而奮鬥（1954 年 8 月 19 日在全國國防大學文學翻譯工作會議上的報告）》，《翻譯論集》，羅新璋編，北京：商務印書館，1984 年，第 508 頁。

〔註15〕所謂「贊助者」是促進或制約文學閱讀、書寫或重寫的力量，包括人、社團、政黨、出版社（商），以及報紙傳媒等，也有人將之稱為「贊助人」。

〔註16〕洪子誠：《中國當代文學史》，北京：北京大學出版社，1999 年，第 20 頁。

可以明白穆旦為什麼會放棄對現代主義詩歌的翻譯而將注意力聚焦到俄羅斯詩歌和浪漫主義詩歌上。

對現代主義詩歌的審美偏好和自我情感表達的需要也是指導穆旦譯詩選材的主要因素之一。穆旦的譯詩也會出現在情感內容上與當時的時代需求相脫節的情況，即與「大我」相隔而專注於抒發「小我」之情，這主要是詩人立意通過翻譯來表達自己在特殊環境中無法公開的情思，讓被壓抑的情感在譯詩中得到釋放。穆旦的許多作品受到了艾略特等現代主義詩風的影響，他的詩作表現出來的風格與傳統的浪漫主義詩歌特質有很大差異，穆旦也因詩風與主流審美不符而在回國後的二十幾年裏很少發表屬於自己風格的作品。在翻譯方面，穆旦在翻譯了普希金、拜倫、雪萊、濟慈等能夠被公開接受和出版的詩人的作品之後，他在生命步入垂暮之年的 20 世紀 70 年代開始翻譯當時中國人極少問津的艾略特等現代派詩人的作品，甘冒譯作不能公開發表和出版之險，放棄了自己多年堅守的符合常規的翻譯選材原則。這不能不說是穆旦翻譯道路上的一次重要突圍，那麼究竟是什麼原因導致了穆旦晚期詩歌翻譯的轉向呢？首先是穆旦對現代主義詩歌的一貫興趣所致，翻譯現代主義詩歌是為了滿足自己對現代主義詩歌的愛好，恰如穆旦先生的夫人周與良女士所說：「我特別記得一九七七年春節時在天津看見他。他向我說他又細讀了奧登的詩，自信頗有體會，並且在翻譯。那時他還不可能知道所譯的奧登的詩還有發表的可能。所以這些譯詩和附在後面代表他對原詩的見解的大量注釋，純粹是一種真正愛好的產物。」〔註 17〕穆旦翻譯現代主義詩歌的第二個原因是對其詩歌主張的認同。穆旦對艾略特「非個性化理論」的接受、「意象」的轉換移植、「荒原」意識的滲透等詩歌創作藝術和技巧持肯定態度，加上自身的創作受到外來因素的制約，譯介這些與自己興趣相投的現代主義詩歌作品便成了延伸穆旦詩歌情感和理念的最好方式。第三，穆旦翻譯現代主義詩歌或其他「不合時宜」的詩歌是表達自我情感的需要。翻譯在某種程度上也是一種創作，譯者往往會在翻譯過程中融進自己的情思，當詩人的創作自由受到限制而無法抒發自己情感的時候，詩人往往會選擇翻譯最能表達自己情感的外國作品，釋放自己創作的激情和自由的想像，以此彌補精神的空缺。因此，穆旦翻譯現代主義詩歌除了興趣所致之外，也是為了表達自己被壓抑的情感，他的些許譯作也

〔註 17〕周鈺良：《英國現代詩選·序言》，《穆旦譯文集》（第 4 卷），北京：人民文學出版社，2005 年，第 332 頁。

是自我命運的寫照。英國詩人拜倫花了五年時間寫成了被歌德稱之為「絕頂天才之作」的抒情詩《唐璜》，這部長詩主要表現的是一個瀟灑闊達卻又命運多變的自傳式生活，人物失去了拜倫其他詩歌中「拜倫式英雄」的光環而變得無法掌握自身的命運，作品豐富奇特的想像和無奈的喟歎在現實主義盛行的時代顯得格格不入。但穆旦卻十年如一日般精心翻譯刻畫具有「登徒浪子」般豪情的唐璜，不正是詩人當時無奈心境的真實寫照嗎？穆旦在去醫院進行手術前對周與良說：「我已經把我最喜歡的拜倫和普希金的詩都譯完，也都整理好了。」還對最小的女兒小平說：「你最小，希望你好好保存這個小手提箱的譯稿，也可能等你老了，這些稿件才有出版的希望。」〔註 18〕這表明穆旦雖然不得不選擇那些被「允許」的作品來翻譯，但在翻譯和創作失去自由的語境中，他也會本著自己的審美趣味去選擇譯本，而不管譯作是否會在當時得以出版。

此外，穆旦的詩歌翻譯也會受到「贊助者」的影響。穆旦對蘇聯文學的譯介一方面是出於自己留美期間對俄文的興趣以及國內對蘇俄文學的政治化熱愛，但也與「贊助者」的支持和鼓勵分不開。蕭珊〔註 19〕是國內普希金翻譯的專家，當時是平明出版社的義務編輯，而她的先生——巴金正是平明出版社的主持者，平明出版社以出版世界文學與翻譯作品為主，尤其偏向蘇聯和俄羅斯文學的出版。因此，國內的文學環境和本人對外國文學的偏好都決定了蕭珊對穆旦翻譯俄蘇文學的支持，李方在穆旦年譜中對此作了這樣的描述：「在這幾年內，蕭珊同志和他的書信頻繁（可惜這些信在『文化大革命』中全部丟失），討論一些文學問題，並贈送良錚一本英文《拜倫全集》。良錚得到這本書，如獲至寶。……在 1958 年前，良錚的翻譯作品能出版得這麼多，是與蕭珊同志給予的極大支持和幫助分不開的。」〔註 20〕而我們可以看出，穆旦的譯作一開始都是在平明出版社出版，很顯然作為贊助者的平明出版社和作為贊助人的蕭珊對穆旦的翻譯選材起到了很大的影響，我們從穆旦致蕭珊的一封信中也

〔註 18〕周鈺良：《永恆的思念》，《穆旦詩文集》(1)，北京：人民文學出版社，2006 年，第 11 頁。

〔註 19〕蕭珊（1921～1972），原名陳蘊珍，當代女作家，翻譯家，1939 年入西南聯大外文系學習，1944 年與巴金結婚，解放後主要從事文學編輯和翻譯工作，是普希金和屠格涅夫翻譯的專家。

〔註 20〕李方：《穆旦（查良錚）年譜》，《穆旦詩文集》(2)，北京：人民文學出版社，2006 年，第 369 頁。

可以看出贊助者對譯者翻譯選材的規約：「我在上信中已和你討論譯什麼的問題。我有意把未來一本詩（十月底可以交稿，因為已有一部分早譯好的）叫做《波爾塔瓦及其他》，包括波爾塔瓦、青銅騎士，和其他一兩首後期作品，第二本叫做《高加索的囚徒》（也包含別的一些同時期的長詩在內），如果這樣，便不先譯《高加索的囚徒》這一首。你看怎樣？」〔註21〕這封信除了穆旦以一般朋友的身份與蕭珊商量翻譯之外，也可以看出他在譯介的選材上在徵詢蕭珊的意見，足以顯示出贊助人對譯者的影響力，畢竟翻譯的目的最終是為了能夠發表出去讓讀者閱讀，譯者也不得不考慮出版社或編輯的審美價值取向。

穆旦從 1953 年開始翻譯外國文學作品，一直到他 1977 年病逝前都沒有放棄對譯文的修正和完善。在這二十多年的翻譯生涯中，他給後人留下了豐富的翻譯作品，因為譯文的質量和數量，穆旦被人們譽為是「迄今為止中國詩歌翻譯史上成就最大的一人」。〔註22〕

〔註21〕穆旦：《致陳蘊珍（蕭珊）》，《穆旦詩文集》（2），北京：人民文學出版社，2006 年，第 130 頁。

〔註22〕馬文通：《談查良錚的詩歌翻譯》，《一個民族已經起來》，杜運燮、袁可嘉、周與良編，南京：江蘇人民出版社，1987 年，第 78 頁。